雪血風花

滝沢志郎

双葉社

目次

序章 7
第一章 赤穂一の粗忽者 17
第二章 豫譲の心 53
第三章 江戸組と上方組 101
第四章 斬れ! 145
第五章 裏切り、見限り、仲間割れ 191
第六章 大石以外みんな馬鹿 247
第七章 吉良の顔 301
第八章 三十年来、一夢の中 347
終章 393

雪血風花

雪血風花　主な登場人物

武林唯七　……………「赤穂一の粗忽者」の異名を取る浅野家家臣。中小姓役。

堀部安兵衛　…………高田馬場の決闘で名を馳せた剣客。七年前に浅野家に仕官。馬廻役。
不破数右衛門　………五年前に浅野家を追放された浪人。元・馬廻役。
高田郡兵衛　…………堀部安兵衛の親友。「槍の郡兵衛」と称される遣い手。馬廻役。

倉橋伝助　……………唯七の同僚。中小姓役。
前原伊助　……………唯七の同僚。中小姓役。
杉野十平次　…………中小姓役の若者。
勝田新左衛門　………中小姓役の若者。
大高源五　……………唯七の同い年の旧友。「子葉」の号を持つ俳人でもある。中小姓役。
間十次郎　……………唯七の年下の幼馴染。部屋住み。
片岡源五右衛門　……浅野家の用人。
磯貝十郎左衛門　……浅野家の用人。

原惣右衛門……………唯七の上司。足軽頭。
大野九郎兵衛…………浅野家の家老。
大石内蔵助……………浅野家の筆頭家老。
浅野内匠頭……………赤穂浅野家の当主。

渡辺平右衛門…………唯七の父。儒学者。
渡辺半右衛門…………唯七の兄。部屋住み。
喜多……………………唯七の母。
孟二官（渡辺治庵）…唯七の祖父。明国からの亡命者。孟子の子孫とされる。故人。

おなつ…………………大野九郎兵衛の孫。
お里……………………浪人たちの子供の世話係として雇われた娘。

和久半太夫……………上杉家家臣。吉良家に出向する。
吉良左兵衛……………吉良上野介の孫。吉良家の後継者。
吉良上野介……………吉良家当主。浅野家の浪人たちは「ト一」と呼ぶ。

序章

三島《みしま》宿には異国の風が吹いていた。

朝鮮からの使節団およそ四百名が、今この東海道の宿に滞在している。幕府の五代将軍・徳川綱吉《とくがわつなよし》の着任を寿《ことほ》ぐため、江戸へ向かう途上であった。この使節は朝鮮通信使と呼ばれる。

使節団を率いる正使と副使が、数名の従者とともに滞在施設の本陣に入った。

彼らを出迎えたのは一人の少年であった。名は浅野長矩《あさのながのり》。官名は内匠頭《たくみのかみ》である。まだ十六歳ながら、赤穂《あこう》浅野家五万石の領主であった。朝鮮通信使の三島滞在中の饗応《きょうおう》役を御公儀《ごこうぎ》（幕府）より仰せつかったのである。

正副両使はあまりに年若い御馳走人《ごちそうにん》に驚いていたが、内匠頭の堂々たるたたずまいに好感を抱いたようだ。食事接待の席でも、通事（通訳）を通して会話が弾む。

本陣を警護している渡辺平右衛門《わたなべへいえもん》の耳にも、食事の席の楽しげな笑い声が時折聞こえてきけられた。若い主君が無事に務めを果たしていることに安堵していると、殿の近習《きんじゅう》の者に声をかけられた。

「平右衛門どの、殿がお呼びでござる」

「はて、なんでござろう」

「両使が平右衛門どのにお会いしたいとのことで」

「ははあ、承知」

心当たりがあった。おそらく自分の出自が話題になったのだろう。

平右衛門はうやうやしく、殿と正副両使が食後の茶を飲んでいる場に参上した。

「この者が渡辺平右衛門。孟子《もうし》の末裔にござる」

主君に紹介されると、平右衛門は正副両使の好奇の視線を受けた。

「どのようにして日本へ来たのか？」

通事を介して質問を受ける。

平右衛門は畳の縁《へり》に向かって答えた。

「我が父、孟二官《もうにかん》は杭州《こうしゅう》武林《ぶりん》の士大夫《したいふ》でございました。明国《みん》滅びしとき、韃靼《だったん》（満洲族《マンジュぞく》）に仕えるを潔しとせず、日本に渡ったと聞いております」

大陸ではおよそ四十年前に漢族の明が滅び、満族の清《しん》が打ち立てられた。満族に仕えることを拒否した漢族の士大夫（知識人）には、日本に亡命した者もいる。隠元禅師《いんげんぜんじ》や、水戸光圀《みとみつくに》に仕えた朱舜水《しゅしゅんすい》が有名である。平右衛門の父・孟二官もそんな一人であった。

「なるほど、忠臣である」

正副両使は満足そうにうなずいた。朝鮮は清との戦に破れ、満族の王朝を中華の正統と認めることを余儀なくされた。だが、明朝が滅びた今、儒学の本流が伝わる朝鮮こそが中華であると内心自負している。それゆえ、清に仕えることを拒んだ者に敬意を払う。ちなみに、当の清の宮廷でも、明から清に乗り換えた者は「弐臣《じしん》（二君に仕える者）」として蔑まれているという。

「亜聖《あせい》の末裔というのはまことか」

亜聖とは「聖人《せいじん》に次ぐ者」を意味する。儒教において聖人とは道徳の理想を体現した人物であり、この場合は儒教の祖たる孔子《こうし》を指す。聖人孔子に次ぐ者が亜聖孟子ということになる。

「我が家に伝わるところでは、私で六十二代目だそうです」

「父君から薫陶を受けているか？」

朝鮮語の通訳を介さず、官話《かんわ》（中国語）による直接のご下問であった。試されているようだ。

「四書五経《ししょごきょう》、それに史書全般について、ひととおり学んでおります」

官話も父に学んだ。その父はすでに亡く、今では官話で会話する機会はほぼない。すでに忘れかけており、舌も上手く回らなかった。

「そうか、父君は立派な士大夫だったのであろう」

どうやら通じたようで、平右衛門は安堵した。

「だが、この国では儒学はさほどに重きを置かれてはおるまい。科挙もなく、学問での栄達は望めぬのではないか」

「科挙がないのは、仰せのとおりでございます」

中国発祥の伝統的な文官登用試験である。朝鮮でも安南《あんなん》（ベトナム）でも行われているが、日本では採用されていない。

「亜聖の末裔たるそなたに問う。この国では文官たる士大夫ではなく、武官が民を統治しておる。この国の民は従順だが、それは大君《たいくん》の徳を慕うゆえではなく、武威を畏《おそ》れるゆえではないのか」

中国でも朝鮮でも、武官よりも文官が尊ばれる。「将軍」という武官そのものの称号を持つ「大君」が統治する国は、彼らには奇妙に見え、ともすれば野蛮にも見えるのかもしれない。

これはずいぶん踏み込んだ質問であった。正副両使には、日本の国情をつぶさに見て本国に報告する役目もある。不躾ではあるが、真剣な疑問であろうことは間違いない。

二人の会話は通事により、内匠頭をはじめ同席の者にも通訳されている。この微妙な問いに平右衛門がどう答えるか、皆が見守っていた。まずい答えを出せば、平右衛門は切腹ものだろう。失敗を切腹で償うという発想も、通信使には理解できないかもしれないが。

平右衛門は重圧を感じつつ、しかし落ち着いて答えた。

「民の従順なるは、武威を畏れるゆえにあらず。忠義のゆえにございます」

無礼にならぬよう気をつけながら、平右衛門は顔をあげた。鍔広《つばひろ》の丸い帽子をかぶった正副両使が、説明を待っている。

「儒学において最も重きは孝《シヤオ》の道。大陸においては、孝《シヤオ》と忠《チヨン》を秤《はかり》にかければ孝《シヤオ》のほうに傾くもの。されど、我が国では忠《チヨン》に傾くのです」

正副両使は「ほう」と息を漏らした。

「士大夫は、主君を斬れと親に命ぜられれば、涙を呑んで主君を斬ります。されど我が国の武士は、親を斬れと主君に命ぜられれば、血の涙を流して親を斬るのです」

正副両使が息を呑むのがわかった。

「忠義の二字こそ、我が国で最も重く尊きもの。武士は忠義の模範となって民を導きます。

それゆえ民も将軍家に忠義の心をもって従うのです」

正副両使は顔を見合わせて感心していた。

「たいへん興味深い。いや、千金に値する答えであった」

できることなら、両使はさらに突っ込んだ議論をしたそうであった。だが、食事の席に呼びつけた形なので、それ以上のご下問はなかった。

翌朝は快晴であった。

朝鮮通信使一行は、三島宿本陣の前に整列した。これから一行を待ち受けるのは、東海道随一の難所たる箱根の峠越えである。雪を戴いた富士山が鮮やかにその姿を見せており、一行はずっとそちらに見入っていた。

正副両使が輿《こし》に乗り込む。そのとき、副使の李大夫《りたいふ》が平右衛門の姿をみとめた。手招きされたので、平右衛門は遠慮しつつ副使のもとに歩み寄った。

副使は耳打ちするように平右衛門に語りかけた。

「昨日そなたが申したこと、一晩考えた。おかげでよく眠れなかったわ」

平右衛門は恐縮して頭を下げた。

「士大夫にとって孝《シヤオ》は重い。それは時に咒《チヨウ》としか思えないほどだ。だが、武士の烈しき忠《チヨン》もまた、咒《チヨウ》となり得るのではないか」

兕《チョウ》。呪いを意味する。その一字が平右衛門の胸に刺さった。

「最後に聞かせてほしい。亜聖孟子いわく、親を三度諫《いさ》めて容《い》れられなければ従うべし、主君を三度諫めて容れられなければ去るべし、と」

親が愚かであっても従わねばならないが、主君が愚かなら見捨てるべきである、という教えである。

「孝《シャオ》より忠《チョン》が重いのが武士ならば、武士は主君が愚かであっても従うのか?」

副使は声を潜めており、その問いは誰にも聞こえていない。平右衛門の本音を聞きたかったのだろう。

平右衛門はしばしの間ののち、頬に笑みをつくった。

「幸いなことに――わが主君は若年なれど、きわめて聡明な御方でございます」

誤魔化した。副使は明らかに失望の色を見せたが、平右衛門の立場を慮《おもんぱか》ったのか、すぐに穏やかな表情に戻った。

「さらばだ、亜聖の末裔よ」

通信使一行が出立すると、本陣の後片付けが始まった。そのさなか、平右衛門はまたも主君に呼び出された。

「平右衛門、そなたのおかげで面目が立った。礼を言う」

「もったいないお言葉にございます」

「吉良《きら》様にもおほめいただいたぞ。浅野殿は良い御家来をお持ちだとな。私も鼻が高い」

朝鮮通信使や京の勅使の接待には、細かい格式がある。それを大名に指南する家柄を高家《こうけ》といい、その肝煎《きもいり》（筆頭）が吉良家である。現在の当主は上野介義央《こうずけのすけよしひさ》といった。

「褒美を考えていたのだが、どうであろう、そなたの子を中小姓《ちゅうごしょう》として城に仕えさせぬか」

「これはありがたき仰せにて」

ありがたき仰せではあるが、中小姓は士分としては下位であり、徒士《かち》の身分である。殿のそば近くに仕えるのは光栄だが、百石取りの渡辺家としては、嫡男に就かせるには役不足と思われた。

「むろん、嫡男とは言わぬ。そなたには次男がいたはずだが」

「おりますが、まだ十一歳です。お役に立つかどうか」

「私も十六歳の若輩者だ。赤穂に帰ったら、その者を一度城に連れてまいれ」

「……ははっ」

天和二（一六八二）年八月。渡辺平右衛門の次男は、こうしてわずか十一歳にして浅野内匠頭に仕える運命となった。

彼は成長して分家し、祖父の出身地である杭州武林にちなんだ「武林《たけばやし》」を苗字とすることになる。

朝鮮通信使の帰国から二十年後、四十七人の浪人が江戸本所《ほんじょ》の屋敷を襲撃したとき、彼の名もそこにあった。吉良上野介にとどめの一太刀を浴びせるのは、この男である。

第一章　赤穂一の粗忽者《そこつもの》

一

元禄十四（一七〇一）年三月十四日、米沢上杉家《よねざわうえすぎ》の江戸屋敷は、奇妙な客を迎えていた。

「和久《わく》様、何やら妙な者が参っておるのですが」

「妙な者とは？」

「浅野《あさの》家家来のタケバヤシタダシチと名乗ったきり、黙り込んでおりまして」

「タチバナ氏と誰だと？」

ゆっくり言い直される。

「たけばやし・ただしち――でございます」

「一人の名前か」

どことなく舌もじり（早口言葉）を思わせる名である。

「その者は私に用があると申しておるのか？」

「そうなのです。和久様を呼べと申したきり、一言も口を利きませぬ」

しかし、和久は武林唯七《たけばやしただしち》という名に聞き覚えがなかった。

「顔を見れば思い出すやもしれぬ」

玄関に出てみたが、やはり知らない顔であった。若く見えるが、おそらく年齢は三十歳になるやならずといったところであろう。端整な顔立ちに鬼気迫るほどの緊張感をたたえている。よほど重大な使命を帯びて来たものだろうか。

「上杉家家来、和久半太夫《はんだゆう》でござる。用向きをうかがいに参った」

「浅野内匠頭《たくみのかみ》が家来、武林唯七にございます。和久半太夫様のお噂は、当家の高田郡兵衛《たかたぐんべえ》からかねがね聞き及んでおります」

「おう、御家中の高田殿や堀部《ほりべ》殿とは堀内《ほりうち》道場の同門であった。お二人ともお元気か」

「は、元気で潑剌《はつらつ》でございます」

和久の後ろで家来が一人、吹き出す音が聞こえた。たしかに、今の返答はどこかおかしい。

だが、武林とやらは冗談を言ったつもりはなさそうである。

「和久様、恐れながらお耳をお貸しいただければ」

「人払いをいたそうか」

「いえ、そこまではご無用。大事《おおごと》にはしたくないゆえ」

脂汗までかいている。よほどのことであろうか。上杉家と浅野家とは、さほどに縁があるわけではない。用向きの想像がつかなかった。

「よかろう」

和久は玄関から下り、武林とやらの口元に耳を寄せた。

「かたじけのうござる」

和久は一言も聞き漏らすまいと武林の声に集中した。その耳にまず届いたのは、武林の大きなくしゃみである。思わずのけぞってしまった。

「ご、ご無礼を。鬢《びん》のお毛が鼻をくすぐったゆえ……」

張り倒してやりたかったが、あまりに平身低頭で謝るので、かえって不憫になってしまった。

「いや、鬢の毛が跳ねていたとはこちらも不調法であった。謝罪には及ばぬ」

家来たちが我慢できずに吹き出すのをにらみつけながら、和久はふたたび武林の口元に耳を寄せた。

「……てござる」

聞き取れない。和久は「いま一度」と促した。

「屋敷を間違えましてござる」

和久はいったん離れて、武林の顔をまじまじと見た。血走った目。腹でも切りそうな勢いだ。

武林は頭を下げた。

「この件につき和久様のお力をお貸しいただきたく、何卒お願い申し上げます」

和久は急いで口元を押さえた。そうしなければ、屋敷中に響く笑い声をあげてしまいそうだ。よくも真面目にこんな頼み事ができるものである。

手の中で必死に笑いの衝動を落ち着かせ、和久は仁王のような形相で立ち上がった。

「部屋で詳しくお聞きしよう。なにしろ、これは重大事ゆゔぇふ」

語尾で吹き出してしまったが、大きな咳払いでごまかす。

「誰か、酒を用意せよ」

武林が謝絶するように掌をこちらに向けた。

「恐れながら、務めがあるゆえ酒は」

それもそうだ。どこかへ使いに出されていたはずである。

「それでは、茶と菓子を」

「いえ、どうかおかまいなく」

「米沢の羊羹《ようかん》だぞ」

「いただきまする」

馬の群れが一斉にいななくような音。居並ぶ家来衆がついに我慢の限界を超えたのだ。肘で顔を隠す者、後ろを向いて肩を震わせる者。この男が屋敷を間違えたことは、もはや誰もが察している。だが、口には出さぬのが武士の情けというものだ。武林とやらの面子を潰さぬよう、家来衆は必死に咳払いやくしゃみをして誤魔化した。

和久は浅野家中（家来衆）の高田郡兵衛がかつて話していたことを思い出した。浅野家中にとんでもない粗忽者《そこつもの》がいる。使いを仰せつかったものの用件を聞く前に出かけてしまったとか、主君の月代《さかやき》を剃っているときに剃刀《かみそり》の歪みを主君の頭を叩いて直したとか。大袈裟に話を盛っていると思っていたが、「赤穂一の粗忽者」の噂は本当だったのかもしれない。

和久が武林を案内して自室に去ると、家来衆は身を捩《よじ》り、涙を流してその場にうずくまった。

二

「おかげで面目が立ち申した。なんと礼を申せばよいか」

　武林唯七は部屋に落ち着くと、丁寧に頭を下げた。こうしてみると涼やかで好感の持てるたたずまいの男である。

「しかし、屋敷を間違えたなら素直にそう申せばよかろうに、なにゆえそこまで面目を重んじるのか？」

「我が身ひとつの恥ならば耐え忍びもいたします。されど、家来の粗忽は主君の恥にもなりますゆえ……」

　一応、筋は通っている。粗忽だが阿呆ではないようだ。

「ご主君の浅野内匠頭様は今、勅使饗応《きょうおう》役をお務めのはず。ご家中にも何かとご苦労が多かろう」

「主君のそれに比すれば、何ほどのものにもございませぬ」

　生真面目な返答である。この生真面目さがなにかの弾みで調子を外すと、滑稽さを生んでしまうようだ。おそらく当人に滑稽を演じているつもりは皆無であろう。

「御指南役は吉良上野介《きらこうずけのすけ》様であったな。上杉家とは縁の深いお方だ」

現在の上杉家当主・綱憲《つなのり》は上野介の実子であり、吉良家から養子として出ていた。また、綱憲の次男は上野介の実孫に当たるが、上杉家から吉良家の養子に入っている。両家はそのような関係であった。

「二十年ほど前、我が殿は朝鮮使節の接待にあたりました。その折の御指南役も吉良様で、そのときはとても良くしていただいたそうです。殿は久方振りにお会いするのを楽しみにしておられたのですが……」

「何ぞ良くないことでもあったのか」

「殿のお顔の色がこのところ優れず、あるいは吉良様とうまくいっておられぬのではないかと。いえ、我らが勝手にそう思うておるだけでございますが」

「貴殿は内匠頭様のおそば近くにお仕えか？」

「中小姓近習《ちゅうごしょうきんじゅう》を仰せつかっております」

中小姓は士分としては下級だが、主君の警護や身の回りの世話をする役目である。それだけに、主君の心労を身近に察しているのであろう。

「吉良様もお歳を召されて、気が短くなっておられるのやもしれぬな」

和久のそれは半ば独り言であった。それらしき噂を耳にしないでもない。

「まあ、今日を越されれば、内匠頭様もずいぶん楽になられるであろう」

今日は勅使を江戸城にお迎えして、最後の儀礼が行われる。この「勅答の儀」が終われば、あとは寛永寺《かんえいじ》と増上寺《ぞうじょうじ》に参詣して、勅使は京へ帰る。

「今日が正念場と、殿も仰せでした」

「内匠頭様は良いご家来をお持ちだ。貴殿のような方がそば近くにおられれば、何かと気が紛れよう」

「そうでしょうか？」

毎日可笑しくて気が塞いでいる暇などなかろう――と、そこまでは口にしなかった。

「さ、召し上がりなされ」

和久が促すと、武林唯七は嬉しそうに羊羹を頰張った。

子供のように邪気のない男だ、と和久は思った。

三

和久半太夫に厚く礼を述べて、武林唯七は上杉家を辞去した。

汗をぬぐう。冷や汗だけではない。桜の散る季節で、暖かさは日に日に増していた。

今度は屋敷を間違えないようにしなければ。本来の目的地は、浅野本家の上屋敷。唯七が仕える赤穂《あこう》浅野家は、広島浅野家の分家である。

本家の上屋敷は、上杉家とは通りひとつを隔てた隣同士であった。

「なぜ間違えたかのう」

「霞《かすみ》ヶ《が》関《せき》の一番大きなお屋敷」などと、適当な指示を出した原様《はら》が悪い。唯七は上役の原惣右衛門《そうえもん》のせいにして、浅野本家の屋敷を探した。江戸は初めてではなかったが、人は多く、町は大きく、何度来ても慣れることがない。

ようやくそれらしき屋敷を見つけ、門番に用向きを伝える。

屋敷に入り、出てきたとき、唯七は杜若《かきつばた》の鉢植えを抱えていた。浅野本家から内匠頭に、饗応役の慰労のための贈り物であった。唯七は受け取りの使いに出されたのである。

紫の蕾と稲のような葉に鼻をくすぐられながら、唯七は今朝の主君との会話を思い出していた。屋敷を間違えてしまったのは、そのことがずっと気になっていたためではなかったろうか。とても他人に話せるような内容ではなかったのだ――

「大陸の士大夫《したいふ》は忠より孝を、日本の武士は孝より忠を尊ぶ。そなたの父が申したことだ。朝鮮使節も感心していたぞ」

毎朝、殿の月代を剃るのが唯七の務めである。その間にとりとめのない話をするのも日課だったが、この日は二十年前に朝鮮通信使を接待したときの思い出話だった。唯七にとっては、父の渡辺平右衛門から何度も聞かされてきた話である。

「だが、そなたの父は後でこうも言った。士大夫にも烈しき忠義の者はいると」

「豫譲《よじょう》のことでしょうか?」

「そうだ、知っておったか」

「父がよく話しておりますゆえ」

中国春秋時代の国士・豫譲は、滅ぼされた主君の仇を討つため、みずから喉を潰し、顔を傷つけ、正体を隠して仇敵をつけ狙った。結局、その志は果たせなかったが、中国の代表的な刺客として司馬遷《しばせん》の『史記《しき》』刺客列伝《しかくれつでん》にその名を残している。

「そなたもそなたの父も、大陸の血を引いている。それゆえ、大陸の者は忠義の心が薄いと思われとうなかったのやもしれぬな。そなたらの忠義を疑うはずもないものを」

唯七は恐縮して頭を下げた。

「じつは、近頃の父は豫譲をあまり評価していないのです」

「ほう、それは?」

「まことの忠義者なら主君が滅ぼされぬよう死力を尽くすべきであり、主君が滅ぼされてから仇を討っても不忠の誹《そし》りは免れぬ——とのこと」

「なるほど、それは一理あるのう」

内匠頭はしきりに感心していた。

「唯七、私はな、おのれの武士としての面目を何よりも尊しと思うておる」

「それは武士なれば当然のことにございます」

「まことにそう思うか。自分の命も、赤穂五万石も、そなたたち家中の者どもも、おのれの面目ひとつのためなら打ち捨てる覚悟だとしてもか」

月代を剃る唯七の手が、さすがに止まった。

「だが、そうして人としての範を世に示さねば、戦なき世に武士がいる意味がない。耕さずして喰らい、作らずして喰らう、商わずして喰らい。それが武士なら、この世にある意味がない」

それは内匠頭の師たる兵法家・山鹿素行《やまがそこう》の教えであった。

「手が止まっておるぞ」

「は、はい」

唯七は動揺しつつ、ふたたび月代を剃り始めた。

「近頃、内藤和泉守《ないとういずみのかみ》様のことが思われてならぬのだ。どのようなお心であられたのかとな」

二十一年前、四代将軍家綱《いえつな》の法会《ほうえ》が行われていた芝増上寺《しばぞうじょうじ》において、内藤和泉守忠勝《ただかつ》が永井信濃守尚長《ながいしなののかみなおなが》を刺殺するという事件が起きた。大名が大名を殺害したのである。和泉守の乱心であったとされるが、かねてよりの遺恨によるものであったともいう。内匠頭にとって、和泉守は母方の叔父にあたる人だった。

この刃傷《にんじょう》事件により、内藤和泉守は切腹のうえ改易（御家断絶のうえ領地没収）とされたが、殺害された永井信濃守も改易となった。斬った者にも斬られた者にも処分が下されたのである。

「なぜあのような所業に及ばれたのか、定《さだ》めしご乱心めされたのであろうと思うておったが、今にして、そのお心がようわかる気がする」

「殿……」

「よほど腹に据えかねることがあったのやもしれぬ。和泉守様はすべてを擲《なげう》ち、おのれの面目を保った。和泉守様にとっての、それは義であったのだ。ただ平身低頭して波風を立てぬこともできたであろうに、あえて義を取られた。それが和泉守様のお心だったのではあるまいか」

内匠頭は捲《まく》し立てるのではなく、淡々と語っている。

「私は今日、あるお方を斬るつもりであった」

耳を疑う一言が、事もなげに放たれた。唯七は懸念していたことの答えが出た気がした。近習の誰もが、このところ殿が思い詰めた様子であることを心配していた。その原因が、指南役の吉良上野介との確執ではないかということも。近習が考えているよりも、内匠頭は危ういところにいた。

「殿、お戯《たわむ》れを……」

唯七は主君の言葉を正面から受け止めることができなかった。

「うむ、戯れよ」

内匠頭は唯七を安心させるように笑った。

「だが、戯れにもそのようなことを思うてはならなかったな。私が滅びたら、そなたらを不忠者にしてしまう。恥ずかしくも、そこまで考えが及ばなかった。さすが平右衛門は思慮が深いのう」

「殿にお褒めいただいたと、父に伝えておきます」

「うむ、国許に帰ったら見舞ってやらねばなるまい」

「それは光栄でございます」

唯七の父・平右衛門は、赤穂で病床にある。

「殿、じつは皆、ずっと心配しておりました。このところお顔の色が優れませぬので」

「そうか、心配していたか」

「出過ぎたことでございますが」

「いや、嬉しいぞ。素直にありがたいと思う。今となって、私はなんと良き家臣に恵まれてきたことかと身にしみる」

内匠頭は膝を打った。

「決めた。饗応役を無事につとめ上げたら、皆で花見をしよう。ずいぶん散ってしもうたが、春の名残りを皆で惜しもうではないか」

「おお、楽しみですなあ」

「花鳥風月、雪月風花《せつげつふうか》。四季折々の美しさも、生きてこそ愛でられるというもの。武士の面目は、一旦、神棚にでも上げておくとしよう」

内匠頭の顔が久々に晴れ晴れとしている。唯七は安堵した。

「ところでな、唯七。そなたにずっと言いたかったことがある」

「は、何でございましょう」

「剃った毛を息で飛ばすな。頭が寒い」

「こ、これはご無礼を……!」

唯七は平身低頭した。

「まったく、粗忽者め。そなたを見ていると、悩んでいるのが阿呆らしゅうなるわ」

内匠頭は呆れつつも、愉快そうに笑っていた。

主君との今朝のそんな会話が、唯七の胸に残っている。

――殿があれほどのご心労を抱えておられたとはのう。人に弱みを見せようとなさらぬ殿があのようにお話しくだされたのは、よほどのことであろう。

だが、久しぶりに見せた殿の晴れやかな顔を思い出して、きっと大丈夫であろうとも思うのだった。

唯七は杜若《かきつばた》の鉢を抱えたまま道の端に寄った。対面から馬を走らせてくる侍がいたのだ。ずいぶん急いでいる様子だ。やり過ごして後ろ姿を目で追っていると、その馬は唯七が出てきたばかりの浅野本家の門前で逆立った。侍が転げ落ちるように門へ入っていく。

「何ぞあったのか」

戻って確かめようかと思ったが、それほど急ぎの用なら邪魔になるであろうし、鉢を抱えたまま引き返すのも面倒だ。唯七はそのまま帰ることにした。

江戸城の堀に沿うように歩く。重い鉢を抱えて鉄砲洲《てっぽうず》の浅野家上屋敷まで帰るのは、なかなか大変だ。そうだ、原様が伝奏《てんそう》屋敷に詰めておられるはず。上屋敷まで駕籠を使ってよいか聞いてみよう。

伝奏屋敷は和田倉門《わだくら》に近く、勅使の宿泊所になっている。殿も原様も勅使の接待のため、お役目中はそこに詰めていた。とはいえ、今日は勅答の儀のため、殿は江戸城に上がっているはずである。

今頃、殿はお城で勅使をお迎えになっている頃であろうか。和久が言ったとおり、今日という日を無事に過ごせば、殿の肩の荷もずいぶん軽くなるはずであった。

大手門が見える。門前は登城した大名の家来たちの溜まり場になっている。今日は何やら騒がしそうだ。

「何ぞあったのか」

先刻と同じ問いを胸に発しながら、唯七は伝奏屋敷に向かった。途中、息せき切って走ってくる侍の集団と遭遇する。皆、見慣れた顔である。赤穂浅野家の家来衆であった。

「原様、原様」

原惣右衛門の顔を見つけ、呼び止める。

「武林か、なんだ」

原の顔はなぜか青ざめているように見える。

「お急ぎのところ呼び止めて申し訳ございませぬ。あの、鉢が重いのでお屋敷まで駕籠を使ってもよろしゅうございましょうか」

「阿呆、勝手にせい！」

用を言いつけておいて阿呆はないだろう。唯七はむっとしたが、原はもう大手門のほうへ駆けていってしまった。

「武林！」

声をかけてきたのは高田郡兵衛である。深刻そのものの顔であった。

「高田様、何があったのですか」

いつも冗談を言っては笑っている高田が、これほど焦っている。只事ではないと、さすがに唯七も察した。

「ニンジョウだ」

唯七の頭にまず浮かんだのは「人情」の二字であった。高田はたしかに人情深い男である。だが、そういう話ではないだろう。

「殿が殿中で刃傷《にんじょう》あそばされた！」

ああ、刃物で人を傷つけるほうの刃傷か。理解した瞬間、唯七は重い鉢を放って駆け出していた。高田が慌ててその後を追う。

路上には割れた鉢の破片が散乱し、紫の杜若が土にまみれていた。

四

浅野内匠頭、殿中にて吉良上野介様に刃傷いたしたる由。

大手門前で浅野家中に伝えられたのは、それだけであった。

「平川門《ひらかわ》だ」という声があがる。殿中で刃傷とあらば、殿は詮議を受けた後、御城を出されるはずである。その際に使われるのは、平川門しかない。三の丸の正門であり、奥女中の通用門でもあるが、罪人や死者を城外に出すための門でもある「不浄門」という異名は誰も口にしなかった。

赤穂の侍たちは平川門に向かった。

仲間とともに走りながら、唯七は「なぜ」と問わずにいられなかった。武士の面目は神棚に上げると仰せられたではないか。皆で花見をするのを楽しみにしておられたではないか。雪月風花を生きて愛でられるのではなかったのか。

平川門はちょうど開かれたところだった。

浅野家中が見ている前で、門から行列が現れる。あの家紋はたしか、田村《たむら》家。殿は田村家に預けられるのか。

駕籠が見えた。大名家の威風堂々たるそれではない。板張りの駕籠に、竹網をかぶせられている。罪人駕籠であった。

行列は駕籠を守りながら橋を渡ってくる。

唯七たち浅野家中は、橋のたもとに立ちすくんだ。誰からともなく、頽《くずお》れるように膝をつく。

駕籠が近づくと、一人の侍が叫んだ。

「殿、片岡源五右衛門《かたおかげんごえもん》にござる！」

また一人、若い侍が叫ぶ。

「磯貝十郎左衛門《いそがいじゅうろうざえもん》にござる！」

二人は用人《ようにん》として最も殿の側近くに仕えた者たちであった。

侍たちは駕籠に向かって口々に名乗った。

「原惣右衛門にござる！」

「高田郡兵衛にござる！」

「萱野三平《かやのさんぺい》にござる！」

だが、駕籠から返ってくる声はない。行列は止まることなく、彼らの主君を運んでいく。

唯七は遠ざかっていく駕籠に向かい、声をかぎりに叫んだ。

「殿、武林唯七にござる！　粗忽者の唯七にござる！」

殿は駕籠の中で少しでも笑みを浮かべてくださっただろうか。それとも、すまぬと頭を下げられただろうか。浅野家中の者たちは、駕籠が見えなくなるまで主君に呼びかけ続けた。周辺は武家地であり、他家の侍たちもこの光景を見ている。気の毒そうにもらい泣きする者もいれば、愚か者めと軽侮の表情を浮かべる者もいた。

原惣右衛門が最初に立ち上がった。

「善後策を講じねばならぬ」

高位であり、年長者でもある原は、嘆いてばかりいられる立場ではなかった。

「立て。皆――覚悟を決めよ」

勅使登城という最も大事な日に、殿中で刃傷に及んだのだ。

殿はもはや切腹を免れぬ。

それはこの場にいる誰もがわかっていた。城中で簡単な詮議は行われたであろうが、これから田村邸にて、さらに詳しい詮議がなされるであろう。五万石の大名の罪を裁くものであるから、慎重に慎重を重ねて行われるはずである。ひと月やふた月では済まないかもしれない。時間はある。その間に、浅野家中にとって最も傷が浅くなる手立てを考えねばならなかった。

「殿は饗応役を解かれたはず。ならば、伝奏屋敷も引き払わねばなるまい。先々のことを考えるのは、それからだ」

「原様、まずは国許に使者を送らねば」

片岡源五右衛門である。

「ああ、そうだ。早ければ早いほどいい。誰か、使いに出てはくれまいか」

原が一同を見回す。

唯七は勢いよく手をあげた。

「私が！」

原は目をそらした。仲間たちもその声を聞かなかったふりをしている。

「私が参ります」

萱野三平が手をあげた。

「萱野か。よし、頼む」

原は今度は目をそらさず、頼もしそうにうなずいた。

「武林殿の分もがんばります」

生真面目な萱野は、よけいな一言を口にした。

五

伝奏屋敷からの撤収は原の指揮で行われた。その手際の見事さは、幕府の目付が賞賛するほどであった。

夜になり、浅野家から持ち出した物品を鉄砲洲の上屋敷にすべて運び終えた頃、ひとつの知らせがもたらされた。

「殿は先刻、御公儀《ごこうぎ》のご沙汰により切腹あそばされた。片岡と磯貝らがご遺体の引き取りに向かっている」

即日切腹。五万石の大名が。そんなことがあり得るのか。

浅野家中は驚天動地の騒ぎとなった。

そんなことがあり得るとしたら、理由はひとつしかない。殿が刃傷に及んだ相手――吉良上野介が死んだのだ。

「それならば即日切腹もわからぬではないが……相討ちということになるのだろうか」

「それにしても早すぎる。とても詮議を尽くしたとは思えぬ」

夜遅く、片岡と磯貝が帰ってきた。家中の誰も眠らずに待っており、行灯《あんどん》の光とともに二人を囲んだ。

まず一同が驚いたのは、二人が髻《もとどり》を切ってざんばら髪になっていたことであった。

「殿の墓に髻を捧げてきた」

殉死は幕府により禁止されている。これは殉死に代わる作法であった。殿の遺骸は浅野家の菩提寺である泉岳寺《せんがくじ》に葬ったという。

片岡と磯貝を囲み、浅野家中の者たちが何よりも知りたがったのは、殿がなぜ吉良を斬ったのかということであった。

「田村様より、殿の最後のお言葉を伝え聞いた」

最も寵愛した用人二人に、内匠頭は最後の言葉を残したのである。

「殿はなんと？」

片岡がざんばら髪を揺らしながら答えた。

「このことは前もって知らせておくべきであったが、やむをえないことゆえ知らせなかった。さぞ不審に思っていることであろう」

片岡はそれきり沈黙した。

「……それから？」

原惣右衛門が先を促すと、片岡は首を横に振った。

「いや、それだけでござる」

「それだけ？」

それだけでは何のことやらわからぬ。まるで謎かけではないか。

高田郡兵衛が身を乗り出す。

「お二人にはわかるであろう。お二人にだけお言葉を遺されたということは、そういうことではないのか」

片岡と磯貝は唇を嚙んだ。

「わからぬのだ。われらも田村様にお尋ねしたが、それしか仰せにならなかったそうだ」

「なにゆえ吉良をお討ちになったか、それもわからぬのか」

「詮議には、かねてより遺恨あって斬ったとだけお答えになったと」

「どのような遺恨か」

片岡と磯貝がまた首を横に振るのを見て、高田郡兵衛が憤怒の形相で立ち上がった。

「それすらわからぬとはどういうことだ！」

「面目ない」

「お二人を責めているのではない。何もわからぬままに即日切腹とは、御公儀は何を考えておる。何を詮議したというのだ！」

「やめぬか、郡兵衛」

原惣右衛門がたしなめた。浅野屋敷に派遣されている幕府目付を憚《はばか》ったのだ。だが、郡兵衛の疑問はこの場にいる皆の疑問でもあった。

郡兵衛が憤懣《ふんまん》やるかたない様子で腰を下ろすと、ずっと黙っていた男が口を開いた。

「殿は、仰せになりたくなかったのでは――」

一同の視線が武林唯七に集まる。

「口にするも憚られるほどの辱めを受けられたか、穢《けが》らわしい言葉で罵られたか……お命も、御家も捨てて吉良を討たれたのです。言葉にできぬほどの遺恨がおありになったと、お察し申し上げるべきではござりませぬか」

一同がふたたび沈黙する。

「……たしかに、そういうお方であったな」

原惣右衛門が独りごちる。人に弱みを見せることを嫌う、頑固な人であった。

「もしや、われら家来の悪口を言われてお怒り召されたのやもしれぬ。家来思いのお方でもあられたゆえ」

郡兵衛は言うなり、目を伏せて嗚咽した。一人が泣くと堤防が破れ、灯火の薄明かりの中に侍たちの泣き声が満ちた。片岡と磯貝は涙も枯れ果てたのか、黙って唇を噛み締めている。

唯七はまだ泣くことができなかった。内匠頭様が死んだ。今朝まで笑っておられた殿が。十一歳からおよそ二十年、仕えてきたお方が。まだ夢でも見ているようであった。

高田郡兵衛が泣きじゃくりながら叫んだ。

「だが、殿は吉良をお討ちになり、みごとに遺恨を晴らされたのだ。あっぱれ、武士の鑑ではないか！」

一同は涙のうちにうなずきを交わし、主君をたたえた。

彼らはまだ、何も知らなかった。

六

内匠頭様、ご切腹。

この知らせを国許の赤穂に届ける使者は、原惣右衛門がみずから担った。刃傷事件発生を伝える萱野の使者が昼に、続報を伝える原の使者が夜に出発した格好である。

浅野家の江戸屋敷は、幕府に差し押さえられることになった。伝奏屋敷に続いての引越しである。一両日中には屋敷を引き払わなければならない。しかも、今度は行き先のあてはなかった。御家断絶を免れるはずもなく、浅野家の侍たちは主を失い、路頭に放り出されるのである。

屋敷には事情を聞きに来る出入りの商人がひっきりなしであったが、混乱に乗じて物品を失敬しようとする不届き者も紛れこむ。それを追い出すのも浅野家中の仕事であった。

夜も更けきり、江戸は寝静まっている。大名屋敷が並ぶ一画において、明かりが灯り人が立ち働いているのは、浅野家だけとなっていた。

だが、それもようやく落ち着き、灯火はしだいに減り、侍たちは屋敷を囲む長屋へと引き揚げていった。早朝には奥方様と女中たちが屋敷を引き払う。少しでも休んでおかねば、身が持たない。

こんなときに眠れるものかと武林唯七は思っていたが、布団に入ると疲れが一気に出たのか、すぐに睡魔に襲われた。

泥のように眠っていた唯七であったが、釘を打つような大きな音で目を覚まされた。

薄く目を開けると、真っ暗闇である。朝ならば雨戸の隙間から光が漏れているはずだ。だが、まだ外は暗いようである。

釘を打つ音はまだ聞こえる。音が異様に近い。こんな夜中に何の普請だ。

同部屋の倉橋伝助《くらはしでんすけ》も起きていた。闇の中で顔を見合わせ、外の様子を確かめようとする。

だが、戸が開かない。

「賊だ！」

外から門番が叫ぶ声。

「しまった、閉じ込められた」

倉橋が懸命に戸を引くが、びくともしない。さっきの音は、鎹《かすがい》のようなものを戸に打ち込まれていたらしい。両隣の部屋からも戸を開けようとする物音が聞こえる。長屋の侍が皆、閉じ込められてしまったようだ。

外からまた声が聞こえる。侍ではなく、ヤクザ者の喋り方だ。

「そっちには二十人、あっちには三十人で行け。ほかの者は俺についてこい。ほしいものはみんないただいちまえ！」

いったいどれだけの賊が入り込んだのだ。五十人以上はいるようだ。指示を出している者がいるところを見ると、たまたま集まった不心得者が雪崩込んだのではなく、統制のとれた盗賊団らしい。

迂闊に外に出ると賊になぶり殺しにされるおそれがある。だが、そんなことは言っていられなかった。

「伝助、離れろ」

唯七は戸から間合いを取った。伝助も意図を察したらしく、戸から離れる。

唯七は戸をめがけて走った。突き破るしかない。だが、闇の中で何かにつまずき、派手に転んでしまった。

「唯七、大丈夫か」

「こんなところに火鉢が……！」

痛みにうめきながら、唯七はせきこんだ。火鉢の灰を吸い込んだのだ。

唯七は火鉢をどかそうと持ち上げたが、ふと思いついて、それを戸に投げつけた。火鉢が割れる音がして、戸の真ん中あたりから外が見える。穴が開いたのだ。外には松明《たいまつ》らしき光が揺らめいていた。

唯七はもう一度走り、戸に体当たりした。唯七の体は火鉢が空けた穴を広げながら吸い込まれ、外に転がりでた。

起き上がった唯七の目に入ったのは、鼻先に突きつけられた冷たい光であった。

「丸腰で敵前に飛び出す奴があるか、粗忽者め」

着流しの悠々とした姿。その手には白刃が握られ、唯七の顔の前まで切っ先が伸びている。

男の声に聞き覚えがあった。唯七は気のせいかと思ったが、松明が男の顔を照らすと、

「あっ」と声をあげた。

「不破《ふわ》様……!?」

「覚えていたか。ちょいと古巣に邪魔しに来たぜ」

不破数右衛門《かずえもん》。かつて赤穂浅野家に仕えていた男である。だが、何やら悶着を起こして追放され、その後は浅野家中の誰とも連絡がなかったはずであった。

「不破様、なぜこのような真似を」

「どうせ屋敷のものは御公儀に差し押さえられるんだろう？　だったら、その前にいただいちまおうって腹よ」

言葉遣いがすでに武士のそれではなくなっている。現在の不破がどのような世界に身を置いているかが察せられた。

「それよりお前、自分の身を心配したほうがいい」

不破は唯七の鼻先にぴたりと刃先を据えている。剣尖はいささかもぶれず、不破が体の一部のごとく剣を扱っていることが見て取れた。浅野家中にいた頃から、剣にかけては達人と呼ばれる腕であった。

長屋に閉じ込められた侍たちは、まだ外に出ようと戸を叩いたり蹴ったりしている。

「おとなしくしてろ！」

不破は怒鳴りつけた。

「こっちは武林唯七を人質に取った。俺たちが出ていくまで、おとなしくしてるんだな」

戸を叩く音がぴたりと止んだ。

「それでいい。優しい仲間に恵まれてよかったなあ、武林」

唯七は歯噛みした。自分一人のために賊の自由にさせてしまっては、申し訳が立たぬ。ここはみずから腹を切って——と思ったが、刀も脇差も置いてきた。不破の刀に身を投げようかと思ったとき、長屋の戸がひとつ、大きな音をたてて吹き飛んだ。

戸を蹴り飛ばして現れたのは、屈強な体格の侍だった。

「おう、堀部安兵衛《ほりべやすべえ》じゃねえか」

不破が薄笑いを浮かべる。浅野家中きっての剣客の登場に喜んでいるようであった。

堀部安兵衛はその名を江戸中で知られている。そのきっかけとなったのが、いわゆる高田馬場の決闘である。友人の助太刀で決闘に馳せ参じ、巷間の噂では十八人の敵を斬ったという。元の苗字を中山《なかやま》といい、越後の大名家に仕える家柄であったが、七年前に浅野家家来の堀部弥兵衛《やへえ》の養子となって以来、浅野家中に属している。浅野家にとっては、いわば外様《とざま》の家臣であった。

「不破、なぜおぬしがここにいる」

堀部と不破はもともと同格の馬廻役《うままわり》であった。年齢も同じで、この年、数えで三十二歳である。

不破は唯七に突きつけた刀を揺らした。

「こいつの命がどうなっても――なんて、お前が気にするわけねえか」

「武士ならば常に死の覚悟はできているはず。人質など無意味」

「お前、その性格でよく今まで身内に刺されなかったよなあ」

唯七の顔の前から切っ先が外された。不破は抜き身の刀を肩に担ぎ、後ろを振り返って叫んだ。

「みんな、堀部安兵衛が出てきた。ずらかるぞ」

賊の足音が静かになる。「十八人斬りの安兵衛」の威名はさすがであった。

賊が庭に出てきた。風呂敷を背負っている。その中身は屋敷から頂戴したものであろう。

賊の襟元や袖口からは、夜目にも鮮やかな刺青がのぞいていた。

「盗んだものを置いていってもらおうか」

堀部が凄むと、不破はからからと笑った。

「固いこと言うんじゃねえよ。どうせ御公儀に差し押さえられるんだろうが」

「そうと決まったわけではない」

「たいした物は取ってねえよ。こいつらへの割賦金《わっぷきん》（退職金）代わりってことで、大目に見とけ」

割賦金とはどういうことだろう。唯七が目を凝らすと、賊の中に見知った顔がちらほらとあった。誰だったか。思い出した。

「堀部様、この者たちは臥煙《がえん》です！」

火消人足である。臥煙は鳶《とび》を得意とし、軽々と屋根に登って火消しの先頭に立つ者たちであった。

赤穂浅野家は江戸の火消しとして評判が高く、「火消しの浅野」の異名まである。この臥煙たちは、火消し当番のさいに浅野家が雇っていた者たちであった。

「へへ、堀部様、武林様、お久しゅうごぜえやす」

「お殿様のことは、ご愁傷様でごぜえやした」

「割賦金、たしかに受け取りやした。そいじゃ失礼」

臥煙たちは律儀に挨拶すると、さっと逃げ散った。待てという間もない。手際よく塀に梯子をかけると、次々に屋敷の外へと消えていく。

「人数はあれだけか？」

最後に残った不破に、堀部が問いかけた。

「何人いると思った？」

してやったりという顔で不破が笑う。唯七は五十人以上いると思っていたが、逃げていった臥煙の人数はせいぜい十五人ほどだ。まんまとだまされたらしい。大人数の襲撃と勘違いして、尻込みして出てこなかった者もいたに違いない。

「久しぶりに会ったついでだ。お前らにひとつ教えておいてやる」

不破の顔から笑いが消えた。

「吉良上野介は生きてるぞ」

堀部も唯七も、その言葉の意味が一瞬わからなかった。

「……何を言うておる。吉良は、殿がみごと討ち果たされたのだ」

そうでなければ、即日切腹などという御沙汰が下るはずがない。それではあまりに一方的すぎる。御公儀がそこまで愚かであるものか。

「確かめたのか？」

堀部も唯七も黙ってしまう。

「お前らが伝奏屋敷の引越しでてんてこ舞いしてる間に、御城から呉服橋《ごふくばし》の屋敷に帰っていったよ。お前らと出くわさないよう、わざわざ遠回りしてな」

「偽りを申すな！」

「いずれわかる」

冷たい一言を残して、不破は臥煙たちの後を追っていった。

唯七は立ち尽くしている。

「殿は、吉良様を、討ち漏らした……?」

元禄十四(一七〇一)年三月十四日。長い一日はこうして終わった。

第二章　豫譲《よじょう》の心

一

浅野《あさの》家の江戸屋敷の引き渡しが終わるとすぐに、武林唯七《たけばやしただしち》は同僚の倉橋伝助《くらはしでんすけ》とともに赤穂《あこう》へ里帰りした。国許の様子が気になったのもあるが、屋敷を追い出されたので、住む所がないのである。そのまま国許にとどまるか、また江戸に取って返すか、それすらも決めないままであった。

疲れが出たのか、途中で二人とも一回ずつ熱を出した。そのため、十七日の行程のところをすでに二十日以上かかっている。

京を経て、ようやく姫路まで来た。今日はここに宿をとる。明日の昼頃には赤穂に着くだろう。

姫路の宿では、赤穂浅野家の騒動についての噂が嫌でも耳に入った。当主が即日切腹のうえ、御家断絶。しかも喧嘩相手の吉良《きら》は存命だという。残された家臣はどうするつもりなのか。城を明け渡すのか、籠城か。城受け取りの使者の前で全員切腹し、御公儀《ごこうぎ》に異議申し立てをするつもりではないかという声も聞こえた。

「……どうする？」

夕餉《ゆうげ》の後に伝助が問うてきた。自分たちはどうするか。

「どうするも何も、御城代《ごじょうだい》のお指図しだいであろう」

主君なき赤穂の指導者は、筆頭家老の大石内蔵助《おおいしくらのすけ》のはずである。自分たちは彼の指示に従って動くのが筋ではないか。そう答えた唯七に、伝助はため息をついた。

「唯七、我らはもはや浪人だ。いまさら大石様に従わねばならぬ道理はない」

「そうは言うても、どうしてよいやらわからぬ。思えば、自分の身の振り方を自分で決めたことなど、今まで一度もなかった」

「おぬしは十一歳の頃から亡き殿にお仕えしていたから、無理もなかろうな」

亡き殿、という言葉にも唯七は違和感があった。遺体を見ていないせいもあるが、どうしても亡くなったという実感が湧かない。

いきなり部屋の襖が開いた。

無遠慮きわまる所業をしたのは、同じ宿に逗留している老人であった。

「何をなさる。ご老人とはいえ、無礼ではござらぬか」

唯七が厳しくたしなめる。相手は酔っているようだ。

「無礼はそちらだ……と言いたいところだが、そなたらの申すとおり、もはや同じ浪人。礼儀など必要ないか」

自嘲する老人の顔を、伝助がじっと見つめた。

「……もしや、大野《おおの》様ではございませぬか？」

「大野様とは？」

唯七が問うと、伝助は叱責した。

「大野九郎兵衛《くろべえ》様だ。御家老であろうが！」

「なんと!?」

城代家老は一人ではない。筆頭家老の大石内蔵助に次ぐ力を持っているのが、この九郎兵衛であった。

二人は慌てて姿勢を正し、平伏した。伝助は家老に従う必要はないと言ったばかりだが、すっかり忘れている。

「なに、このような格好ではわからぬであろうよ」

大野の言うとおり、唯七たちは御城で裃《かみしも》を隙なく着こなしている九郎兵衛しか知らない。質素な着流し姿は見慣れていなかった。

「しかし、なぜ大野様がこのようなところに？」

赤穂は今、大変なことになっているはずである。藩札《はんさつ》（藩独自の紙幣）の換金にも追われているはずで、会計に明るい大野がこの時期に赤穂を離れるのは、およそ考えられないことであった。

「追い出されたのよ」

大野は勝手に部屋にあがりこんできて、どっかと座った。唯七が酒をすすめると、「いらん」と手を振った。

「追い出されたとは？」

「大石にしてやられたわ」

大野が言うには、御公儀に城を明け渡すか、それとも籠城するかで家中の意見が真っ二つに割れた。大野は明け渡し、大石は籠城を主張して互いに譲らなかった。

「原惣右衛門《はらそうえもん》めが、大石に賛同せぬ者は出て行けと申すから、私は出ていったよ。話にならぬと思うたからな」

出ていかなければ斬られていたやもしれぬと、大野は一瞬、身を震わせた。原惣右衛門は殿の切腹の夜に江戸から赤穂へ早駕籠の使者に立ったが、今は大石の側近として振る舞っているようだ。

「そのうえ、夜中には原の弟が屋敷に怒鳴り込んできおった。わしは奴がつけた帳簿を検めただけなのに、不正を疑われたと大騒ぎしおって。どうせ裏で大石が糸を引いておったに違いないわ」

ついに城どころか赤穂にも居づらくなり、こうして逃げてきたという。

「そなたらは赤穂に帰るのだろう？　大石に従うつもりなら、やめておけ」

「は、なぜ？」

「あの男はそなたらを地獄へ連れていくつもりだぞ。昼行灯《ひるあんどん》などというのは、人を見る目のない愚か者の申すことだ」

昼（日中）の行灯。つまり、役立たず。穀潰し。大石はそのように渾名《あだな》されていた。

唯七の記憶でも、大石は小柄で茫洋としており、あまり家老らしい風格を感じられない人物ではある。ただ、どこか親しめないものも感じていた。唯七の場合は単に「時々、目が怖い」という理由であったが、大野はずっと以前から、世間が知らない大石の一面を見抜いていたのかもしれない。実際、大野を追放したのが大石の差し金であるならば、敵対する相手には容赦しない冷酷さを持ち合わせているのかもしれなかった。

「明け渡し派の大野様が追放されたということは、赤穂は籠城と決まったのですか？」

「それよ。結局、明け渡すことにしたらしいわ」

「はあ？　大石様は籠城を唱えておられたのでしょう？」

「浅野本家や分家の方々から、神妙に城を明け渡すよう書状が届いたそうだ。さもなくば、江戸の大学《だいがく》様のお立場も悪くなるというてな」

浅野大学長広《ながひろ》は切腹した内匠頭《たくみのかみ》の弟であり、旗本（幕臣）である。子供のない内匠頭の養子にもなっていた。兄が起こした刃傷《にんじょう》事件により、今は閉門（謹慎）を命じられている。

「それならば、大野様を追放することもなかったのでは……」

「いや、大石どもは物騒なことを考えておるわ。城の明け渡しと引き換えに、御家再興と吉良様の御処分を嘆願するつもりのようだ」

酔っているせいか、大野の話はなかなか要領を得ない。

「それがなぜ物騒なのですか。御家再興と吉良様の御処分なら、我々とて願っております」

「わからぬか。まあよい、忠告はしたぞ」

大野は大儀そうに立ち上がった。部屋を出ようとしたところで、襖に手をかけたまま振り返る。

「そうだ、ここで会ったのも何かの縁。ひとつ頼まれごとをしてくれぬか」

二

翌日の昼、唯七と伝助は赤穂に入った。

城下の武家地は各家とも退去の支度に追われているようで、奇妙な活気に包まれている。

唯七は伝助と別れ、実家の渡辺《わたなべ》家の敷居をまたいだ。

疲れた顔の兄・半右衛門《はんえもん》と、母の喜多《きた》に出迎えられた。

「唯七、よう戻ったの……？」

二人が戸惑っている理由は、よくわかる。

「この娘は、ちと訳あって預かることになりました。大野九郎兵衛様の孫にあたるそうで」

唯七は五歳の女の子を連れていた。

「大野様の孫？」

「九郎兵衛様のご嫡子の群右衛門《ぐんえもん》様が、市井の側女《そばめ》に産ませた子だそうで……」

その側女が病で亡くなり、忘れ形見の娘は大野家に引き取られていた。赤穂から「亡命」するにあたり、幼い子に長旅は酷であるとして、大野は孫を唯七に預けたのであった。一応、大野の亡命先での生活が落ち着くまでという条件付きではある。

「この娘の名は、おなつといいます。ご面倒をおかけしますが、しばらくこの家に置いていただけませぬか。ほれ、そなたからもお願いせよ」

唯七はおなつの頭を下げさせた。

「おねがい、いたします」

おなつは終始、仏頂面である。大野家では側女の子として、子供ながらに肩身のせまい思いをしていたのであろう。このたび半ば厄介払いされたことにも、どうやら勘づいている様子だ。愛想をよくしろというほうが無理な話であった。

「それはまあ、しばらく預かるぐらいなら構わぬが……」

当然ながら半右衛門は戸惑っていた。

「おなつさん、おいでなさい」

母がおなつを誘った。

「今は大変なときですから、おたがい様ですよ。助け合わなければね」

そう、赤穂城下は大変なときである。この家も引越しの荷物が部屋の隅に積まれていた。引越し準備が一段落したので、半右衛門の妻は実家の手伝いに行っているそうである。

おなつは唯七の袴をつかんだまま、離れようとしない。姫路から赤穂までの一日の道中で、なぜか懐《なつ》かれてしまった。

「おなつ、母上の言うとおりにしなさい」

唯七がおなつの背中を押すと、しぶしぶといった様子でおなつは手を離した。

「自分の家だと思って、楽にしていいんですよ」

喜多はおなつを連れて中庭に消えていった。行水でも使わせるのであろう。

「唯七、父上にご挨拶を」

父の平右衛門《へいえもん》は、去年、大病を患ったと知らされていた。江戸詰めが終わったらすぐに見舞うつもりであったが、思いがけない形で、早めの里帰りになった。

寝床にいる父と対面して、唯七は安堵した。思ったより顔色もよく、痩せこけてもいなかった。

「よう帰ったな。普段は散歩に出るぐらいはできるのだが、今日はちと調子が悪い。このような時に、情けないことだ」

「何をおっしゃいますか。務めとはいえ長らくのご無沙汰、まことに不孝の極みにて」

「そうよ、儒生《じゅせい》にとって親不孝は最も忌むべきものぞ」

平右衛門は冗談めかして笑った。

「江戸では、もろもろご苦労であったな」

「は……」

「あの聡明な殿がのう。いまだに信じられぬ。刃傷をなさったことも、亡くなられたことも」

「私も同じ思いです」

「殿は短気ではあられたが、短慮なお方では決してなかった。長くおそばに仕えたおぬしのほうが、それはよくわかっておろうが」

唯七はうなずいた。だからこそ、殿の刃傷は乱心のためでも、怒りに我を忘れたためでもないと思っている。それは父も同意見のようだった。

「すべてお覚悟召されてのことだったのであろう。お命も、御家も、家来を路頭に迷わすこともすべてお覚悟の上で――」

吉良上野介《こうずけのすけ》との間に何があったのか、確かなことはわからない。殿は何も語らずに逝ってしまった。だが、唯七を含め浅野家中の者は、殿が吉良から耐え難い屈辱を受けていたものと信じていた。

「武士ならば、辱めを受ければ黙っておれぬのは当然のこと。それなのに殿だけが即日ご切腹、吉良様にはお咎《とが》めなしとは、あまりに理不尽なご沙汰ではある」

平右衛門の言葉は、浅野家中の総意でもあった。

「このようなとき、忠臣たる者はどのように振る舞うべきであろうか？」

この問いは唯七を試すものではなかった。平右衛門も迷っているのである。

「私にもわかりませぬ。それゆえ、御城代に従うつもりで参りました」

「そうよのう。御城を明け渡すかわりに、主家再興と吉良様のご処罰を求める。理にかなってはおる」

「私もそのように聞き及んでおります。しかし、主家の再興はともかく、吉良様のご処罰など叶うものでしょうか」

幕府に裁定を覆せという要求である。簡単に通るとは思えなかった。

「そのふたつが叶わぬときは浅野家中一同、切腹して抗議つかまつる。そのように御城代は仰せだ。家中の覚悟を御公儀に示すおつもりなのだろう」

そんな噂が道々聞こえていたが、どうやら本当だったようだ。家中一同の骸《むくろ》が城の門前に並ぶ光景を想像し、慄然とする。

「たしかに、その覚悟を示せば御公儀の心も動くやもしれませぬが……」

「うむ、これも理にかなってはおるのだ」

「父上は納得されたのですか？」

「正直なところ、御公儀への訴えとしては、まだ弱いのではないかと思うておる」

唯七も同感であった。家中一同が腹を切れば、幕府も多少は動揺するかもしれない。世間も浅野家中に同情するであろう。だが、それだけではないか。幕府に裁定を覆させるほどの力が、果たして我らの命にあるだろうか。

「ただ、御城代は違う道も考えておられるように思える」

「違う道とは？」

「仇討ちよ」

アダウチ。その言葉を唯七が腑に落とすまで、一呼吸が必要だった。

「殿の仇を討つということですか……？」

仇を討つといっても、相手は誰だ。理不尽な裁定を下した御公儀か。御公儀の中の誰だ。将軍家か。将軍家を裏で操っているとも噂される、側用人《そばようにん》の柳沢吉保《やなぎさわよしやす》か。

「吉良様よ」

ああ、吉良様か。吉良様を討つのか。

「吉良様を討つのですか⁉」

これもやはり、腑に落として驚くまでに間が必要だった。

「声が大きい」

「は、失礼しました。しかし、そのように考えたことがなかったゆえ……」

「殿が討ち漏らされた相手だ。当然、考えるべきであろうが」

なぜ考えなかったのだろう。御公儀への怒りはあったが、吉良を討つという発想はこれまでなかった。正直、御公儀に比べれば小物すぎるというのもある。

「吉良様を討つということは、どのような意味を持つのでしょうか」

「御公儀の裁きを否とし、我らがみずから裁きを下すということだ」

「それは……」

唯七にもさすがにわかる。御公儀への謀反も同然である。それが大石の存念なのか。大野九郎兵衛が言っていたのは、このことか。本当に家中を地獄へ連れて行くつもりなのだろうか。

「御城代は本当にそこまで考えておられるのですか」

「はっきりとはわからぬ。以後の含みもこれあり——御城の明け渡しを家中に告げる折、御城代はそのように仰せられたというが」

「含み」というからには公には言えぬこと——つまり仇討ちのことではないかと、家中では噂されているらしい。大石も立場上、明言を避けたのであろう。察せよということなのか。

「それで、おぬしはこれからどうする」

唯七は首を横に振った。

「まだ決めておらぬのです。父上と兄上はどうなさるのです?」

「御城代に従うことにしておる」

大石に従う者たちは、神文に血判を捺《お》して提出しているという。

「それでは、私もそういたします」

「我らに追随する必要はない。おぬしは分家した身。御城代にお会いしてから決めてもよかろう」

「お忙しいのでは？」

「江戸から帰って来た者には、誰でもお会いになる」

赤穂には遠い江戸の事情は伝わりにくい。唯七のほかにも大勢の江戸詰めの家臣が帰ってきているはずで、大石としては少しでも生きた情報を仕入れたいのであろう。

「まあ、帰ってきたばかりなのだ。荷物ばかりでくつろげぬとは思うが、少し休め」

「はい、お言葉に甘えさせていただきます」

唯七は父の布団を直してやった。

「兕《チョウ》、か……」

父が天井を見つめながらつぶやいた。何かを思い出しているようだったが、聞いても答えてくれそうになかった。

三

唯七が縁側でくつろいでいると、懐かしい顔が訪ねてきた。

「唯七殿、帰ってこられたのですね」

幼なじみの間十次郎《はざまじゅうじろう》である。間家とは家族ぐるみのつきあいで、唯七にとっては子供の頃からの弟分であった。

ひとしきり挨拶を交わすと、十次郎は唯七を誘った。

「遠林寺《おんりんじ》に行きませんか。堀部安兵衛《ほりべやすべえ》様が皆を集めておられます」

「堀部様？　堀部様は江戸におられるはずだぞ？」

「きのう、赤穂に来られたようですよ。なんでも、江戸から十日ほどで着かれたそうで」

「なんと、たった十日でか」

普通は十七日かかる距離である。唯七は二十日以上もかかった。どこかで追い越されたらしい。

「堀部様は赤穂で何をなさるおつもりだろう」

「きのう御城代に面会して、御城の明け渡しに異議を唱えられたようです」

「籠城すべしと？」

「いかにも」

「しかし、家中は明け渡しで納得しているのであろう？」

「だからこそ、家中に翻意を促すおつもりなのでしょう」

今さら、という気が唯七はする。十次郎も「正直、今さらとは思いますが」と言った。

「それなのに皆、集まっておるのか」

「堀部様は江戸定府《じょうふ》ですから、赤穂には堀部様に会ったことがない者も多いのです。皆、十八人斬りの安兵衛がいかなるお方か、興味があるのでしょう」

堀部安兵衛は浅野家に仕えてまだ七年と、日が浅い。江戸に行ったことがない者は、堀部安兵衛を直接見知る機会がなかった。十次郎はといえば、かつて武者修行で江戸に赴いた折、堀部らと同じ堀内《ほりうち》道場で腕を磨いた兄弟弟子という間柄である。

「世間の噂とはずいぶん違うお方ですからね。皆、面食らうやもしれませぬ」

「ああ、赤穂でも『呑《の》んべ安《やす》』の噂は広まっておるのか」

江戸の町中では、堀部安兵衛は昼間から酒をかっ食らう豪放磊落《ごうほうらいらく》な好漢として人気が高い。だが、唯七と十次郎の知る堀部は、下戸である。豪放磊落な性格とも思えず、むしろ堅物で理屈っぽい印象があった。

ただひとつだけ、剣の達人という噂は正しい。おそらく浅野家中で右に出る者はいないであろう。「十八人斬り」はあまりに大袈裟だが、高田馬場の決闘で実際に二人は斬ったそうである。

「堀部様とご一緒に、奥田兵左衛門《おくだへいざえもん》様と高田郡兵衛《たかたぐんべえ》様もいらしているそうです」

その二人も江戸定府である。十次郎にとっては、かつての兄弟子たちであった。

半右衛門が縁側に出てきた。

「堀部安兵衛殿か。会うてみたいな」

半右衛門は江戸に行ったことがなく、堀部にも会ったことがなかった。

「おぬしらの言うように理屈の勝ったお方なら、気が合うやもしれぬ」

「兄上、そのように卑下なさらずとも」

「誰が卑下しておる。十八人斬りの安兵衛と、槍の郡兵衛。名高い二人になら、会うてみたいではないか」

十次郎は嬉しそうに半右衛門も誘った。

「ぜひ、三人で参りましょうぞ」

こうして、半右衛門、唯七、十次郎の三人は連れ立って遠林寺に向かうことになった。

四

遠林寺の会所には、すでに浅野家中の者が車座になっていた。物頭《ものがしら》や馬廻りなど、中級の家臣が中心になっている。大石や原惣右衛門のような大身《たいしん》（高禄）の者の姿はない。車輪の外を囲むのは下級の家来である。倉橋伝助もそこにいて、唯七たちを手招きして場所を空けてくれた。

「どのような様子だ」

唯七が小声で尋ねると、伝助は見ればわかるというように、視線を車座の中に向けた。

「お城を明け渡すなど言語道断。理不尽な裁きで主君を失い、このうえお城まで奪われたとあっては、浅野家中は世間の物笑いになりますぞ」

一同の視線も体の向きも、その男に集中している。車座にもかかわらず、その男が場の中心にいることがひと目でわかった。

「あれが堀部安兵衛か」

彼を初めて見る者たちがささやきあっている。噂とはどうも違う、という戸惑いも見えるが、彼の言葉に聞き入っていた。

「堀部殿はなんとしても籠城すべしと申されるのか?」

「いかにも。我ら皆、城を枕に討ち死にすべきと存ずる」

「しかしもう、皆で決めたことだからのう」

やはり「今さら」とぼやくように応じたのは、十次郎の父の喜兵衛《きへえ》である。年齢は還暦をとうに過ぎているが、矍鑠《かくしゃく》としている。年長者である以上、代表して堀部に相対せざるをえないのだろう。

「この安兵衛とて、殿が吉良を討ち果たされたのであれば、このようには申しませぬ。殿が武士として恥を雪《すす》ぎ、みずからも腹を召されたのであれば、あっぱれ武士の鑑と殿を称《たた》え、笑うて城を明け渡すこともできましょう。しかし——吉良は生きておりまする」

最後の一言で、堂内に沈黙が満ちた。吉良は生きている。その事実を一同が嚙みしめるのを待つように、堀部は間を取った。

「……そう、吉良は生きておるのです。殿は即日切腹、しかも庭先で腹を切らされました。かくも理不尽な仕打ちがありましょうか。それでも黙っておられるのか。悔しいとお思いにならぬのか。このうえお城までむざむざと奪われて、赤穂の侍は黙っておられますか」

空気が変わりつつある。弁舌の内容はすでに散々に議論されてきたことで、さほどに目新しいものではない。それよりも、堀部安兵衛の迷いのない気魄に一同が吞まれているのだ。

「否！　この赤穂にそのような腰抜けは一人もおりますまい。我らの忠義を御公儀に、世の人々に見せつけてやりましょうぞ。赤穂の侍ここにありと、後の世にまで語り継がれる大《おお》戦《いくさ》をしてみせましょうぞ」

一同がざわめく。となりの者と小声で話し合う。熱気が起こりつつあった。

「やはりすごい方です、堀部様は」

間十次郎が感嘆の声をあげる。かつて同じ道場で修行した兄弟子に、あらためて敬意を抱いたようだ。

「いやいや、お待ちなされ」

その十次郎の父、喜兵衛が声をあげた。

「堀部殿の申されることはよくわかる。我らとて、一度は同じ思いでござった。だがな、浅野ご本家や大学様から、首尾よく城を明け渡すべしと申し渡されておるのだ。これを無視して我らが籠城に及べば、ご本家の顔を潰し、閉門中の大学様にはさらなる累が及ぶやもしれぬ」

喜兵衛は場の熱気を冷まそうと必死である。

「御城代とも協議して、まずは大学様を立てての御家再興を願い出ることで、一同納得したのだ。もしも我らが軽挙妄動して大学様まで腹を切らされることになれば、赤穂浅野家のお血筋はいよいよ断絶。これ以上の不忠はあるまい」

喜兵衛の目論見は成功したかに見えた。水をかけられたように熱気が静まりはじめた。

「喜兵衛殿の申されること、ごもっともに存ずる」

堀部はうなずいてみせた。喜兵衛は安堵の表情を見せたが、堀部の言葉はそこで終わらなかった。

「つまり、大学様に累が及ばねばよいのです。そのために、ここには物頭より上役の方々は呼んでおりませぬ。城代家老の大石様にも、番頭《ばんがしら》の方々にも知らせず、我らだけで城に籠もるのです」

一同が息を呑む。

「さすれば、それはどなたの指図でもない、我ら家来の軽挙妄動と誰もが納得しましょう。大学様に累が及ぶ心配もござらぬ」

理屈は通っている。だが、家老も番頭も抜きで、中級以下の家臣だけで籠城戦など、聞いたことがない。

「我らが立てば、御城代も立たざるを得なくなりましょう。そうなればしめたものでござる」

結局は巻き込む腹だが、はじめから大石が主導するのとでは、御公儀の心証も多少は違うかもしれない。

「ご一同、この堀部安兵衛とともに立ち、赤穂の侍ここにありと世間に示そうではござらぬか」

一同の間には、熱気がふたたび起ころうとしていた。だが、引っかかりがある。いくら剣名が高いとはいえ、外様の堀部が主導するような流れに、いささかの抵抗を感じざるをえないのだ。

堀部のとなりにいた高田郡兵衛が、初めて発言した。

「むろん我らは外様ゆえ、立つにあたっては間喜兵衛殿を筆頭としたい。ご一同、いかがでござるか」

これで引っかかりが解消され、一同がふたたびざわめきはじめた。今度は真剣に堀部の提案を検討しあっている。我らだけで立つ。御公儀を相手に一戦交える。武士として、これほどの晴れ舞台があろうか。

喜兵衛は途方に暮れた様子であった。堀部を説得できなかったばかりか、勝手に筆頭にまでされそうな勢いである。

唯七は迷いの中にいた。籠城戦。吉良を討つのではなく、御公儀の軍勢と戦う。考えてみれば、吉良を討つよりも、よほど御公儀への直接的な異議申し立てではないか。だが、籠城戦をおこなえば、御家再興も吉良の処罰も望めなくなるだろう。それでよいのだろうか。

「お待ちください」

穏やかに声をあげたのは、唯七の兄・半右衛門である。

「おお、半右衛門。来ておったのか」

喜兵衛が安堵したように手招きした。車座の中級武士が一目置くように、部屋住みの半右衛門のために詰めて場所を空ける。

「堀部殿には初めてお目にかかる。馬廻役・渡辺平右衛門の名代として参りました、嫡子の半右衛門にござる」

馬廻役なら堀部と同格である。堀部は知らなかったが、半右衛門と堀部は同い年でもあった。

「堀部安兵衛にござる。渡辺半右衛門殿のお噂はかねがね伺っておりました。儒学に精通しておられるとか」

「いえ、父に比べればほんの書生に過ぎませぬ」

簡単な挨拶を交わすと、半右衛門は本題に入った。

「堀部殿のお言葉、いちいちごもっともに存ずる。ただ一点、気になることがありますゆえ、それについて伺いたい」

「なんなりと」

「先程から赤穂の侍としきりに仰せになるが、江戸の侍はどうなされましたか」

堀部がじろりと半右衛門を見る。半右衛門はかまわず続けた。

「江戸では、吉良上野介がおのれの屋敷にのうのうと暮らしているはず。それを目の前にして、江戸に残っている浅野家中の方々は何をしておられるのでしょうか」

「渡辺殿、それは――」

高田郡兵衛が答えようとするのを、堀部が制した。

「半右衛門殿の申されるとおり、吉良をのめのめと生かしてはおけぬ。そう思うて、我らも幾度となく吉良を討とうと試みた」

唯七が発想すらできなかった「仇討ち」を、堀部はとうに考え、実行に移そうとさえしていたのである。

「だが、吉良は警戒して屋敷から出て来ぬ。その屋敷も上杉《うえすぎ》の侍に守られておってな。わずかな人数では手出しができぬのだ」

「お仲間を集めて、屋敷に討ち込むこともお考えになられたのでは？」

堀部はうなずいた。

「江戸家老はじめ浅野家中の者に幾人も声をかけた。だが、志を共にしようとする者はごくわずか。恥ずかしながら、江戸で本望を遂げることは難しいと考えざるを得なかった」

「それで赤穂に？」

「吉良を討てぬなら、せめて城を枕に討ち死にすべし。そう思ってここに来たのだ」

堀部は半右衛門に言葉を引き出されていた。ずっと一人で演説をぶっていたのが、今は半右衛門の問いに素直に答える形になっている。

場の熱気はいつの間にか静まっていた。皆、半右衛門と堀部の問答に聞き入っている。

「堀部殿のお気持ちはわかる。我らとて、できれば城を枕に武士らしく討ち死にしたいという思いは同じ。だが、それは匹夫《ひっぷ》の勇《ゆう》と申すべきものではござらぬか」

「匹夫の勇……？」

堀部の眉が不機嫌そうに上がった。匹夫の勇。血気にはやるだけの、思慮分別のない勇ましさ。これは半右衛門や唯七の先祖であるという、亜聖孟子《あせいもうし》の言葉であった。

「籠城したとて、戦う相手は御公儀の軍勢にあらず。御公儀に命じられた近隣諸国の軍勢にござる。その戦で大勢の者が死んだとて、御公儀も吉良も、痛くもかゆくもありますまい。あえて申しますが、犬死にでございましょう」

堀部は沈黙している。身近な者はよく知るように、彼は理詰めで物事を考えることを好む。それだけに、半右衛門の言葉に理があることを認めざるを得なかったのであろう。

「先ほど喜兵衛殿が申されたとおり、御城代は御家再興だけでなく、吉良の処罰を御公儀に求めるおつもりです。法によって吉良が裁かれれば、それが何よりとは思いませぬか」

「半右衛門殿の申されることはわかる。だが、籠城もせず、仇討ちもせず、ただ耐え忍べと申されるか」

半右衛門は一呼吸置いて答えた。

「王に請《こ》う、小勇《しょうゆう》を好むなかれ、これを大《だい》にせよ（王よ、小さな勇気に溺れず、大きな勇気を尊ばれよ）」

これも孟子の言葉である。「匹夫の勇」と同じくだりの中にある。武威をひけらかして相手を脅すような「小勇」ではなく、一時恥を忍んでも大望を果たす「大勇《だいゆう》」を持て――そのような教えであった。

「今は耐えることが大勇。そう半右衛門殿は申されるのだな」

すっかり空気が変わっている。堀部の覇気にも翳《かげ》りが見えた。江戸で吉良を討てずに赤穂に来たことは、堀部にとっても忸怩たるものがあったのだろう。

「大勇を持てとは、王たる者の心得。それを一介の浪人である私に求めるとは、酷なことよ」

「堀部殿は戦国乱世に生まれていれば、千騎の将になっておられたでしょう」

堀部は照れくさそうに、しかし、どこか満更でもなさそうに笑った。堀部のこのような笑い方は、唯七はあまり見たことがない。半右衛門はただ理詰めで説得するのではなく、堀部の自尊心を巧みにくすぐっていた。

「だがな、半右衛門殿。御公儀が吉良を処罰などするだろうか。私には、とてもそうは思えぬのだが」

「その願いが容《い》れられなければ、以後の含みもこれあり――御城代はそのように仰せです」

堀部が弾かれたように顔を上げた。

「以後の含みもこれあり。まことに、御城代がそのように仰せられたのか」

「きのう、お会いになったのでは？」

「会ったが、聞いておらぬ。まことなのか」

半右衛門がうなずくと、堀部は目を輝かせた。高田郡兵衛、奥田兵左衛門の顔にも力がみなぎっている。

「いま一度、御城代に確かめられてはいかがですか」

半右衛門がすすめると、三人は興奮したようにうなずいた。

五

翌日、唯七が出かけるために玄関で草履を履いていると、屈強な体格の侍が訪ねてきた。

「堀部様。拙宅にどのようなご用で？」

「おう武林、そなたの兄上に礼を申したくてな」

声を聞きつけて、半右衛門が出てきた。

「堀部殿、わざわざのお越しとは」

「なに、さきほど御城代に会うてきてな。半右衛門殿の申されたとおりであった」

堀部の顔はじつに満足げである。

「以後の含みもこれあり。たしかに、御城代はそう仰せられた」

「さようでございましょう」

「御城代は吉良を討つおつもりだ。ならば、我らはそれに従うのみ。そのためなら、いかなる辛苦にも堪えられるというもの」

「はあ……」

「これぞ武士の本懐。いざという時は共に立ちましょうぞ。武林もな」

半右衛門と唯七は、同じ懸念を抱いていた。

堀部はなにか勘違いしていないか。

大石が仇討ちを考えているにしても、あくまでそれは御家再興と吉良の処罰が叶わなかった場合の、最後の手段としてであるはずだ。その前提が、堀部の頭からはすっぽり抜け落ちているように見える。

「御公儀への嘆願が叶わず、是非に及ばざる折には、ぜひとも」

半右衛門が「前提」を確認しながら応じると、堀部は「うむ」とうなずいた。本当にわかっているのだろうか。

「私はこれから江戸に帰り、郡兵衛、兵左衛門殿とともに、吉良の様子を探ることにする」

やはり、仇討ちしか頭にないとしか思えない。唯七が危惧していると、堀部が水を向けてきた。

「武林、そなたはどうする。江戸に戻るのか、赤穂に留まるのか」

「ああ……じつのところ、決めておらぬのです」

「江戸に戻るのなら、住まいの場所は知らせよ。江戸の浅野家中で力を合わせねばならぬからな」

「かしこまりました」

堀部が去っていくと、半右衛門と唯七は顔を見合わせた。

「堀部殿は大丈夫だろうか」

「なにやら先走っておられるように思えてなりませぬ」

「私の言い方がまずかったのだろうか？」

「いえ、兄上のせいではありませんよ」

堀部安兵衛はああいう人なのだ。さほど親しくはないが、唯七もそれぐらいは知っている。

「仇討ちか……」

唯七は上がり框《かまち》に腰掛け、独りごちた。きのうまで考えもしなかったが、それが武士たる者の取るべき道なのだろうか。主君を亡くした今、唯七は自分の道を自分で選ばなければならない。それなのに、まだ何も決められていない。先走りがちとはいえ、一途に自分の道を思い定めている堀部が羨ましくもあった。

「いかがした、唯七」

「なんでもありませぬ。少し考え事を」

「そうではなく、なぜ草履を脱いでおる。出かけるところだったのであろうが」

唯七の手が止まった。無意識に草履を脱ぎ、しかも綺麗に揃えようとしていた。

「そうでした、そうでした。堀部様が急に来られたもので」

唯七が慌てて草履を履き直していると、半右衛門が笑った。

「粗忽《そこつ》さが戻ってきた。おぬしらしさが戻ってきたということかな」

「私は何ぞおかしゅうございましたか」

「ずっと顔色が冴えなかった。父上も母上も心配しておられたぞ」

「……それは申し訳ございませぬ」

「殿があのようなことになられたのだ。無理もない」

唯七は立ち上がり、爪先で三和土《たたき》を蹴って草履の履き心地を整えた。

「殿のことはもちろんですが、これから往くべき道について考えておりました」

「御城代のお屋敷なら、御城の大手門をくぐってすぐのところだぞ」

唯七は御城代こと大石内蔵助に会いに行くのである。半右衛門はその道順のことを言っていた。

「兄上、そういう意味ではなく」

「わかっておる。からかってみただけよ」

下手な冗談であったが、兄は兄で唯七を心配して、元気づけようとしてくれているらしい。

「では、行って参ります」

唯七が玄関から出ようとしたところで、背中から声をかけられた。

「なあ、唯七よ」

唯七は振り返った。

「何でございましょう」

「往くべき道のことだがな。江戸に戻るか、赤穂に残るか、おぬしの好きにしてよいのだぞ。そなたが残ってくれれば心強いが、そうせよと命じられる立場でもない」

弟とはいえ、唯七はあくまで分家して一家を立てた身である。その分限を父も兄も守っていた。

「迷惑にはなりませぬか」

「馬鹿を申せ」

半右衛門は笑い飛ばした。

「かたじけのうござる」

唯七は頭を下げ、外に出た。

「ただしち、おでかけ？」

子供の声。大野九郎兵衛から預かったおなつが庭にいた。

「うむ、良い子にしておるのだぞ」

「わたしも行く」

「駄目だ。待っておれ」

駄々をこねるかと思ったが、おなつは目を伏せて「うん」とうなずいた。そういえば姫路で預かってからこの方、あまり子供らしい我が儘を言ったことがない。笑った顔も見せていないような気がする。大野家での肩身のせまい暮らしの中で、必要以上に自分を抑えこむことを覚えてしまったのかもしれない。

唯七は気の毒になり、なるべく口調を優しくした。

「帰ったら遊ぼうぞ」

おなつは一瞬だけ目を細めて口角を上げた。笑ったのだ。唯七も笑顔をつくる。自分もずっと笑っていなかったことに、このとき初めて気付いた。

六

半右衛門の言ったとおり、大石の屋敷は赤穂城の三の丸、大手門をくぐってすぐの場所にある。やはり引越しのために、人足や荷物がたえず門を出入りしていた。

玄関で用向きを告げると、書院に通された。たいして待つこともなく、大石内蔵助が小柄な姿を現す。

「武林、よう帰ったの」

「御城代、お久しゅうございます」

「江戸ではもろもろご苦労であった。少しは休めたか」

「おかげさまにて」

「まあ、赤穂も慌ただしくてなかなか落ち着けまいが……なにしろ城ひとつ、町ひとつ分の引越しだからな」

大石はやはり疲れているようで、しきりに首や肩を回していた。

「そういえば、姫路で大野九郎兵衛様にお会いしました」

大石は肩をさすりながら、「ふむ」と気のない返事をした。露骨に興味がなさそうである。

「大野殿か。藩札の償還やら割賦金《わっぷきん》（退職金）の支給やら、難題が山積みでな。いちいち突っかかってくる御老体にはご退城いただいたわ」

悪びれもせず、大野を追放したことを認めた。

「いささかご無体だったのでは」

「割賦金を皆に支給するにあたって、大野殿は高禄の者にほど多く与えるべしと申されたのだぞ」

逆に大石は、禄の低い者にほど多く支給すべしと主張し、そのように差配した。大石自身は一銭も割賦金を受け取っていない。

唯七は十両三人扶持、とても高禄取りとはいえない。深々と大石に頭を下げた。

「御城代が正しいと存じまする」

「それみろ」

「時に、御城代」

「御城代はよせ。そなたもわしも、もはやただの浪人だ」

「では大石様、これからのことはいかにお考えでしょうか」

「同じことを何度聞かれたかわからぬ。まず、そなたがどこまで知っているかを申せ」

多少癇に障る言い方ではあったが、無理もなかろうと唯七は同情した。

「大石様のお考えとしては、御城を明け渡すのとひきかえに、御公儀に御家再興と吉良様の処罰をお求めになると」

「うむ、うむ」

「それが叶わぬときは、家中一同、切腹つかまつる?」

「うむ、わかっておるではないか」

「以後の含みこれあり、とはどのような意味でしょうか」

大石は薄く笑った。

「つい先刻、堀部らにもしつこく聞かれたのう。そのように詮索されるのがわかっていたから、あの者たちには言いたくなかったのだが」

「なんとお答えになったのですか」

「今、わしの口からは言えぬ」

厳しくはねつけてみせて、大石は頬をゆるめた。

「――と申したら、納得して血判を捺していったわ」

いかようにも取れるこの答えを、堀部たちは仇討ちと確信したようだ。

「どうにも曖昧なお話で、私にはよくわかりませぬ」

大石は苦笑すると、文机の引き出しを開け、一枚の書付を唯七に渡した。

「まだ文を練っている最中だが、御公儀への嘆願書だ。あらゆる伝手《つて》を頼って、これを幕閣の方々にお届けする」

「読んでもよろしいのですか？」

「ああ、かまわぬ」

「堀部様たちもこれをご覧に？」

「いや、見せておらぬ。思うところがあってな」

その文面は細かく書き足したり、線で消したりと、いかにも読みにくい。だが、文意は取れた。

「このたび内匠頭、不調法《ぶちょうほう》仕《つかまつ》り候《そうろう》につき、御法式の通り仰せ付けられ候《そうろう》段、畏《かしこ》み奉《たてまつ》り候《そうろう》――（このたび内匠頭が殿中で刃傷に及び、法に則り処罰されたことについては、家中一同、致し方なしと納得しております）」

胸に痛みを覚えつつ、唯七は読み進めた。

「然《しか》れども上野介殿御存生《ごぞんじょう》の由、伝え承りて候（しかし吉良上野介殿がご存命と伝え聞いております）」

その続きは、唯七が目を疑うほど激烈だった。

――それが事実なら、我ら浅野家中はむざむざと城を明け渡して離散し、世間にどう顔向けができましょうか。家中の者どもを説得しようにも、田舎者ゆえ話が通じませぬ。吉良様を処罰してほしいとは申しませぬが、家中の者どもが納得できるようなお取り計らいを願っております。我らは決して御公儀に恨みがましき存念はございませぬ。ただ、一時は城を枕に討ち死にすることも厭わぬ覚悟であったことは、しかとご承知置きくださいますよう――。

唯七は唖然として書付から顔を上げた。

「……これを御公儀に？」

「まあ、もう少し柔らかくするつもりだが」

「これは脅しではございませぬか！」

「だから、柔らかくすると申しておる」

大石は唯七の手から書付をひったくった。

「堀部安兵衛、高田郡兵衛、奥田兵左衛門。あの者たちが血気に逸《はや》りおるおかげで、この脅し――もとい嘆願が思いがけず真実《まこと》になりおったわ。あの者たちが江戸にいるだけで、この嘆願書は力を増す」

大石はほくそ笑んだ。

「ヤスベー、グンベー、ヘーザエモン。ふふふ、あの三人は面白い。命じもせぬのに、こちらの思惑どおりに動いてくれる」

やはりこの人は好きになれぬと、唯七は改めて思った。

「利用するのですか、堀部様たちを」

「そのように聞こえたか」

「聞こえました」

大石は腰を上げ、唯七のそばまで寄ってきた。異様に近い間合いで睨《にら》みつけてくる。

「よいか、殿は即日切腹、吉良はお咎めなし。そなたはこのお裁きに納得しておるか」

「……いえ」

「何が納得いかぬ。殿が切腹を申し付けられたことか」

「それは、致し方なきことかと……」

「そうだ。殿中でのご刃傷。それは切腹に値する罪。そこまでは納得する。では、なぜ殿は刃傷に及んだ」

「吉良様に対して遺恨ありと仰せられたとか……」

「どのような遺恨だ。そなたは何か聞いておらぬか。ずっと殿のおそばにおったのであろう」

唯七は沈黙せざるを得なかった。殿は何も話さなかった。自分にも、ほかの誰かにも。

「わからぬであろう。それがおかしいのだ。吉良との間にどのような遺恨があったか、それすら明らかにせず、御公儀は殿に腹を切らせた。もしも巷間で噂されるように、吉良が殿を侮辱したのであれば――」

大石は唯七の襟元を摑んだ。

「先に刀を抜いたのは吉良だ。武士を辱めた罪は、それほどに重い。申すまでもないことだ」

武士が侮辱を受けたまま黙っていると、罪科に問われることすらある。武士道に反する罪、士道不覚悟ということである。武士は己の誇りを命がけで守ることが義務付けられていた。

「ならば、吉良をも罰するのが理の当然。だが、御公儀は吉良を罰するどころか、場をわきまえて手向かいしなかったことをお褒めになったという。これを片落ちと呼ばずして何と呼ぶか」

唯七は悔しいことに気圧されていた。少なくとも、この大石の「怒り」だけは本物と認めざるをえない。

「これは明らかな御公儀の落ち度。御公儀が法を損ねたのだ。いかに困難であろうと、それを御公儀に認めさせる。わしの戦はもう始まっておる」

唯七の襟元をつかむ手に力がこもる。

「そのために使えるものなら、何でも使う。堀部も、そなたもだ」

唯七の襟を放し、大石は元の場所に座りなおした。

「それで、そなたは江戸へ戻るのか。それとも赤穂に残るのか」

「まだ決めておりませぬ」

「ならば江戸へ戻れ。そして、堀部らを見張れ。不穏な動きをするのは結構だが、早まったことをされては困る」

「私に間者《かんじゃ》になれと？」

「そう大袈裟に考えるな。適当に手綱を取っておけばよいのだ」

唯七は頭を振った。

「堀部様の手綱を取るなど、私にできるわけがありませぬ」

「そなたの兄上は見事にやってのけたそうではないか」

「私には兄ほどの器はございませぬから」

「そうかな、そなたの申すことなら堀部も聞く耳を持ちそうだが」

「何を根拠に仰せですか」

「そんな気がするだけだ。まあよい、そなたの手に負えぬ場合は、また別の者を江戸に遣わすとしよう」

勝手に話が進められている。

「そうだ、堀部だけでなく片岡源五右衛門《かたおかげんごえもん》と磯貝十郎左衛門《いそがいじゅうろうざえもん》にも目を光らせておけ」

内匠頭の用人だった二人である。内匠頭の遺体を引き取り、埋葬の際に髻《もとどり》を切って忠義を示していた。

「あの両人も先日、ここに参ったわ」

「ああ、帰っておられたのですね」

意外に皆、ばらばらに動いているものである。

「あの両人は殿のご寵愛が格別に深かった。それゆえ今後どうするかを特に尋ねたのだが、存念があるとしか言わぬ。神文にも判を捺さなんだ」

それは大石に従う意志がないということである。

「あの両人はあの両人で、堀部と同じことを考えておるのやもしれぬ。だが、堀部と気質が合うとも思えぬでな。常に見張っておれとは言わぬが、ときどき様子を探っておけ」

「探ると申されましても、何をすればよいのやらわかりませぬ」

「簡単なこと。仲良しになればよいのだ」

「仲良し……」

「そなたならできる。そなたの前では誰もが油断する。ほめておるのだぞ」

素直にそう受け取れるほど、唯七も単純ではない。

「そういえば、杉野《すぎの》十平次《じゆうへいじ》と勝田《かつた》新左衛門《しんざえもん》も江戸へ行くと申しておった。同格の者同士なら気安かろうから、江戸では共に動くがよい」

杉野も勝田も二十代の若者で、唯七と同じ中小姓《ちゆうごしよう》である。浅野家中では屈指の剣術家でもあった。

「杉野は財産持ちゆえ、仲間の暮らし向きが立たなくなった折には、面倒を見てくれるだろう」

「大石様はこの先どうなさるのですか」

「お城の明け渡しを済ませたら、京の山科《やましな》に身を落ち着けるつもりだ。上方《かみがた》の家中をまとめるには都合が良いし、東海道沿いゆえ江戸との連絡にも良い」

最後に大石は改まって言った。

「江戸のことは、くれぐれもよろしく頼む」

唯七が断ることなど、露ほども考えていないようだ。だが、唯七もあえて断ろうとはしなかった。もともと大石に従うつもりで赤穂に帰ってきたこともあるが、今は新たな思いも胸に燻《くすぶ》りつつある。

それにしても重い荷を背負わされたものだと、唯七は思った。

七

三の丸の大石邸を辞去し、唯七は二の丸から本丸まで上がってみた。城の明け渡しが近いため、出入りの商人や荷運びの人足が駆け回っている。城を空にするため、誰もが慌ただしく働いていた。

唯七は石垣の天守台に登った。天守台とはいっても、資金不足もあり、一度も天守閣が築かれたことはない。

天守台からは赤穂城の本丸、二の丸、三の丸が見渡せた。この城は、常陸《ひたち》の笠間《かさま》領主だった初代・浅野長直《ながなお》（内匠頭の祖父）が、この地に転封された際に築いたものである。城の設計には兵法家・山鹿素行《やまがそこう》の意向も一部に反映されたと伝わっている。

御城の甍《いらか》が春の陽射しを跳ね返していた。唯七が幼少の頃から慣れ親しんだ、美しい城である。

潮騒が聞こえた。

赤穂城は海辺にある。唯七はまぶしさに目を細めながら、海原を見はるかした。

だが、そこに見えたのは、海面が見えないほどの黒々とした兵船の群れである。松平讃岐守の軍勢が、不測の事態に備えて海上を警戒しているのだ。もしも浅野家中が籠城戦を選んでいたら、この兵船から矢弾が飛んできたであろう。海だけでなく、陸の国境にも伊予守らの軍勢が集まり、赤穂を警戒しているはずであった。

唯七の体が強張り、震えが襲ってきた。恐怖のためではない。

「我らが何をしたというのだ……」

屈辱。怒り。罪人のように、謀反人のように、赤穂は軍勢に囲まれていた。そこまでのことを、我らがしたというのか。

左手の親指がずきんと痛んだ。大石の前で神文に血判を捺してきたのである。その痛みは指から腕へ、腕から全身へと伝わってくるようだった。

今、赤穂の侍は主君を失い、城を奪われ、住む家を追われ、路頭に放り出されようとしている。内匠頭の「不調法」ひとつのために。

「お恨み申しあげますぞ、殿」

小さく、声に出してみる。

五歳年上の主君は、短気で頑固で、融通の利かない人であった。唯七もよく叱られた。理不尽に怒りをぶつけられたことも、一度ならずある。そんなとき、殿は謝りこそしなかったが、後でこっそり茶菓子や蜜柑を手渡してくれたものだ。自分の気性の激しさに悩んでいるようでもあったが、それを家来に打ち明けるような人でもなかった。

取り返しのつかないことになる前に、近習《きんじゅう》の我らにできることはなかったのか。

殿の死からこのかた、唯七の胸にあったのは自責と後悔の念だけであった。仇討ちに思いが至らなかったのは、吉良よりも御公儀よりも、まず自分自身を責めていたからである。堀部や大石のように、怒りを外に向けるという発想がなかった。

豫譲《よじょう》、の名が脳裏に浮かぶ。中国春秋時代の刺客。亡君の仇を討つために鬼となった男。

父の持論によれば、主君を救えなかった豫譲は不忠者である。ならば自分も不忠者だ。今さら仇を討ったとて、忠臣にはなれぬ。わかっている。わかってはいるが。

思えば殿との最後の会話は、奇しくも豫譲のことであった。あれは殿の遺言ではなかったか。もしもの時は豫譲となって我が無念を晴らしてほしいと、殿がお命じになったのではないか。

豫譲は一人だったが、浅野家に仕えた者は、足軽以下を含めればおよそ五百人。そのうち半分、否、五人に一人、十人に一人でも志のある者がいれば。豫譲の心を持つ者がいれば。

「殿の、仇を、討つ……」

ゆっくり口に出したとき、すとんと唯七の胸に何かが落ちた。殿は死んだ。無念の死を遂げられた。「仇を討つ」という言葉とともに、そのことがようやく現実のこととして腑に落ちたのだ。

眼下の赤穂城は空っぽである。ここに殿がお帰りになることは、二度とない。十一歳からおよそ二十年、人生の大半を仕えて過ごしたこの城に、もはや自分の居場所はなかった。忙しくも幸福だった日々は、あまりにも突然に崩れ落ちた。

下を向くと、しずくがひとつこぼれた。自分が泣いていることに気づき、唯七は膝をついた。肩をふるわせて泣いた。

なぜ殿だけが、赤穂の侍だけがこのような目に遭わねばならぬのか。涙はしだいに怒りへと変わっていく。胸に燻りつつあった火種が、炎を上げはじめた。

この怒りの矛先をどこに向ければよい。吉良か。吉良でよいのか。吉良上野介の首を取れば、この鬱憤は晴らせるのか。

「殿の、仇を、討つ……！」

春の陽射しがふりそそぐ天守台で、一人の浪人の心に初めて復讐の火が灯った。

第三章　江戸組と上方組

一

芝《しば》の堀川のそばにあるその一帯は、薩摩河岸《さつまがし》と呼ばれている。薩摩藩の上屋敷が近く、その御用物がそこから荷揚げされるためである。大名屋敷がひしめく中、輸送の便の良さから、木材や薪炭や米などを商う店も軒《のき》を連ねていた。

赤穂《あこう》から江戸に戻った武林唯七《たけばやしただしち》と倉橋伝助《くらはしでんすけ》は、薩摩河岸の炭屋の裏長屋に居を定めた。一緒に江戸に来た杉野十平次《すぎのじゅうへいじ》と勝田新左衛門《かったしんざえもん》も、近くに長屋を借りている。同じ中小姓役《ちゅうごしょう》だった前原伊助《まえばらいすけ》も近所である。この地は品川宿に近く、上方《かみがた》にいる大石内蔵助《おおいしくらのすけ》からの知らせをいち早く受け取れるという利点があった。また、亡君の墓所である泉岳寺《せんがくじ》にも近い。

唯七は長屋暮らしに慣れているつもりだったが、大名屋敷のそれと町人地のそれでは、まるで勝手が違った。住人は単身の侍ではなく、多くは家族である。朝は赤子の泣き声で目が覚める。昼は終始、子供の遊ぶ声がする。女たちの井戸端でのおしゃべりが聞こえる。夜は夫婦が睦《むつ》み合う音。大名屋敷では聞こえない音が、絶えず聞こえている。この生活に慣れてしまうと、心まで町人になってしまいそうであった。

とはいえ、長屋の住人は親切でもあった。

唯七と伝助を赤穂浅野《あさの》家の浪人と聞くと、皆、気の毒そうな顔をした。「困ったことがあったらなんでもおっしゃってください」と男も女も口にした。

そして驚いたことには、そろって吉良上野介《きらこうずけのすけ》の悪口を言い始める。ずいぶん浅野の殿様をいじめたそうじゃありませんか、大勢の前で罵倒するなんてひどいもんですね、浅野様の美しい奥方様に横恋慕して振られた腹いせだとか聞きますが、本当なんでしょうか――主君の側近くにいた唯七も知らない話が、次々に町人の口からまことしやかに語られる。なんでも、浅草の芝居小屋では浅野と吉良の刃傷《にんじょう》事件を題材にした芝居まで演じられているそうである。

唯七は怒り心頭であった。真偽不確かな噂が広まるのは、ある程度は仕方ない。だが、浅野家中にとって人生を狂わされたほどの重大事を、よくも芝居にして面白がってくれたものである。

だが、唯七がさらに驚いたのは、吉良の悪口を言い終えた人々が声をひそめて言ったことだった。

「赤穂の浪人は亡君の仇を取るに違いないって、もっぱらの噂ですよ」

なぜそのことを。思わず声に出しそうになって、唯七は慌てて口元を押さえた。自分が赤穂で初めて思い至ったことを、なぜ町人たちはすでに噂しているのか。否、期待しているのか。

唯七は薄気味悪いものを感じた。亡君の仇を討つということは、世の秩序を乱し、御公儀《ごこうぎ》に刃向かうことだ。成功しようと失敗しようと、死罪は免れないだろう。人に命をかけさせるようなことを、なぜ、軽々しく期待できるのか。

「そのようなこと、我々が考えておるわけがなかろう」

唯七はむきになって否定した。嘘ではある。だが、仇討ちの志はあくまで自分たち一人一人の胸に宿しておくべきものだと思う。市井の噂などに絡め取られ、引きずられるのは御免であった。

「本当ですかあ？」

「仇討ちなどと、御公儀のお裁きに異を唱えるようなものではないか。畏《おそ》れ多いことだ」

「ほお……ん。そうですか」

あからさまに失望したような顔で、人々は去っていくのだった。

ともかく、この薩摩河岸を拠点として、唯七を含む五人の元中小姓組は密に連絡を取り合って浪人生活を送っていた。

「大石様が後の含みもあると仰せられたのは、卜一《といち》を討つということ以外にない」

旧浅野家中の間ではいくつかの隠語があり、吉良上野介のことは「上」の字を分解してこう呼んでいる。

「とはいえ、それはあくまで最後の一手として残しておくということ。今はただ、大石様のご指示を待つほかはなかろう」

杉野十平次も勝田新左衛門も、数え三十歳の唯七より若い二十代である。二人とも堀部安兵衛《ほりべやすべえ》に匹敵する剣術家と言われていたが、驕《おご》ったところはひとつもなく、じつに穏やかで礼儀正しい若者たちであった。

「何か落とされましたか、武林殿」

「いや、そなたらを見ていると自然と頭が下がってな」

唯七はおもむろに頭を上げた。

「武林殿はいかが思われますか」

「私も同じ考えだ。一儀の決行は我らだけで叶うことではないゆえ」

仇討ちを「一儀」と呼ぶのも、いつの間にか旧浅野家中に定着した隠語である。

三人は密室で談義するのではなく、往来で立ち話をしていた。長屋の中では会話が隣の部屋に筒抜けになる。仲間たちとの密議は、往来の喧騒の中で周囲を警戒しつつ行うのが最も無難という結論になっていた。

勝田新左衛門が困ったようにため息をついた。

「堀部様はすぐにでも一儀を決行するよう大石様をせっついておられるようだが……」

杉野十平次が眉間に皺を寄せる。

「それは話が違うと思わぬか。木挽町《こびきちょう》のご沙汰次第というのが、大石様のお考えのはず」

木挽町というのは内匠頭《たくみのかみ》の弟・浅野大学《だいがく》長広《ながひろ》のことである。彼の屋敷の場所にちなんで、このような隠語で呼んでいる。杉野が言うように、大石にとっての第一の使命は、大学を擁立しての浅野家再興のはずであった。

「それが通じる御方ではないのだ、堀部様は。もう端《はな》から卜一を討つことしか考えておられぬ」

杉野と勝田が嘆息した。

堀部と大石の間では頻繁に書状が交わされている。それは江戸の旧浅野家中の間でも回覧されているが、二人のやり取りは嚙み合っているとは言い難かった。堀部は熱のこもった長文で仇討ち決行を迫り、大石は辟易している様子が見て取れた。

「武林殿のご意見は？」

杉野と勝田がふたたび唯七の顔を見る。なぜか最後には自分に意見を求めてくる二人を唯七は不思議に思ったが、これほど優れた二人が自分を立ててくれているのは、ありがたいことではあった。

「堀部様に事を急がぬよう釘を刺したほうがよいかもしれぬ。一儀の志を胸に秘めつつ、ただ耐える。今はそういう時だ」

杉野と勝田はうなずき、また唯七の顔をじっと見つめた。

「……私に堀部様を説得しろというのか？」

「武林殿から申されれば、堀部様も聞く耳を持たれるかもしれませぬ」

大石も同じようなことを言っていたが、唯七に言わせれば買いかぶりもよいところである。唯七も他の多くの者と同様、堀部は苦手だった。

二

兄上がおられればな、と唯七は切実に思った。兄の渡辺半右衛門《わたなべはんえもん》なら、堀部をうまく説き伏せてくれるだろう。だが、兄は病気の父を看病するため、赤穂を離れるわけにはいかない。儒生《じゅせい》である兄が「孝」をないがしろにはできないのが道理である。

おなつは元気にしているだろうか、と唯七は兄夫婦に預けてきた幼い少女を思った。正しくは、元家老の大野九郎兵衛《おおのくろべえ》から預かった子をさらに預けたのだが、今思えばずいぶん無責任なことをしてしまった。妙に懐《なつ》かれてしまったので、江戸に出立する際はまだ眠っている早朝に黙って家を出た。兄夫婦にはあまり懐いていなかったが、わがままを言って迷惑をかけていないだろうか。

「ああ、そんなことを考えているときではない」

堀部安兵衛を説得しに行かなければならないのだ。

堀部安兵衛、高田郡兵衛《たかたぐんべえ》、奥田兵左衛門《おくだへいざえもん》。大石内蔵助が「ヤスベー、グンベー、ヘーザエモン」と言葉遊びのように呼んでいた三人である。彼らは常に行動を共にしている。三人とも、浅野家中では唯七より格上の馬廻《うままわり》役であった。外様《とざま》の家来でもあり、唯七ら譜代の家来たちとはどこか異質な雰囲気をまとっていた。

三人の中心になって動いているのは、明らかに堀部安兵衛である。だが、いきなり堀部に話をつけにいくのは避けたかった。

「奥田様か高田様にまずは相談してみよう」

杉野と勝田が白い目を向けてきそうな気がしたが、大手（正面）から攻めるだけが兵法ではない。まずは外濠を埋めるのだ。自分にそう言い訳してから、唯七は思案した。ヘーザエモンとグンベー、どちらに相談するか。

ヘーザエモンこと奥田兵左衛門は、三人のうち最年長の五十七歳。年齢が離れているうえ、強面で、あまり話しやすい相手ではない。

「やはりグンベーだな」

思わず無礼な呼び方をしてしまったが、せわしない往来では誰もそんな独り言を聞きとがめたりはしない。

高田郡兵衛は、堀部安兵衛と同じ剣術道場で修行した盟友である。槍の名手でもあり、「槍の郡兵衛」と渾名《あだな》されていた。面倒見の良い性格で、目下の者からの人望も厚い。唯七も、初めて江戸に参勤した折にはずいぶん世話になったものである。

唯七が高田郡兵衛の住む長屋にたどり着くと、ちょうど当人が木戸から出てくるところだった。

「おお武林、丁度よかった。これから堀部に会いに行くのだ。一緒に参ろう」

「えええ……」

「何ぞ都合が悪いのか？」

「いえ、はい、お供いたします」

高田を説得してから堀部に相対するつもりだったのに、堀部と高田、仇討ち急進派の筆頭たる両名を同時に相手取ることになってしまった。この両名の機嫌を損ねたら、江戸で生きていけなくなるやもしれぬ――唯七は本気で心配した。江戸に幾万の人々が住んでいるかは知らないが、旧浅野家中とのつながりを断って生きることなど、考えられなかった。

二人は堀部の住む両国米沢町《りょうごくよねざわちょう》の長屋に来た。堀部の部屋の敷居をまたぐと、空気が変わる。怠惰などとは無縁の、厳しく自己を律する者の醸し出す空気が、部屋中に満ちていた。

「郡兵衛、武林、よく来たな」

堀部は同居の義父母と妻に出かける旨を伝えると、二人を連れて外に出た。堀部の長屋は両国橋のたもとにあり、三人は橋の上から隅田川を見下ろしながら密談をすることになった。

「二人で連れ立って来るとは、何か急用でもあったか？」

「武林とはたまたま一緒になっただけだ。大石様から何か知らせはあったか」

「うむ、大高源五《おおたかげんご》を江戸に寄越すそうだ」

「ほう、大高か」

「源五が江戸に来るのですか」

唯七の声が弾んだ。大高源五は唯七と同じ元中小姓、歳も同じで、旧知の仲であった。

「うむ、原惣右衛門《はらそうえもん》様に続いて、今度は大高源五だ」

堀部が言うように、じつはすでに大石の最側近たる原惣右衛門が江戸に来ていた。堀部たちの性急さを諫《いさ》めるために大石が派遣したのだが、原は逆に堀部に感化されてしまい、急進派に鞍替えしていた。大高源五の江戸下向は、第一陣の失敗を受けての第二陣ということになる。

「よかったではないか、安兵衛。大石様が信頼の厚い者を次々に寄越すのは、我らの思いをないがしろにはせぬというお心の表れだ」

唯七は高田の言葉に違和感を持った。ことさらに大石の意図を好意的に解釈しているように聞こえたのである。大石にしてみれば、原や大高を下向させるのは、堀部らを重んじているというより、暴れ馬を御するという意味合いが強いのではないだろうか。

「ないがしろにはせぬだと？　ならば、なぜ大石様ご自身が下向されぬのだ」

「大石様は上方と国許の家中をまとめておられる。無闇に動かれるわけにはいくまい」

どうやら、高田は堀部の苛立ちをなだめるために、あえて大石の立場を慮《おもんばか》ってみせているようだ。以前は二人で大石への不満を言い合っていたものだが、いつの間にか隔たりができたのだろうか。

「大石様は悠長に過ぎるのだ。殿の一周忌までにはト一の屋敷に参上すべきであろうに」

堀部が掌で欄干を叩く。卜一は吉良のことであるが、その後の言葉が唯七には引っかかった。

「卜一の屋敷に参上する、とは？」

堀部は声を低くした。

「討ち入るに決まっておる」

「屋敷……に討ち入るのですか？　卜一を討つために？」

「どのように討つと思うておったのだ」

「卜一が出かけた折に駕籠を襲うものとばかり」

「それはとうに考えた。だが、無理だ」

吉良の外出の日程をつかみ、目的地と経路を把握し、刺客をしかるべき位置に配置する。それには繊細で周到な計画が必要になる。しかも、吉良は旧浅野家中の襲撃を警戒してか、滅多に外出しない。実行は困難であり、それよりは、吉良の屋敷に討ち入ったほうが成功の見込みがあるという。

「それはそうかもしれませぬが……」

「不服か？」

「いいえ、思いもよらぬ方法でありましたゆえ」

反論こそしなかったが、あまり気乗りがしなかった。敵は吉良一人のはずだが、屋敷に討ち入るとなれば、吉良家の郎党も多く巻き添えにせざるを得ないだろう。屋敷には女子供もいるかもしれない。まるで押し込み強盗のようだ、というのが正直な気持ちだった。

「安兵衛、あまり急《せ》くな。大石様は御家再興を第一に考えておられる。討ち入りは最後の手段という大石様のお考えは、妥当なものだ」

ありがたいことに、高田郡兵衛が唯七の言いたいことを先に言ってくれた。

盟友に説諭された堀部は、苛立ちを抑えて「わかっておる」とうなずく——唯七はそう予想した。この二人の仲はそのようなものであった。だが、堀部は小さくため息をつくと、静かに高田の顔を見据えた。唯七の背筋が凍る。友に向ける目にしては、ずいぶん冷ややかだった。

「郡兵衛、このところ妙だとは思うていたが、まさか臆病風に吹かれたのではあるまいな。御家再興など、亡き殿が望んでおられると思うのか」

唯七のほうが驚いた。堀部は大石の計画を無駄と断じている。御家再興に興味がなさそうだとは感じていたが、ここまで踏み込んだ意見を聞くのは初めてであった。

「殿は何より大切な御命と御家をなげうってまで、吉良を討とうとなされたのだ。今さら御家再興が叶ったとて、お喜びになられようか。ただひたすらに吉良を討てと、それこそが殿のお望みに違いない」

声を荒らげたりはしないが、郡兵衛にかなり腹を立てているらしく、「卜一」という隠語も忘れている。

「今ごろ殿はあの世で嘆いておられよう。なんと頼みにならぬ、情けない家来どもかと。御家再興を名目に大義から逃げるような腑抜けには、殿が天より罰を下されようぞ」

堀部の言葉には一片の迷いもない。何かに取り憑かれているようですらあった。この得体の知れない気魄には人を引き込むある種の力があり、原惣右衛門もこれに感化されたのである。

だが、唯七は危うさを感じずにはいられなかった。この烈しさについて行ける者がどれほどいるだろう。この御方が旧浅野家中の「江戸組」を仕切っていては、まとまるものもまとまらぬのではないか。兄の半右衛門がいれば、と改めて思うが、もはや半右衛門でも止められないかもしれない。

「武林、そなたも私に用があったのだろう？」

堀部の視線が唯七に向けられる。高田に向けたような冷たい目でないのが救いだった。

唯七は拳を握りしめた。汗がにじむ。高田でさえ説得できなかったものを、自分にできるはずがない。だが、高田を孤立無援にするわけにはいかなかった。

「武林はたまたま近くに用があっただけだ。のう？」

唯七は思わず高田の顔を見た。穏やかだが、何も言うなと目で制していた。

「……高田様の申されるとおり、近くに用がありましたので、ご挨拶に伺っただけでござる」

唯七は高田の意を汲んで退いた。助かったという気持ちがないと言えば、嘘になる。

堀部のもとを辞して、高田と唯七は歩きながら話をした。

「情けないところを見せてしもうたな」

「いえ、そのようなことは」

「そなたも安兵衛に説教をしに来たのだろう？」

「説教などと……ただ、私の申し上げたいことは高田様がおっしゃってくださいましたから」

「そなたらに言われる前に、同輩の私から言わねばならぬと思うてな。これまでも折に触れて釘を刺して来たつもりではあったが」

郡兵衛の気苦労がしのばれた。

「そなたを巻き込んでしまったのは申し訳ない。そなたがいれば安兵衛の鋭気も和らぐと思うてな、一緒に来てもらったのだ」

皆、自分に何を期待しているのだろうかと唯七は思う。

「安兵衛に悪気はないのだ。ただ、奴は強すぎる。剣もだが、肚《はら》の据《す》わり具合が尋常ではない。困ったことに、奴は自分と同じ強さを誰もが持っていて然《しか》るべきと思うておる」

「堀部様はまことに強い御方と存じます」

「誰もがそれは認めておる。だから誰も異論を挟めぬ。浪人の頃はその恐れ知らずの気性が快かったものだが、人をまとめる立場となっては……」

郡兵衛はその先は濁した。

「大石様が江戸に下向してくだされればよいのだがな。膝つき合わせて安兵衛と存念を語り合うてくだされば、奴も少しは落ち着こうものを。片岡《かたおか》殿と磯貝《いそがい》殿も離れてしもうたしな」

「あのお二人が？」

片岡源五右衛門《げんごえもん》と磯貝十郎左衛門《じゅうろうざえもん》は、内匠頭から最も信頼されていた用人《ようにん》たちである。唯七の知るかぎり、江戸に戻ってからしばらくは堀部たちと行動を共にしていたはずであった。その二人が、堀部と袂《たもと》を分かったという。

――堀部と気質が合うとも思えぬでな。

大石が二人をそう評していたことを、唯七は思い出した。

三

その片岡源五右衛門と磯貝十郎左衛門が薩摩河岸の長屋を訪ねてきたのは、翌日のことである。

「少しよいか、武林殿」

美男二人が現れたとて、長屋の女たちがざわついている気配がする。

唯七は二人を連れて堀川の河岸に出た。

「聞いておるやもしれぬが、我ら二人は堀部殿たちから離れることにした」

唯七より五歳年長の片岡が、そう告げた。

「お気に召さぬことがございましたか」

「まあ、前々から侮られているようには感じておったのだが――」

将軍家の側用人たる柳沢吉保《やなぎさわよしやす》がそうであるように、用人は主君の個人的な寵愛を受けて取り立てられた者が多い。片岡も磯貝も同様で、内匠頭に見出されて異例の出世を遂げている。ただ、この二人については実務能力も高いことは誰もが認めるところであり、当人たちにも驕ったところがなかったので、嫉視の的になるようなことはなかった。

だが、堀部安兵衛のように旧来の士風を残す者の目には、主君のご機嫌取りが巧みな追従者と映ったのかもしれない。

「堀部殿が申されるには――」

若い磯貝が口を開いた。磯貝は唯七より七歳年少である。若輩の身で出世したことを憚《はばか》ってか、唯七のような軽輩にも丁寧な態度で接するのが常であった。

「堀部殿が申されるには、用人は本来なら主君に殉じて腹を切るべきもの、それゆえ我らに同心するのは当然である、と」

あの方なら言いそうだと、唯七は天を仰いだ。

「志を同じくするとはいえ、堀部殿についていかねばならぬ道理はありませぬ。そこで我らは、堀部殿とは分かれて動くことにいたしました」

「お二人のご心中、お察しいたします」

片岡が尋ねた。

「武林、そなたは今後も堀部殿に従うのか」

「従うというより、共に動くつもりではおります。私も堀部様はいささか苦手ですが、高田郡兵衛様にはよくしていただいておりますゆえ」

「そうか、それもよかろう」

片岡はうなずいた。

「ところで武林、ひとつ尋ねてもよいか。我ら二人とも、ずっと気になっていたのだが」

「なんでございましょう」

「そなたは殿のご寵愛を受けておったのか？」

質問の意味が一瞬わかりかねたが、二人の表情を見て察した。

「いえ、お二人のようには」

「そうか。なかなか良い男ぶりだと思うが、お好みではなかったのかな」

「まあ、そのようなことではないかと。いえ、良い男ぶりかどうかはともかく」

生真面目に答える唯七に、片岡と磯貝は苦笑している。

「いや、すまぬ。殿はそなたにずいぶん心を許しておられたようだから、もしやと思うておったのだ」

「お二人ほどの信頼を得ていたとは思いませぬ」

「あの日、殿から卜一を斬るお覚悟を打ち明けられたのは、そなただけだった」

片岡と磯貝の目には、無念の光があった。

「打ち明けられたと申しましても、本気とも戯《たわむ》れともつかぬおっしゃりようでございました。それに、親しい者にほど、かえって言えぬということもあると存じます」

二人に気を遣ったわけではない。本当にそう思っている。

「殿はお二人を最も頼りにされていました。私のような軽輩だからこそ、殿はあのようなことを仰せになったのではないかと」

片岡は寂しそうに笑った。

「そう言ってくれるのはありがたくもあり、つらくもあるな。最も近くにいながら、私も磯貝も殿をお救いできなかった」

内匠頭の側近くに仕えた者たちは皆、同じ傷みを抱えている。中でもこの二人は特に傷みが深いであろうと、唯七は同情した。

「不思議なものだ。殿がご存命の折には、私と磯貝は互いを面白うないと思うこともあった。だが、今となっては互いを最も頼みとしておる」

「お二人はこれから、どうなさるのですか」

「磯貝の母君がお住まいゆえ、新橋に移ろうと思うておる。芝とは隣同士、そなたら中小姓組の面々とはこうして時々は顔を合わせたい」

「それは我らとしても、ぜひ」

唯七の脳裏に、この二人にも目を光らせよという大石の言葉がよぎった。だが、それはこの際どうでもよい。この二人との親交は、唯七にとっても快いものであった。それも大石の

「仲良しになれ」という指示どおりであることは癪《しゃく》だが、気にしないことにする。

「ト一のことで我らが知り得たことは、そなたにも伝える。それをさらに堀部殿に伝えても構わぬ。袂を分かつとはいえ、敵同士になるわけではないゆえな」

「一儀のことは……」

唯七が遠慮がちに尋ねると、片岡は声を低くした。

「我らは殿の亡骸をこの目で見た。御首と胴が離れた、むごいお姿をな。忘れることはできぬ」

その答えで十分。唯七がそう思ったとき、磯貝が微妙な笑みを見せた。

「もとより片岡殿と私の立場では、ほかに選べる道はありませぬ。一儀をなさぬなら、腹を切るか仏門に入るか。口惜しいことに、堀部殿の申されたとおりなのですよ」

もとは寺の稚児《ちご》小姓で、内匠頭に見出されて栄達した若者である。舞や音曲を得意としていたが、武家奉公をするにあたってそれらを一切断ったとも聞く。純粋に内匠頭への忠義に殉じようとしている片岡に比べると、磯貝には運命に身を委ねて諦観しているような雰囲気があった。

「差し出がましいことを申すようですが、片岡様、磯貝様も、どうか早まったことはなさいませぬように」

「そなたは優しいな。むろん、我らも命を無駄に捨てるつもりはない」

片岡は安心させるように笑った。

「武林殿、もう『様』はやめましょう。もはや我らに上下はありませぬ。同じ浪人です」

若い磯貝の言葉に、唯七は自然と頭が下がった。

二人は唯七に別れを告げ、連れ立って去っていった。談笑しながら遠ざかっていくその後ろ姿は、たがいを思いやる温かみにあふれている。

仇討ちなど忘れて、あのまま二人で穏やかに暮らしてもよいのではないか。唯七はついそう思ってしまう。片岡は国許に妻子がいたはずだが、赤穂に帰った折にすでに覚悟を告げてきたのだろうか。

こうして、江戸の旧浅野家中は三派に分かれることになった。

まず、堀部安兵衛、高田郡兵衛、奥田兵左衛門の元馬廻組三名。これが最も激しく仇討ちを主張し、上方の大石を焚き付けている。ただ、堀部と高田の間には亀裂が生じているようである。

次に、片岡源五右衛門と磯貝十郎左衛門の元用人二名。彼らは独自行動を取ることになった。

そして、武林唯七、倉橋伝助、杉野十平次、勝田新左衛門、前原伊助の、元中小姓組五名である。

「我らはどうする？」

唯七は自問した。

四

十月に入り、唯七の旧友である大高源五が江戸に到着した。

「よう来たのう、源五」

「うむ、また来てしもうた」

大高は上方から大石の名代として派遣された。江戸組——特に堀部をなだめるためである。

二人は泉岳寺の亡君の墓に参った後、芝まで歩きながら情報を交換した。

「先に江戸に遣わされた原惣右衛門殿は、堀部殿に籠絡《ろうらく》されたと聞いている。それはまことか？」

「籠絡とは人聞きが悪いが、そのようだ。原様は殿のご刃傷の折に江戸におられたから、もともと口惜しさも人一倍だったのであろう」

「ご刃傷の日は大変だったと聞いている」

「あまりに目まぐるしい一日だったので、よく覚えておらぬのだ。だが、目の前を殿の御駕籠が通り過ぎたときのことは忘れられぬ。即日切腹などという御沙汰が下るとわかっておれば、あのとき力ずくでも殿を奪い返したものを」

悔やんでどうなるものでもない。奪い返すことなど、できたはずもない。だが、何度も思い返してしまう光景であった。

「いずれにせよ、堀部殿は手強いな。大石殿にはくれぐれもと頼まれてはいるが」

唯七は大高の話しぶりの違和感に気づいた。堀部にも大石にも、「様」という敬称をつけていない。

「ああ、これは大石殿のご指示だ。我らはみな浪人、もはや上下はないと仰せになってな」

片岡、磯貝と同じ考えのようであった。

「さて、堀部殿との話し合いはどうしたものかな。無策で臨めば、私まで籠絡されてしまいそうだ。奥田殿と高田殿は、やはり堀部殿と一心同体と見てよいか」

「奥田様はそのようだが、高田様は堀部様との間に溝があるようだ。いささかついていけぬご様子」

「なるほど、高田殿は使えそうだな」

いちいち引っかかる物言いであった。

「大石殿のご意向は、まずは大学様を立てての御家再興、そして、卜一《ボクイチ》の処罰を御公儀に求めることだ。それまで軽挙妄動されては困る」

「今、ボクイチと申したか？」

「意味はわかるであろう？」

「わかるが、こちらではトイチだ」

「あれはボクイチと読むべきであろうが」

「トイチのほうが言いやすいではないか」

軽く言い争った末、ひとまずトイチで統一することにした。些細なことではあったが、こんなところにも江戸組と上方組の齟齬が表れていた。

「軽挙妄動は困るが、あまりおとなしすぎてもまた困る。按配が難しいところだな」

大高が言うように、御公儀への嘆願に力を持たせるためには、旧浅野家中に亡君の仇討ちの気配があることをにおわせねばならない。そのために大石は堀部を利用するつもりだったはずだが、堀部が予想以上に強硬で手を焼いているのである。

「近頃、江戸の様子はどうだ？」

「驚くぞ。赤穂の浪人がいつ吉良を討つかという噂で持ちきりだ。堀部様が申されるには、町人だけでなく大名旗本の間でもそのような噂が流れているそうだ」

「ほう、それは好都合」

大石にとっては理想的な状況だろう。御家再興を願い、吉良の処分を求めるにあたって、この「世論」は追い風になるはずだった。

「さっきの話だが、堀部殿を説得するのに、高田殿に手を貸してはいただけぬかな」

「それは私もやってみた。だが、近頃の堀部様は、高田様の言葉にも耳を貸さぬようでな」

大高は腕を組んで唸った。

「それでは、やはり私が説得するしかないのか。十八人斬りの安兵衛を、私一人でなあ……」

「いっそ、大石様に下向していただくことはできぬか」

「大石殿を江戸へ?」

「おぬしも堀部様に籠絡されたことにするのだ。そうすれば、今度こそ大石様ご自身が出て来ざるを得まい」

「それでは私が無能みたいではないか」

「ならば観念して、堀部様とじっくり話し合うがよい」

大高は腕を組んだまま天をにらみ、やがて澄んだ表情になった。

「私は無能だ。大石殿に来ていただこう」

「それでよい。これ以上、高田様が板挟みになるのはお気の毒だ」

「苦手なんだよなあ、堀部殿は」

大高源五は頭をかいた。

五

大石内蔵助の江戸下向は十一月三日のことであった。

唯七ら芝に住まう元中小姓組の者たちと大高源五が、品川まで出迎えた。

「よくお越しくださいました、池田様《いけだ》」

大石が江戸に入ったとなると騒ぎになりかねないので、「池田久右衛門《きゆうえもん》」という替名《かえな》（偽名）を使っている。

「皆様を宿までご案内いたします」

大石と共に江戸に下向したのは、奥野将監《おくのしようげん》、河村伝兵衛《かわむらでんべえ》、岡本次郎左衛門《おかもとじろうざえもん》、中村清右衛門《なかむらせいえもん》の四名。中村以外の三名は、かつて浅野家中の重役だった面々である。唯七もさすがに緊張した。同じ浪人ゆえ上下はないというが、やはり彼らは唯七に対しても露骨に偉そうであった。

大石は亡君の眠る泉岳寺に参ることを望んだ。大勢で向かうと目立ってしまうので、大石ひとりを唯七と大高が案内することになった。

泉岳寺への途上、大石は冷ややかに大高に声をかけた。

「そなたまで堀部の軍門に下ったとは思えぬ。わしを江戸に釣り出すための口実であろう？」

「軍門に下ったか否かはともかく、私ではいささか荷が重うございまして。思えば、原殿に無理なことがなぜ私にできるとお思いになったのか、池田（大石）殿のご了見もいささか疑われますなあ」

「そなたであれば巧みに言いくるめると思うたのだがな。堀部はそこまで狷介《けんかい》か」

「狷介といいますか、信念が強いと申しますか。池田殿が出てこないことには、もはや話にならぬかと」

「堀部は一儀（討ち入り）のことしか頭にない。そうでなければ困るのだが、あまりに性急すぎるのだ。このたびの下向とて、本筋は木挽町（浅野大学）の用向きなのだがな」

幕閣の方々に直に会って、改めて御家再興と吉良の処分を嘆願する。大石が江戸下向を決意した第一の理由はそれだという。堀部との話し合いは「ついで」というのが大石の言い分であったが、いささか意地になっているようにも唯七には受け取れた。

大石は唯七のほうを振り返った。

「皆と仲良しになったか？」

「かつての中小姓組の面々とは仲良うしておりますが」

「そのほかの面々とは？」

「堀部様とは付かず離れずのつもりでしたが、どうも堀部様は私を同志の一人と見なしておられるようです。先日も、殿のご一周忌までに一儀を成すという神文に判を求められました」

「捺《お》したのか」

「大《おお》……いえ池田様が下向されてからのお話次第ということで、お待ちいただきました」

「うむ、それでよい」

大石は堀部と袂を分かった用人二人のことを尋ねた。

「片岡様と磯貝様とは時々顔を合わせております。お二人ともお元気で、近頃は商売を始められたようです」

「うむうむ、それでよい」

大石は満足そうにうなずいた。

「反りの合わぬ者同士がおるのは致し方ない。ゆるくでも旧浅野家中の誰かとつながっておることが肝要なのだ。江戸にいる間に、片岡と磯貝にも会っておかねばな」

唯七は思えば中途半端な立ち位置であったが、これこそが大石の狙いだったのだろう。手駒になったつもりはなくとも、結局は思いどおりに動かされているようだ。

泉岳寺に着く。

大石は亡君の墓に長いあいだ手を合わせていた。

「――ご無念にござりますか」

大石が不意に語りかけた。唯七と大高の存在を忘れたかのように、目の前に主君がいるかのように語りかけている。

「何かお言葉をくださりませぬか」

内匠頭の墓は赤穂と京にもあるが、遺体はこの泉岳寺に埋葬されている。大石は墓前に手をつき、ようやく殿に会えたかのように言葉を連ねた。

「吉良との間に何があったのでござる。それすら語らずに逝かれたのでは、我らは家来として立つ瀬もなく、遣《や》る瀬もなし。戸惑うばかりにござります」

唯七と大高は思わず周囲を見回した。大石は「トイチ」でも「ボクイチ」でもなく、「キラ」の名を口にした。

大石は立ち上がった。その目は赤く潤んでいる。だが、「参ろう」と唯七と大高にかけた声は、すでに落ち着いていた。

「本当に亡くなられたのだな」

泉岳寺の門を出るとき、大石がぽつりと言った。

六

大石が江戸に着いて七日後、彼の逗留する芝の屋敷で会合が開かれた。旧浅野家中の上方組と江戸組が、はじめて膝を突き合わせて話し合いを持つ。

参加者のうち、上方組は大石内蔵助、原惣右衛門ら、かつての重役。

江戸組は堀部安兵衛、高田郡兵衛、奥田兵左衛門の三名。

武林唯七ら元中小姓組と大高源五は、別室で会合の結果を待つことになった。

片岡と磯貝は来ていない。

この屋敷の主人は、かつて浅野家御用の日傭頭《ひようがしら》だった者である。信用できると見込んで、会合にはこの場所が選ばれた。

別室で餅を食いながら、元中小姓組はひたすら元上役の会合の結果を待っている。

「何を話しておられるのだろう。気になるのう」

「まるで聞こえぬな」

「それはそうだ、いくら宿の者が信用できると言っても、大声で話せることではない」

ずっと会合の様子を気にしているのは、倉橋伝助と前原伊助。元中小姓組の中では年長の彼らが、最も落ち着きがない。

年少の杉野十平次と勝田新左衛門は、餅は餡《あん》と黄粉《きなこ》のどちらで食すのが最上かを議論していた。今するような話かと唯七は思ったが、これはこれで緊張を紛らわそうとしているのかもしれない。

大高源五が皆に声をかけた。

「それほど退屈をもてあましておるなら、皆で句でも詠み合おうぞ」

誰も返事をしない。大高は憤然となった。

「大高子葉《しよう》と句を詠めるのだぞ。名誉だと思わぬのか」

大高源五は子葉の号を持つ俳人としても知られていた。旧浅野家中で堀部安兵衛の次に有名なのは、おそらく「大高子葉」であろう。

「源五、今は皆、そのような気分ではないのだ」

唯七がなだめる。

「大高殿は上役の方々が何を話しておられるか、気にならぬのか」

倉橋伝助が尋ねた。

「気になるに決まっておる」

「我々と同じではないか」

「焦っても仕方なかろうが」

偉そうに腕を組むと、大高はふと唯七に目をやった。

「そうだ唯七。おぬし、聞き耳を立ててこい」

唯七は耳を疑った。まるで良い考えのように言い出したこともだが、他人に行かせようとするのはどういう了見か。

「うむ、それがよい」

倉橋伝助が同意し、前原伊助もうなずいた。杉野と勝田まで、唯七に期待のまなざしを送ってくる。

「待て、なぜ私が行くのだ」

「おぬしも気になるであろう？」

「それはそうだが……」

「一人では心細いなら、私も一緒に行ってやろう」

言い出しっぺのくせに、大高が恩着せがましく言ってきた。その表情を見ると、どうやら自分の耳で聞きたかったようだ。

結局、唯七と大高が赴くことになった。

二人は足音を忍ばせ、会合が開かれている部屋に近づいた。襖の前で聞き耳を立てる。

まず聞こえてきたのは、堀部の捲《まく》し立てる声であった。

「大石様も江戸に来られておわかりになったはず。今や大名旗本から町人にいたるまで、赤穂の家来衆はいつトイチを討つのかという噂で持ちきりですぞ」

「たしかに、そのようだな。正直、これほどとは思わなんだ」

答えているのは大石である。

「このままトイチをのめのめと生きながらえさせておけば、浅野家中には人なしと世間に笑われまする」

「そなたは何かというと世間、世間だな。世間の噂など、所詮は水物。左様に気にすることはない」

「武士が面目を失って生きられましょうや。なんとしても来年三月、殿のご一周忌までには一儀を決行いたすべきでござる」

「何度も申したとおり、木挽町（浅野大学）のご処分が決定するまで、事は起こせぬ」

「なぜそれを待たねばならぬのですか。はっきり申し上げますが、木挽町がたとえ百万石を賜って御家再興が成ろうとも、そんなものは無意味。トイチを討たねば、亡き殿のご鬱憤は晴れませぬ。殿は大切な御命も御家も捨てて、トイチを討とうとなされたのです。殿のお望みは仇討ちあるのみ」

「よくもそのようなことが言えたものだな。長年お仕えしたこのわしにすら、殿がいま何を望んでおられるのかはわからぬ。たかだか七年ばかり仕えただけのそなたに、何がわかるものか」

想像以上に険悪である。

「たしかに、この安兵衛は外様。なればこそでござる。私がお仕えしたのは浅野家ではなく、内匠頭様お一人。内匠頭様のご無念を晴らさずして、なんの忠義でありましょうや。内匠頭様のご命令とあらば木挽町とて斬り捨てる、それが堀部安兵衛の忠義でござる」

「わしは浅野家に代々お仕えした大石家の当主だ。主家が滅ぶのをみすみす見過ごせるものか。なんとしても主家を再興する、それが大石内蔵助の忠義だ」

息詰まるような沈黙。おそらく二人は睨《にら》み合っているだろう。

やがて堀部の、静かに沸騰するような声が聞こえてきた。

「御家再興が成っても、大学様とトイチが肩を並べて江戸城に出仕するようなことがあってはなりますまい。それでは人前《ひとまえ》が立ちませせぬ」

「わかっておる。だから、御公儀にはボクイチにもしかるべき処分をとお願いしておる。御家再興とボクイチの処分、この二つが揃わねばならぬのだ」

トイチとボクイチすら統一しないまま話を進めている。たがいに意地を張っているのだろうか。

「それはつまり、御公儀に裁きの誤りを認めさせるということ。大石様は、そのようなことができるとお思いか」

「やらねばならぬのだ」

「できなかったときは？」

沈黙。

「できなかったときは、いかがなさる？」

堀部が重ねて問う。

ふたたびの沈黙の後、大石の声が答えた。

「……一儀ということになろうな」

襖越しに、室内の空気がざわつくのがわかった。

「よくぞ仰せられた。それならば、来年三月までと決めてくだされ」

「だからそれは、御公儀しだいだ。こちらで決められるものではない」

「いつまで待てばよろしいのですか。十年ですか。二十年ですか。御公儀しだいと言いつつ、いつまでも日延べする魂胆ではありますまいな」

堀部の無礼をたしなめる声が聞こえる。

「ただ待てと言われていつまでも待てるほど、人の心は強くないのでござる。このままでは同志が次々に脱盟いたしますぞ。なにとぞ、来年三月までとお約束くだされ」

意外にも、堀部は人の心の弱さを一応は心得ているようだ。あるいは、高田郡兵衛の説得が少しは効いていたのかもしれない。

大石のため息が聞こえた気がした。

「わかった。それならば来年三月を目処《めど》としよう。その頃には木挽町のご処分も定まっておるやもしれぬ」

ふたたび室内がざわつく。大石が押し切られた。

唯七と大高は顔を見合わせ、大きく息を吐いた。呼吸するのを忘れていた。

「大石様でも堀部様には勝てぬのだなあ」

唯七がささやくと、大高は「いや」と首を横に振った。

「あれは引き分けだ」

見方を変えれば、大石は来年三月まで堀部を待たせる約束を取り付けたのである。言われてみれば、唯七にもそのあたりが妥当な落とし所と思えた。

ともかく会合の結論は出た。

では、控えの間に戻ろう。二人が忍び足をはじめたところで、襖が音高く開いた。

二人が振り向くと、目の前に高田郡兵衛の白刃が突きつけられていた。

「なんだ、そなたらか」

刃先から殺気が消えた。

室内の御歴々の視線が注がれてくる。

「いくら屋敷の者に信がおけるとはいえ、見張りをつけておかなかったのは不用心であったな。今後は気をつけるとしよう」

大石が頭をかいて苦笑する。

「盗み聞きとは、不調法が過ぎよう」

堀部が叱ると、唯七は慌てて、大高は悠然と膝をついた。

「ご無礼、平にお詫びいたす。厠《かわや》の帰りに道に迷うてしまいまして」

大高が面の皮の厚さを見せつけた。重役方も堀部も、呆れて毒気を抜かれてしまう。

「たまたま聞こえて参りましたが、一儀の件、来年三月をとりあえずの目処とし、引き続き協議するとのこと。まことに本望と存ずる。控えの間にいる皆にも、そのように伝えて参ります」

唯七は、あっと思った。おそらく堀部は、来年三月を決起の期日とする約束を取り付けたつもりである。大高はそれをさりげなく「とりあえずの目処」とし、「引き続き協議する」と書き換えた。

堀部も大高の「まとめ」に違和感を覚えたのか、訝しむ表情になった。

「いかにも！」

堀部が何か言い出すのを阻《はば》むように、高田郡兵衛が大声で肯定してみせた。

「さ、早く皆に知らせてやるがよい」

その言葉を助け舟とし、大高と唯七は控えの間に戻っていった。大高は「本望、本望」とわざとらしく言い続けていた。

七

大石は会合から十三日後に江戸を発った。会合の後はさまざまな伝手《つて》を頼って幕閣に接触し、御公儀への嘆願が通るよう取りなしを求めたようである。その答えがいつ出るのかは、誰にもわからない。

唯七は大石一行を見送ってから、薩摩河岸の長屋に帰った。

部屋の戸を開けると、誰もいない。同居人の倉橋伝助は仕事を探しに行くと言っていたが、まだ帰っていないようだ。

敷居をまたぐと、いきなり手首をつかまれ、後ろ手に極《き》められた。

「な、何奴!?」

吉良か上杉《うえすぎ》の間者だろうか。やはり本名ではなく替名を使うべきだった。かえって怪しまれると思って本名で通していたが、まさか住処《すみか》を突きとめて向こうから襲ってくるとは。

「あいかわらず隙が多いな、粗忽者《そこつもの》」

背中越しに聞こえてきたのは、知っている声だった。

「不破《ふわ》様……?」

不破数右衛門《かずえもん》。かつて赤穂浅野家に仕え、内匠頭の不興を買って浪人となった男である。内匠頭が切腹した日の夜、あろうことか臥煙《がえん》(火消人足)を引き連れて浅野家上屋敷に盗みに入ったが、それ以来の再会であった。

「お放しくだされ。私に何の御用でございますか」

「なに、ちょっと聞きたいことがあってな」

不破は唯七の手首を極めたままである。

「大石が江戸に来ていたろう」

「何のことやらわかりませぬ」

「堀部安兵衛と何やら話し合ったのはわかってるんだ。仇討ちをやるのか」

「何を馬鹿な！」

「言っちまえよ。さもないと手首をへし折るぞ」

「腕をもがれても言うわけには参りませぬ！」

とたんに腕が楽になった。

狐につままれたように唯七は振り返った。

不破は上がり框《かまち》に腰を下ろし、呆れたような笑みを見せた。

「わかりやすい奴だな。それじゃ言っちまったも同然だろうが」

唯七はまんまと嵌《は》められたことに気づき、青ざめた。秘密を知られてしまった。どうすればいい。

唯七は土間に両手をついた。

「どうか、どうか、このことは他言無用にて……！」

「おいおい」

「こ、この、武林の、命と、引き換えに」

唯七は脇差を抜いた。腹を切って懇願する。それしか方法は思いつかなかった。

「この馬鹿野郎！」

不破は唯七の手から脇差を奪うと、平手で横面を張り飛ばした。唯七は土間に倒れて転がった。

「何を考えてやがる。こんなくだらないことで命を捨てるつもりか」

不破は唯七の腰から鞘を抜き取り、脇差を納めた。

「こういうときは自分の腹じゃなく、俺を斬るんだ。俺の口を封じるんだよ」

不破は脇差を唯七に投げ返した。

「不破様を斬るなど……」

「できないのか？」

「かつては同じ主君に仕えた御方ではありませぬか」

「甘い。御公儀に牙を剝こうってのに、綺麗な手のままでいられると思ってるのか」

唯七は絶句した。

「口を割ってくれた礼に、いいことを教えてやる。お前らが卜一《といち》と呼んでる奴のことだ」

なぜか不破はその隠語を知っていた。どこまで地獄耳なのか。

「卜一は屋敷替えを命じられたらしいぞ。今の呉服橋《ごふくばし》から、おそらく本所《ほんじょ》あたりに移るんじゃないかって話だ」

「本所……!?」

「そうだ。いい話だろう?」

「本所とはどこでございましょう?」

「あのなあ……」

田舎者めと罵りながら不破が説明するところによれば、本所は江戸城の東、日本橋一帯を通り抜け、隅田川を越えたところにある。大名屋敷が建ち並ぶ呉服橋とは違い、町人地が多い新興の町であった。奇しくも、堀部安兵衛の住む両国米沢町からは両国橋を渡ってすぐの地でもある。

「やりやすくなるだろう?」

何が、とは言わない。だが、不破の言うとおりだろうと唯七も思う。呉服橋が江戸城のお膝元であるのに対して、本所は郊外である。町人にまぎれて屋敷の周囲を探索するのも容易であろうし、「一儀」の際に他の大名家からの邪魔も入りにくいだろう。

「しかし、なぜいま屋敷替えなど……」

「周りの大名家が御公儀に願い出たって噂がある」

「どういうことです?」

「隣近所で討ち入りなんぞされたら迷惑ってことだ。いまだにト一の屋敷のあたりは警固の侍が一日中うろついてるしな」

そのために吉良の親戚にあたる上杉家からも応援が呼ばれている。それは「江戸組」の堀部や唯七も把握していた。

「不破様はどこからそんな話を？」

「博徒の知り合いがいると、表からも裏からもいろいろ耳に入ってくるんだよ」

知り合いと言っているが、不破自身がその世界に肩まで浸かっているのではないか。唯七にはそう思えてならない。

「まるで御公儀がお前らにト一を討たせようとしているみてえだって、もっぱらの噂だ」

そんな馬鹿な、と唯七は思う。そんなことをして、御公儀に何の益があるのか。だが、そのような噂が立つのも無理からぬ事態ではある。

「不破様はなぜ、そのようなことを私に教えてくださるのですか」

「まずは礼を言ったらどうだ」

「ありがとうございます」

「素直だな」

「それで、なぜ？」

「ただの親切だ。それに、お前らがどんな浪人暮らしをしてるのか、興味があってな。一足早く浪人になった身として」

不破は皮肉な笑みを浮かべた。

「なかなか板についてるぞ」

唯七の胸をひとつ小突くと、不破は悠々と長屋を去っていった。どこに住んでいるのかも、どうやって暮らしているのかも、唯七は聞きそびれてしまった。

第四章　斬れ！

一

上杉《うえすぎ》家家臣の和久半太夫《わくはんだゆう》は、一人の少年とともに町を歩いていた。

「若君、本所《ほんじょ》はいかがでございますか」

「町人の暮らしを見るのは面白いのう。この町に新しいお屋敷を拝領するのだな」

少年の名は吉良左兵衛義周《きらさへえよしちか》、数えで十六歳。吉良家の嫡子であるが、血縁上は当主・上野介《こうずけのすけ》の孫である。上野介の子が米沢《よねざわ》上杉家の養子となり、その子である左兵衛が逆に吉良家の養子に入るという関係であった。

今般、赤穂浅野《あこうあさの》家の浪人が上野介を討つという噂が絶えないため、上杉家から吉良家に護衛の家臣が派遣されていた。和久もその一人である。

「ただ、少し騒がしいな。馴染めるであろうか」

「きっと大丈夫でございましょう」

これは当然、お忍びの町歩きである。周囲にはさりげなく護衛が配置され、警戒の目を光らせている。和久半太夫は最も腕が立つため、左兵衛のそば近くに付き従う役目であった。

和久は少年に同情していた。幼い頃から体が弱く、心根が繊細で、美しいもの、雅《みやび》なものを好む若君であった。だから、武張った大名家ではなく、高家肝煎《こうけきもいり》の吉良家の跡継ぎという立場はうってつけと思っていた。

だが、松之廊下の刃傷《にんじょう》事件以来、世間の風当たりは吉良家にことのほか冷たい。上野介は御公儀《ごこうぎ》に隠居を願い出ており、認められれば左兵衛が新たな吉良家当主となる。世間の矢面に、この繊細な若君が立つことになる。なんという運命かと、和久は胸を痛めずにいられないのである。

「茶店がある。ひとりで茶菓子を注文してみたいのだが」

左兵衛は町歩きを精一杯楽しもうとしている。和久は若君の希望をできるかぎり叶えて差し上げると決めていた。

茶店の表には毛氈《もうせん》の敷かれた椅子が並んでいる。左兵衛は緊張の面持ちでそこに座った。和久は若君の邪魔をしないよう、離れた席に着く。

横目に、左兵衛が注文に手間取っている様子が見えた。隣に座った浪人風の男が見かねて、助けに入っている。親切な男に出会ったようだ。和久もその間に茶を一杯注文した。

茶菓子を待つ間も、左兵衛と浪人は言葉を交わしている。和久は心配になってきた。浪人がどんな男か確認したかったが、この位置では顔もよく見えない。ただ、人の好さそうな雰囲気は伝わる。

「お若い方、さしずめ良家の若君とお見受けするが、お一人で来られたのか？」

「良家の若君などと、そのように見えましょうか」

「見えますとも。お若いが気品がある」

「よく言われますが、決してそのような者ではありませぬ」

左兵衛はこれで謙遜しているつもりらしい。

「ええと、貴殿のお名前を伺ってもよろしいですか」

「お若い方、このようなときは、まず自ら名乗らねばなりませぬぞ」

なかなか筋の通った男だと、和久は好感を抱いた。相手が吉良家の若君と知ったら腰を抜かすかもしれないが。

「これは失礼いたしました。私は杉田左衛門之助《すぎたさえもんのすけ》と申します」

念のため替名《かえな》（偽名）は用意してある。上杉と左兵衛をもじったものだ。

「良き御名でござる。私の名は渡辺七郎右衛門《わたなべしちろうえもん》。なに、つまらぬ浪人でござるよ」

茶菓子が運ばれてくる。左兵衛は団子をひとつ口にして、声をあげた。

「美味い」

「まことに美味そうに召し上がるのう。私の分も一本、お上がりなされ」

「これはかたじけのうござる」

初対面にもかかわらず、若君と浪人はずいぶん馬が合うようだ。七郎右衛門とやらは質《たち》の悪い人間ではなさそうである。和久はひとまず安堵した。

「七郎右衛門殿、近頃、世間での吉良様のご評判はいかがでございましょうか」

安堵したのも束の間、和久は緊張を強いられた。大胆な若君だ。お忍びで町に出たいと言い出したのは、世間の評判を自身の耳で確かめたかったからだろうか。あまり踏み込んだ話になるようなら、無理にでも連れ出さねばならない。

「それは私のような者の口からは申しかねるが……なぜそのようなことを？」

「じつは、私――の友達の父君が吉良様にお仕えしておりまして」

「それで心配になられたのか。うむ、左衛門之助殿はじつにお友達思いの方にござるな。七郎右衛門、感服つかまつりました」

この男は阿呆なのではないかと、和久は思った。左兵衛の下手な嘘をまるで疑っていないようだ。

「世間では吉良様が浅野様にひどい意地悪をしたと噂されているようです。七郎右衛門殿はお聞き及びですか」

「うむ、あくまで噂ではありますがな」

「私には信じられぬのです。あんなにお優しい方がそのようなことを――と、友達の父君は申されているそうです」

「ほほう……吉良様はご家来衆には優しい御方なのやもしれませぬなあ」

「吉良様は浅野様に斬りつけられたときのことをしばしば夢に見るそうです。矍鑠《かくしやく》としておられたのに、あれ以来ずいぶんと気弱になられて……」

左兵衛はまた「と、友達から聞きました」と付け加えた。

「うむ……それは初めて聞き申した。なんとも、言葉がござらぬ」

七郎右衛門はいまだに「友達の父君」の話であることを疑っていない。おそろしく素直な男だと思ったとき、和久の記憶が刺激された。このような印象を抱かせる男に、以前出会ったことがないか？

「左衛門之助殿、じつは私も、浅野様が切腹なされたのに吉良様だけお咎《とが》めなしというのは、理不尽と思うておった。だが、裁かれぬも地獄ということがあるのやもしれぬ。今、気付かされ申した」

「友達の父君はもうすぐ隠居なさいます。友達が後を継がなければならぬのです。しかし、このような世情では重荷をみずから背負うようなものとは思いませぬか」

ああ、やはり一人悩んでおられたのか。和久は若君の胸中を思った。見ず知らずの他人が相手だからこそ、初めて心情を吐露できたのだろう。

「お察しいたします。刃傷の一件から苦労しているのは、吉良様のご家中も同じなのですなあ」

「そうなのです。わかっていただけますか」

「わかりますとも」

「私……の友達はいかがすべきと思われますか？」

七郎右衛門はまた「うーむ……」と唸った。会ったばかりの相手（の友達）の相談に、本気で応えようとしている。

「父君に安心してご隠居いただくことこそ、孝の道とは思いますが……」

「儒学では孝こそが最も尊ぶべき教えですね」

「左様。しかし、私の父が申すには、日本は孝よりも忠を尊ぶ国であるそうな」

「ああ、それはわかるような気がします」

話に夢中になり、本題からそれていることに二人とも気づいていない。

「七郎右衛門殿の父君は、学者であられるのですか？」

「漢籍には通じておりますな。兄と違って私はさほど勉学はできませんでしたが、『史記《しき》』は好きでよく読み申した」

『史記』は私も好きです。項羽本紀《こううほんぎ》が特に」

「私は、そう、刺客列伝《しかくれつでん》などですな」

「刺客列伝は豫譲《よじょう》が良いですね」

「お若いのによくご存知だ」

なにやら盛り上がっているが、七郎右衛門はようやく話がそれていることに気付いたらしい。

「ああ失礼、お友達の悩みごとの話でしたな」

「いえ、七郎右衛門殿、もう結構です」

左兵衛の声が明るい。

「もうよいのです。七郎右衛門殿とお話ししていたら、何か胸のつかえが取れたような気がいたします」

「そうでござるか？」

「一人で鬱々と悩まず、誰かに打ち明ければよかったのですね。つまらぬ意地を張らず、正直に。あ、私の友達がですが」

「そうですな、それがよろしい」

「ありがたいことに、気にかけてくれる者たちが周囲に大勢おるのです。それを忘れておりました」

「それはよかった。安心したところで、団子をもう一本ご馳走《ちそう》しましょうぞ」

二人が談笑している間に、和久は茶の代金を置いて静かに席を立った。店を離れ、遠くから見守る。

やがて左兵衛は七郎右衛門と別れ、和久のもとに戻ってきた。

「良い人に出会った。渡辺七郎右衛門という浪人だそうだ。芝《しば》の薩摩《さつま》河岸《がし》に住んでおるそうなのだが、我が屋敷で召し抱えられないだろうか」

和久は謹んで答えた。

「あの者のことは、私にお任せください」

二

渡辺七郎右衛門と名乗った男は、若君と別れた後、隅田川の船着き場に来ていた。

「唯七《ただしち》……ではなく七郎右衛門、ここだ」

手招きする倉橋伝助《くらはしでんすけ》に、武林《たけばやし》唯七は血相を変えて詰め寄った。

「替名を大声で言い直す奴があるか」

「いや、すまぬすまぬ。おぬしの粗忽《そこつ》がうつったらしい」

元中小姓《ちゅうごしょう》組の仲間たちが集まっている。伝助に加え、杉野十平次《すぎのじゅうへいじ》、勝田新左衛門《かったしんざえもん》、前原《まえばら》伊助《いすけ》、そして武林唯七の五人である。

彼らは吉良邸が移転すると噂される本所を偵察してきたところである。用心してそれぞれに替名を使った。唯七の替名は、実家の渡辺家、通称の唯七、父の平右衛門《へいえもん》と兄の半右衛門《はんえもん》にちなんでいる。替名ではあるが、なかなか気に入っていた。

「まずは乗ろう」

五人が舟に乗り込むと、船頭がゆっくり漕ぎ出した。この船頭は堀部安兵衛《ほりべやすべえ》の知り合いで、浅野びいきで信用できると保証されていた。

「やはり卜一《といち》が本所に移るのはまことのようだ」

「すでに町人どもが噂をしておったわ」

年長の前原と倉橋が報告すると、若い杉野と勝田がうなずいた。

「旗本の松平様が住まわれていた屋敷に間違いないでしょう。空き家になっていたようですが、普請をしていました」

「卜一の家紋がついた荷物も運び込まれていましたよ」

それならば疑いなかろうと、意見が一致した。

「唯七はどうであった？」

伝助が問い、四人の視線が唯七に集まった。

「町人の噂話を聞くため、茶店に寄ってみた」

「うむ、それで？」

「どこぞの良家の若君かと思うような、品のある方がおられてな。まだ十六、七歳と見えたが、話が弾んだ」

「うむうむ、それで？」

「団子を美味そうに食うておられた」

「何がわかったのかを聞いておる！」

伝助に怒られて、唯七は咳払いした。

「じつはその若い方の……友達の？　父君であったかな？　ト一に仕えているそうなのだ」

「おお、それそれ、そういう話だ」

伝助と前原は興奮しているが、杉野と勝田は「又聞きに過ぎぬか？」とささやき合っている。

「じつは、ト一はずいぶん気弱になっておるそうでな。ご家来も苦労しておられるようだ。ほれ、ト一はあれから評判が悪いであろう。向こうは向こうで大変なのだなと、初めてそのようなことを思った」

舟上に微妙な空気が流れる。

「……それが本当だったとして、我らが同情してやる筋合いはなかろう？」

「そうだとも、ト一の家来衆は浪人になったわけではない。我らのほうが苦労しておる」

伝助と前原の言葉に、杉野と勝田もうなずいている。唯七は共感してもらえると思っていたのだが、皆、存外に冷たかった。

「そういうものか……そうかもしれぬな」

いつか不破数右衛門《ふわかずえもん》にも言われたが、自分は甘すぎるのかもしれない。

舟は隅田川を遡り、浅草に着いた。

「せっかくだから浅草寺を参拝していこう」

杉野と勝田は初めてということで、若者らしく興味津々に雷門や仲見世を見物していた。境内には筵《むしろ》の幕で囲っただけの即席の芝居小屋があり、何か興行をしているようである。五人は中に入ってみた。

中は意外に客が多く、子供の泣き声や酔っぱらいの声も聞こえる。五人は筵が敷かれた客席にそれぞれ空いた場所を見つけ、腰を下ろした。

芝居が始まってしばらくして、唯七は後悔しはじめた。他の四人も同様であろう。あきらかに松之廊下の刃傷事件を題材にしたものだったのである。

芝居の筋書きは、庶民の噂をそのままなぞったものだった。浅野と吉良の名は、赤城判官《あかぎはんがん》と高山《たかやま》殿に変えられている。赤穂と高家をもじったものであろう。時代設定は足利将軍家の頃のようだ。

足利将軍邸に帝が行幸する際、接待役を命じられた赤城判官は、指南役の高山殿から散々にいじめられる。高山殿に賄賂を送って露骨にひいきされているもう一人の接待役がいて、外様《とざま》判官と適当に名付けられている。これは内匠頭《たくみのかみ》と同じく饗応《きようおう》役だった伊達左京亮《だてさきようのすけ》のことだろう。

散々に侮辱された赤城判官は、ついに刀を抜いて高山殿に斬りかかる。だが、外様判官に取り押さえられて討ち漏らしてしまう。赤城判官が「武士の情け、討たせてくだされ」と叫びながら舞台袖に引きずられていく様は、芝居とわかっていても唯七には正視できなかった。赤城判官は切腹を命じられ、「憎き高山め、われ怨霊となりて取り殺さん」と世にも恐ろしい呪詛の言葉を吐いて自裁する。

そこから高山殿の地獄がはじまる。

高山殿と外様判官が愉快そうに酒を酌み交わしていると、酌に来た下女が突然、「我こそは赤城判官なり」と叫びながら高山殿につかみかかる。下女はすぐに取り押さえられるが、その後も赤城判官の怨霊は高山殿の夢枕に現れる。ついに高山殿は正気を失い、みずから腹を切ってしまう。外様判官は出家して赤城判官と高山殿の菩提を弔い、流浪の旅に出るという場面で幕となった。

観客は拍手喝采。だが、唯七はじめ元中小姓組の面々は、これをどう受け止めればよいのか戸惑っている。ひとつ言えるのは、高山殿ならぬ吉良殿の庶民からの嫌われぶりが、並々ならぬものであるということだった。

「唯七、さっきの若侍の話、この芝居のことを言っていたのではないか？」

伝助に言われて、唯七も自信がなくなってきた。又聞きの又聞き。だが、あの聡明そうな若侍がそのように無責任な話をしたとも思いたくない。

「卜一は今ごろ、優雅に茶でもすすっておるだろうよ」

前原伊助の言葉に、唯七は曖昧にうなずいた。そう、自分は甘すぎるのだろう。吉良も苦しんでいるなどというのは、そうあってほしいという願望にすぎないのではないか。

芝居小屋の出口は帰りの客で混みあっていた。

「もういっぺん言ってみろ。赤穂の浪人は腰抜けだと?」

人混みの中から聞き覚えのある声がした。

三

「腰抜けじゃねえか。浅野の殿様が切腹してもう八ヶ月だぞ?　赤穂の浪人は今の今まで何をやってやがるんだ」

そうだそうだとはやしたてる声。酔漢の群れが一人の男を囲んで罵っていた。

「浅野様の家来には、仇討ちしようなんて度胸のある奴は一人もいやしねえんだ」

「十八人斬りの安兵衛も評判倒れの男だよな」

酔漢に囲まれているのは、唯七の知っている人物だった。

「不破様ではないか」

不破数右衛門が酔漢の一人の襟をつかんだ。殴りつけようと拳を振り上げたところで、なぜか手を止める。

その隙に酔漢たちが不破に襲いかかった。

「不破様を助けよう」

唯七が仲間に呼びかけると、倉橋伝助は複雑な表情をした。

「しかし、不破様だぞ？」

不破は殿の不興を買って浅野家を追放された男である。そのうえ、あろうことか殿が切腹したその日に臥煙《がえん》（火消人足）を引き連れ、屋敷の家財を失敬していった。そんな男をあえて助ける義理はあるのか。

「浅野家にゆかりのある者が騒ぎを起こしたとなれば、何かとまずいでしょう」

杉野十平次の冷静な意見に、たしかにそうだと一同はうなずいた。

元中小姓組の五人は、乱闘の中に割って入った。乱闘というより、多勢に無勢で不破が一方的に袋叩きにされている。

仲間が酔漢を取り押さえている間に、唯七は不破を救い出した。なんとか芝居小屋の外に出る。

とりあえず、境内の茶屋の席に不破を落ち着かせた。

「不破様、大事ありませんか？」

「ねえよ。ちょっと撫でられただけだ」

そうは言いつつ、唇の端が切れているし、体を動かすのも痛そうである。

「なぜ、あのようなことを」

「浅野家中を馬鹿にされて、かっとなっちまった。もう俺には何の関わりもないのに、馬鹿なことをしたもんだ」

「不破様なら酔っ払いの四、五人ぐらい、簡単に蹴散らせたと思いますが」

「浅野家中にいた俺が騒ぎを起こしたら、お前らに迷惑がかかるかもしれねえだろ。そう思って咄嗟に自重したんだ。ありがたく思え」

自棄《やけ》っぱちに一気に喋ると、不破は運ばれてきた茶を口にした。唇の傷にしみたらしく、

「熱《あつ》、痛《いた》、畜生」と複雑な悲鳴をあげる。

「不破様、そこまで我々のことを……」

元中小姓組の四人が唯七と不破を見つけ、集まってきた。

「不破様、なんと申しますか、お久しゅうございます」

伝助以外は、不破が浅野家中を追放されて以来の再会である。

唯七がひととおりの事情を説明すると、四人は敬意のこもったまなざしを不破に向けた。

「不破様は浅野家中としての誇りを捨ててはおられなかったのですな。倉橋伝助、心得違いをしており申した」

不破を助けることを渋っていた伝助が、素直に頭を下げる。

「我々からも礼を申します。あのような者どもに家中を侮辱されては、黙っておられませぬからな」

杉野、勝田、前原も口々に不破をほめたたえた。

「やめろ、お前ら。体がかゆくなる」

不破は賛辞を払い除けるように手を振った。

「とりあえず、助けられちまったことには礼を言う。だが、俺はもうお前らとは関わりのない人間だ」

席を立とうとする不破を、皆が引き止めた。

「まあまあ、せっかくこうしてお会いできたのですから」

強引に不破を席につかせる。結局、不破を含めた六人で茶を飲むことになった。

「不破様は今、どちらにお住まいで？」

「ちょうど住まいをなくしたところだ。ちょいと、博奕でな」

「ははあ、大負けして文無しにでもなりましたか」

「逆だ。大勝ちしちまって、質《たち》の悪い連中に逆恨みされてる。長屋の前で待ち伏せされて、帰るに帰れん」

元中小姓組は顔を見合わせた。たがいに考えていることは同じである。唯七が代表して不破に提案した。

「それならば薩摩河岸においでなされませ。我らは皆、そこに住もうておりますゆえ」

不破はため息をついたが、拒否はしなかった。同意と受け取り、最年長の前原伊助が湯吞を掲げる。

「それでは、不破様との再会を祝して」

元中小姓組もそれに合わせる。不破はしばらくためらった後、あきらめたように湯吞を掲げた。

四

不破数右衛門は唯七の部屋に同居することになった。それまで同居していた倉橋伝助は、近所の前原伊助の部屋に移った。

「どうぞ不破様。狭いですが、ごゆるりとおくつろぎくだされ」

「不破様はやめてくれ。おたがい浪人同士じゃねえか」

「では、不破殿？」

「まだ固い」

「不破……さん？」

「いいな、それでいこう」

だが、ひとつの出会いの後にはひとつの別れがやってきた。

「不破か？　なぜここにいるのだ？」

「おう、高田《たかた》じゃねえか」

高田郡兵衛《ぐんべえ》が訪ねてきた。不破と高田は、浅野家中では同僚の馬廻《うままわり》役であった。

「高田様、どのような御用で……」

唯七は尋ねつつも、高田の表情からつらい予感がしていた。

「少し外を歩かぬか。何なら、不破も」

例によって、密談の方法は往来での立ち話である。三人は連れ立って堀川のほとりに出た。

「不破よ、武林と一緒に住んでおるということは、一儀のことは聞いておるのだろうな？」

「大体な」

念入りに確かめてから、高田は本題を告げた。

「私は脱《ぬ》けることにした」

やはりそうか——唯七はうなだれた。堀部と高田の間の亀裂は、ついに修復できなかったのだ。

「こうでもせねば、堀部を止められぬ。私が脱ければ、堀部も足を止めざるを得まい」

「堀部様は何を焦っておられるのですか」

大石《おおいし》は浅野家の再興と吉良の処罰を御公儀に嘆願している。亡君の一周忌まではその答えを待つ約束になっていたはずである。

「どうやら、卜一の隠居が決まったらしいのだ」

上野介が吉良家当主の座を下り、隠居生活に入る。唯七にはそれが何を意味するのか、よくわからない。

「御公儀が卜一の隠居を認めた。つまり、御公儀には卜一を処罰するつもりがねえってことだな？」

不破が言うと、高田はうなずいた。

「まことですか……？」

唯七は膝から崩れ落ちそうになった。大石の嘆願は失敗したということか。

「後を継ぐのは養子の左兵衛。まだ十六歳だそうだ」

なんとも若い当主である。先日、本所の茶屋で出会った若侍と同じ年頃だろう。

「それでは、堀部様は……」

さぞ憤慨しているであろうと思いきや、逆であった。

「いよいよ機が熟したと勇んでおる。御家再興と卜一の処分が叶わなければ、一儀を果たす。それが大石様との約束だからな」

御家再興についてはまだ答えが出ていないが、堀部はすでに大石に決起を促す書状を送っているという。

「だが、堀部は焦りすぎなのだ。卜一は本所の屋敷を普請して守りを固めておるというし、殿の一周忌までは警戒を解かぬだろう。大石様もすぐには動かぬと思う」

屋敷の間取りも敵の人数もわからないまま討ち込むのは、博奕にすぎる。失敗は許されない。大石と連携して慎重に事を進めるべきだと高田は主張し、ついに堀部と決裂したのであった。

「堀部は今や、大石様が動かねば独自に一儀を成そうとまで言い出しておる。私が脱ければ、堀部の血気を少しは冷ませるのではないかと思うてな」

そう言ってから、高田は苦笑した。

「……などと賢しらに言葉を連ねてみても、まことのところは怖気づいたのやもしれぬ。一儀など、成功しても地獄、失敗しても地獄。なにゆえむざむざと命を捨てねばならぬのだ？」

答えを求めているわけではなさそうだった。ひとつ嘆息すると、高田はかつての同僚に向きなおった。

「不破、おぬしは一儀に加わるつもりか」

「そんなわけねえだろ」

「私が脱けるかわりに、おぬしが加わってくれればありがたいのだがな。おぬしは腕が立つし、堀部にも臆さず物が言えよう」

「お断りだ。自分は死ぬのが怖くて逃げるくせに、虫が良すぎる」

厳しいが正論であろうと、唯七は思う。

高田は寂しく笑うと、二人に別れを告げた。「槍の郡兵衛」の大きな背中が小さくなり、遠ざかっていった。

元禄十四年の暮れのことである。

五

元禄十五年が明けた。

唯七のもとに父の病状が重いとの知らせが届いたのは、松が取れてすぐの頃であった。兄・渡辺半右衛門からの書状には、すぐにどうなるというわけではないが一度顔を見せに来るようにとあった。

唯七は堀部安兵衛を訪ね、赤穂へ里帰りすることを告げた。

「わかった。父君をよく見舞うてさしあげるがよい」

「ありがとうございます」

「それはわかったが、なぜ不破がここにいるのだ?」

不破数右衛門が欄干にもたれて欠伸《あくび》をしている。三人は両国橋の上にいた。

「不破さんが赤穂まで同道してくださるそうです。せっかくなので、一緒にご挨拶をと」

「国許の家族と話をつけなきゃならねえと思ってたんだ。いい機会だからな」

不破に妻子がいたことに唯七は驚いたものだが、「堀部にだっているんだぞ」と言われて、妙に納得してしまった。二人とも婿養子で、同い年でもあった。

「盟約に加わっておらぬ者と共に動くのは、好ましくないのだが」

「あいかわらず融通が利かねえな、お前は」

不破は軽口のつもりであったろうが、堀部は思いのほか傷ついた表情をしている。気にしているのかもしれない。

「堀部様、不破さんと我ら元中小姓組は、昨年末、浅草の茶屋にて盟約を結んでおります」

「なんの盟約だ？」

唯七はしばし考えて、答えた。

「……仲良しになろうと」

堀部の眉がはねあがり、不破が吹き出す。不破のひきつった笑い声に、橋を渡る人々が何事かと振り返った。

堀部はため息をついた。

「山科《やましな》には寄るのか」

「はい。大石様はじめ、大高源五《おおたかげんご》などにも会うつもりでおります。何かお言伝《ことづて》があれば承りますが」

「……高田郡兵衛の件を」

堀部は胸の傷みをこらえるように口にした。

「郡兵衛の件を上方《かみがた》に伝えてほしい。私が上方に書状を送るときは、常に郡兵衛も名を連ねていた。あの者は一儀の決行を最も強く訴えていた一人と、上方には思われているはず。その郡兵衛が脱盟したとあっては、上方の皆も動揺しよう」

「承知しました。しかし、どのようにお伝えすればよろしいでしょうか」

「覚書を書いた。そのとおりに話せばよい」

渡された覚書にはこうあった。高田は親戚から嫁取りと仕官の話を持ち込まれており、断れば仇討ちの計画を御公儀に密告するとまで脅されていた。それゆえやむなく脱盟したのである、と――。

「確かに承りました。高田様のことは、かえすがえすも残念です。上方の皆様も同じ思いを抱かれることでしょう」

つい、言葉が刺立《とげだ》つ。唯七には、堀部への非難めいた気持ちがたしかにあった。

「高田様の件、堀部様はどのようにお思いですか」

「私の不徳の致す所だ。正直なところ、かなり堪《こた》えている」

堀部が弱音を口にするのは、相当にめずらしいことだった。

「だが、あの者の進退を我々がとやかく言う筋合いもない。彼は彼、我は我だ。郡兵衛の脱盟は残念だが、そのためにこの堀部の一儀への信念が揺らぐことは断じてない。そこは信用してもらいたい」

言葉とは裏腹に、堀部の声には翳《かげ》りがある。唯七は気の毒になってきた。

「元気を出されませ。高田様のことは、あまり気に病まれますな」

堀部は力なく苦笑した。

「じつは郡兵衛の件だけではないのだ。どうにも大石様の心底がはかりかねてな。御公儀がト一を処分しないことは明らかとなったのに、なぜ一儀をご決断なさらぬのか」

堀部は話しているうちに苛立ってきたようだ。

「遅れれば遅れるほど、状況は悪くなるのだ。ト一が本所の屋敷に住まいを移したことは間違いない。だが、隠居となった今、米沢に匿《かくま》われることもあり得る。否、その前にト一の寿命が尽きるやもしれぬ」

堀部が焦るのにも、相応の理由はあった。

「三月をめどに一儀を決行するという話はどうなったのだ。もう年が明けたのだぞ。大石様は隠居を討てなければ若旦那を討てばよいとまで書いてこられたが、冗談ではない」

隠居とは吉良上野介、若旦那とは吉良家の新当主たる左兵衛の隠語である。上野介を単独で呼ぶときは「ト一」だが、若旦那（左兵衛）と並べて呼ぶときは「隠居」になる。

「若旦那など十七の小童《こわっぱ》ではないか。隠居を討たぬでどうする」

大石はやはり「家」を基準に物事を見ているらしく、敵は上野介というより吉良家なのであろう。現当主の左兵衛を標的と考えるのも、彼にとっては自然なことなのかもしれない。

「大石様は、我らを下手な大工にたとえられた。下手な大工ほど仕事を急ぐとな。よくも申されたものだ……よくも」

堀部は欄干の上で拳を握りしめた。

「大石様には我ら江戸組の心持ちがわからぬのだ。この橋を渡れば、すぐそこにト一の屋敷がある。憎き敵が目と鼻の先におるというのに、何もできぬとは」

堀部は吉良邸の方向に視線を突き刺した。

「まことのところ、大石様には一儀をなさるつもりなど端《はな》からなかったのやもしれぬ。このうえは――」

堀部はその先を言わなかった。高田が危惧していたように、独自に一儀を成そうという心積もりがあるのだろうか。もともと先走りがちだった堀部だが、今や孤立の影が見えはじめている。高田郡兵衛の脱盟は堀部の足を鈍らせはしたが、心はむしろ追い詰めてしまったようである。

「堀部様、どうか軽挙はなさいませぬよう」

思わず諫《いさ》めてしまい、唯七は血の気が引いた。虎の尾を踏んでしまったかもしれない。

「そなたも臆病風に吹かれたか」と詰《なじ》られるのを覚悟した。

だが、堀部は少し驚いたような顔はしたものの、苦笑すら浮かべて言った。

「そなたに言われては、聞かぬわけにはいくまい。わかった、そなたが戻るまで軽挙は致すまいぞ」

唯七のほうが驚いてしまった。こんなにも潔く人の話を聞く方だったのか。

二人のやり取りを聞いていた不破数右衛門が、小さく笑った。

六

一月の末、唯七と不破は江戸を発った。戸塚、小田原までは順調だったが、難所の箱根峠を越えているさなか、雨に降られてしまった。

「ついてねえな、こんな山の中で」

雨宿りできる場所を探すと、山道のはずれに小屋を見つけた。猟師小屋であろう。無人であったが、雨宿りさせてもらうことにする。

小屋の中で体を拭き、二人は一息ついた。

「堀部様は大丈夫でしょうか。本当に、軽挙をなさらなければよいのですが」

「心配いらん。お前の言うことなら、たぶんあいつは聞く」

「皆にそう言われるのですが、なぜでしょう」

「さあな。人徳ってやつかもな」

半ば冗談のように言ってから、不破は真面目な顔になった。

「あいつもかわいそうな奴ではあるんだ。十八人斬りの安兵衛を知らねえ奴は江戸にはいねえからな。お前らの何倍も、口さがない連中からあれこれ言われてるはずだ」

唯七は浅草の芝居小屋での酔漢の罵声を思い出した。「十八人斬りの安兵衛も評判倒れの男だよな」と。

「高田馬場で名を挙げたばっかりに、呑《の》んべ安《やす》なんて渾名《あだな》をつけられて、本人とはかけ離れた世間好みの好漢にされちまった。世間の怖さをあいつは身にしみて知ってるんだよ。あいつが世間の評判をやたら気にするのも、そうなるだけの理由がある」

唯七は堀部の苦悩を思った。

「不破さんは口ではいろいろ申されますが、堀部様のことをよくわかっておられるのですね」

「お前はどうなんだ」

「私も堀部様はいささか苦手ですし、正直恐いとも思いますが、決して嫌いではありませんよ」

「言っておくが、俺だって堀部は恐いぞ。あいつほどの剣術家は、そうはいないからな」

「不破さんは堀部様に比肩するほどの剣術家と思っておりましたが」

「俺は生きた人間を斬ったことがない」

堀部安兵衛は高田馬場の決闘で二人を斬った。十八人斬りというのは世間が誇張したものだが、一度の決闘で二人を斬るだけでも、並の腕では不可能なことである。

「罪人の死体で試し斬りをしたことはあるがな」

「そうでしたか」

「墓から死体を掘り起こして斬ったこともある」

唯七は目を丸くした。

「あの噂、まことだったのですか⁉」

不破が内匠頭の不興を買った理由はいろいろ噂されていたが、最も荒唐無稽だと思っていたのがそれだった。

「とある村で幽霊騒ぎがあってな。村人があんまり脅えてるんで、化けて出たって奴の死体を掘り起こして、斬り捨ててやったんだよ」

それから幽霊騒ぎはなくなったが、その過激な振舞いが重役の間で問題とされた。日頃から歯に衣着せぬ物言いで重役から煙たがられていたこともあり、体《てい》よく追い払われる形となった。

「そんな事情がおありだったとは……だから殿は不破さんのことを気にしておられたのですね」

「なんのことだ」

「不破には気の毒なことをしたと、いつか仰せになっていました」

「嘘をつけ」

「本当です。この耳で聞きましたから」

不破はしばらく黙ってから、「そういうことはもっと早く言え」と口にした。唯七にとも、内匠頭に向けてとも取れる言い方であった。

「お前も人を斬ったことなんかねえだろ」

「ええ、それはそうです」

「俺がお前らを御公儀に密告すると言ったら、斬れるか」

唯七は黙りこんだ。

「そんな覚悟で一儀なんてできるのか。屋敷に討ち込めば、隠居と若旦那だけじゃなく、家来衆も斬らなきゃならん。女子供もいるかもしれん」

唯七はやはり、何も言えない。

「前にも言ったが、人の首を取ろうってのに、綺麗な手のままでいられると思うな」

「無駄な殺生をしたくないだけです」

「ト一なら斬れるのか」

唯七は「……おそらく」と小さく答えた。

「無理だな。俺には、お前がそんなことをできる奴には思えん」

「旅の道中で喧嘩を売るのはやめてください」

「いや、この際だから言わせてもらう。お前は一儀なんぞに関わるべきじゃねえ。堀部や大石に付き合って、お前まで命を無駄にすることはねえだろ。内匠頭様がお前を大事に思っていたのなら、きっとそう言うはずだ」

「そんなことが誰にわかりますか」

殿は何も言い残さなかった。命を懸けて仇を討てとも、生きて新たな道を往けとも。だから、自分で答えを探すしかないのだ。

「何も言い残さなかったのは、好きに生きろってことだ。そう思っても罰《ばち》は当たらんだろう」

「好きに生きるというのが、わからぬのです」

十一歳から殿に仕えてきた。殿のため、城のために働くことだけ考えていればよかった。殿も城も失った今、唯七は仇討ち以外に生きる指針を見つけられなかった。

「新しい生き方なんて、これから見つければいい」

「ならば、不破さんはどうなのですか」

今度は不破が口をつぐんだ。傷つけるのは唯七にもわかっていた。不破が浪人になってから博徒と付き合い、荒んだ生活を送っていたことは、聞かずとも誰もが察していた。

「……ああ、俺がどれだけ悔やんでいると思う」

不破は皮肉っぽく口元を歪めた。

「浪人になったお前らに範を示してやれねえ。俺みたいに生きろと言ってやれねえ。それがどれだけ悔しいか、どれだけ恥ずかしいか、お前にわかるか」

「不破さん――」

「お前が新しい生き方を探すなら、俺も付き合ってやる。俺だって、妻子に顔向けができる程度には真っ当になりてえと思ってるんだ。一緒にやり直してみないか。二人で商売を始めるのもいい。甘ちゃんの店主と鬼の番頭、悪くねえだろ」

「私が店主なのですか」

唯七は苦笑した。商売などやったことがない。内職で爪楊枝づくりをしたことがあるくらいだ。だが、不破と、それに元中小姓組の面々と一緒なら、何かやれそうな気がしてくる。

唯七の心に、これまで考えたことのない道が示されようとしていた。

「高田郡兵衛でさえ逃げ出したんだぞ。お前が逃げて悪い道理がどこにある」

不破がさらに畳み掛けてくる。

もう少し考えるための時がほしい。唯七がそう答えようとしたとき、不破が指を口にあてた。顔に緊張が走っている。

「誰か来る」

耳を澄ますと、雨音に混じって、濡れた落葉の上を走ってくる足音が聞こえた。

やがて小屋の入り口に現れたのは、笠をかぶった立派な体格の侍であった。

「これは失敬、先客がおられたとは。私も入れていただいてよろしいか」

雨宿りにきたようだ。

「どうぞ、お入りください」

唯七は侍を招いた。

侍は「かたじけない」と礼を述べて笠を脱いだ。

「これは、和久様！」

唯七は驚いた。いつか世話になった、上杉家の和久半太夫であった。

七

「貴殿は……ああ、いつぞやの」

「武林唯七でござる。浅野家の……」

「うむ、大変でござったな。どうしておられるのかと、あれから気になっておった」

不破が無言でいることに気付き、唯七は紹介した。

「不破さん、こちらは上杉家の和久半太夫様です。以前、とてもお世話になった方なのです」

「上杉？」

不破の不審そうな顔も無理はない。吉良家と上杉家は一心同体というのが世間の認識である。

「それがしは不破数右衛門。浪人でござる」

「貴殿も浅野家中のお方か」

「昔の話でござる。失礼だが、貴殿はどのような御用で旅に？」

「公務ゆえ詳しくは申せぬが、上方へ使いに参るところでござる。いやしかし、ここで会うたのも何かの縁」

和久は大きなくしゃみをした。一月末の山中、雨に濡れた体は冷えるのも早い。火を起こそうにも、長らく使われていない小屋なのか、薪が尽きていた。

「裏に物置があったな。薪がないか見てくる」

「不破さん、私が行きます」

「構わん。すぐ戻る」

不破は和久に目礼して、雨の中を出ていった。

「不破殿は良い方でござるな」

「はい、良くしていただいております」

和久は改めて唯七に向き直った。

「のう武林殿、じつはあれから貴殿を捜しておってな。貴殿、仕官する気はないか？」

「仕官？　どこの御家に？」

「上杉家だ」

冗談を言っている顔ではない。

「吉良家はさすがに難しいが、上杉家なら問題あるまい」

「本気で仰せなのですか？」

「言いたいことはわかる。だが、外から見るほど上杉家と吉良家は一体ではない。吉良様はたびたび御当家に金の無心をなされていて、家中の者は迷惑しておる。できれば、敬して遠ざけたいというのが本当のところだ」

そんな噂は唯七の耳にも入っていたが、上杉家の者から直接聞くのは初めてであった。

「旧浅野家中の者が上杉家に仕えたとあっては、世間の者は口さがないことを申すやもしれぬ。だが、人の噂など水物だ。放っておけばいずれ消える」

「お心遣いはありがたいのですが、あまりに思いがけないお話ゆえ……」

「武林殿、もしも、もしもだ。世間が噂するようなことを旧浅野家中の方々がお考えであれば――」

「滅相もない」

唯七は即座に否定した。和久の言わんとすることに気付かぬほど、鈍くはない。

唯七は鎌をかけられないよう気を張った。いつぞや、不破の誘導にまんまと引っ掛かり、仇討ちの意志を漏らしてしまったことがある。相手が不破だからよかったものの、和久に対してはさすがに警戒しなければならなかった。

「それはまことか?」

「まことでござる。その噂というのは、浅野家中の者が仇討ちをするというものでございましょう?」

あえて自分から明言する。におわせの多い会話は、どこに罠があるかわからない。

「亡き殿には申し訳ないことですが、殿中で刃傷に及ばれた不調法は、罰せられても致し方なきこと。家中の者は皆、そのように心得ております」

「そうか……不躾であった。お許し願いたい」

「いえ」

「だが、失望した」

唯七は思わず和久の顔を見直した。

「旧浅野家中の方々が仇討ちを考えておられるなら、陰ながら合力するのもやぶさかではないと思うておった。先程も申したとおり、吉良様のことをよく思わぬ者は上杉にも多い。かく言う私も、刃傷の件ではおそらく吉良様に非があったものと思うておるでな」

これは本音か。それとも油断を誘っているのか。恩義のある和久を疑いたくはなかったが、まだ警戒を解くことはできなかった。

「世間では、赤穂の浪人がいずれ吉良邸に討ち入ると噂しておる。仇を討つにしても、それはあまりに乱暴ではないか。罪なき者も大勢死ぬやもしれぬ。ほかにやりようはないのか?」

唯七は慎重に尋ねた。

「やりようとは？」

「上杉家に仕えれば、吉良家に出入りする機会も多い。かく言う私も、今は吉良左兵衛様のおそば近くにおる。むろん、上野介様にお目に掛かることもある」

唯七の心臓が早鐘を打った。上杉の家臣として吉良に近づけば、確実に仇を討てる。余計な人死を出すこともなく。和久はそうにおわせている。

「いかがだろう、武林殿」

短く激しい葛藤の末、唯七は答えた。

「ありがたいお話ですが、お断りいたします」

「仇を討ちたくはないのか」

「そのようなつもりはないと、申し上げたはずです」

唯七は全身に警戒感をみなぎらせて、和久の誘いをはねつけた。

「……わかった。これ以上は申すまい。すまぬことを申した」

「いえ、とんでもない」

唯七の体から力が抜ける。

「二心《にしん》を懐《いだ》き以《もっ》てその君《きみ》に事《つか》うる者をして愧《は》じしめん、か」

「はい」

唯七はうなずいた。それは今まさに唯七の脳裏にあった言葉だったからである。

そして、蒼白となった。

「やはりそうか……残念だ」

和久の顔に深い陰が差した。

「いいえ、いいえ、違います」

『史記』刺客列伝、豫譲《よじょう》の言葉だ。貴殿にはやはり、仇討ちの志があると見える」

春秋時代の刺客・豫譲は、主君の仇に仕えるふりをして復讐の機会を窺うよう友人にすすめられ、拒絶した。その理由を問われていわく、「あまねく後世の人臣たる者に、二心（謀反の心）を抱いて偽りの主君に仕えるのは恥であることを知らしめるためである」と。

小屋の入り口に人影が立った。不破である。その表情は氷のように冷たい。

不破は抱えていた薪を和久に投げつけた。和久が払いのけ、薪が小屋に散らばる。

「不破さん……！」

不破が刀を抜きながら和久に突進した。

和久は後退せず、逆に不破の懐に飛びこみ、刀を振り下ろそうとする手首をつかんだ。

「てめえ、尾《つ》けてやがったな。どうもおかしいと思ったぜ」

和久は答えない。

「不破さん、やめてください！」

和久は不破の刀を押し返し、体当たりした。外まで転がり出た不破を、激しい雨が乱打する。

和久は唯七に一瞥もくれず、不破を追って外に出た。すでに抜刀している。

「この和久半太夫、憚《はばか》りながら上杉四天王の一人に数えられる男だ。ひとたび剣を抜いたからには、どちらかが死ぬまで終わらぬぞ」

不破は体についた落葉を払いながら立ち上がった。

「あんた、人を斬ったことはあるのか」

「家中の者を介錯したことはある」

「据物《すえもの》斬りか。俺と似たようなもんだな」

不破は刀を構えた。

「生きた人間を斬るってのはどういうものか、教えてもらうぜ」

「人の命を奪うことを畏《おそ》れぬ者に、剣を持つ資格はない」

二人は雨の中で対峙した。

「お二人とも、おやめください！」

唯七も外に出た。いざとなれば捨て身で割って入る覚悟である。刀の柄に手を添える。

「武林、加勢しろ。こいつの口を封じなきゃならん」

「何を言っているのですか。お二人とも、剣をお納めください。これは何かの間違いです」

「何も間違えてはおらぬぞ、武林殿」

和久が雨水をしたたらせながら告げた。

「知ってしまった以上、私とて見過ごすわけには参らぬ。それが御当家への忠義というもの」

「和久様……」

不破が和久に斬りかかった。和久は絶妙に間合いを取ってかわした。和久が反撃に出ると、不破は巧みに受け流し、ふたたび攻めに転じる。和久は受け止め、跳ね返す。一進一退の攻防であった。

「武林！」

不破がふたたび加勢を求める。和久と不破が互角なら、唯七が加勢すれば勝敗は決する。

だが、唯七の足は前に出ない。真剣勝負の殺気に身がすくむ。

何合目かの打ち合いのとき、不破の体勢が不意に崩れた。濡れた落葉で足を滑らせたのだ。

不破の刀が跳ね飛ばされた。

「いやあああ！」

唯七はついに抜刀し、和久に斬りかかった。和久は身をひるがえし、唯七の剣をかわした。

唯七は不破を背後にかばい、和久と対峙した。

和久が刀を構え直す。

「なぜ今、本気で斬ろうとしなかった。斬れたはずだ」

和久の声は厳しい。

「情けは無用。こちらから参るぞ」

和久が攻めてくる。生まれて初めて向けられた殺意に、唯七の全身が粟立った。

「退《さ》がるな、攻めよ！」

和久が叱咤する。まるで唯七に稽古をつけているかのようであったが、その剣には殺気が宿っている。唯七は防戦一方であった。

「斬れ！　武林、そいつを斬れ！」

不破が叫ぶ。滑ったときに足を痛めたらしく、四つん這いで刀を拾おうとしている。

唯七は退がり続けるというより、逃げ続けている。その背中を、固い衝撃が襲う。木にぶつかったのだ。周囲がまったく見えていなかった。

唯七の刀が打ち落とされる。

「丸腰の相手は斬りにくい。脇差を抜かれよ」

唯七は言われるがままに脇差を抜いた。手が震えて、それすら一苦労だった。

「覚悟めされい」

和久が刀を振りかぶる。

殺される。唯七は死を覚悟した。これは悪い夢か。なぜ覚めないのだ。頭は目まぐるしく動いたが、心は逆に静まっていく。諦めの境地。蛇に睨まれた蛙。

唯七は脇差を短刀のように腰だめに構えた。相討ち覚悟で体ごと切っ先をぶつける。それしかない。

唯七が前に跳躍したとき、和久の顔に泥のかたまりが弾けた。視界を奪われた和久に、唯七が体当たりする。二人はもつれあって倒れ、落葉にまみれながら転がった。

唯七が体を起こすと、和久の腹から脇差の柄が生えていた。

「武林、無事か！」

不破が這い寄ってくる。手が黒く汚れているのは、濡れた地面を這ったためだけではなく、和久に泥の塊を投げつけたためである。

「……和久様、和久様」

唯七は和久の体を揺さぶった。

「揺するな、痛い」

和久の声は落ち着いていた。

「そうだ……浅野様も、このように脇差を使えばよかったのだ。そうすれば、そこですべてが終わっていたものを」

致命傷を負ったというのに、他人事のように喋っている。覚悟していたのか、あるいは死の実感がないのか。

「……！」

突然、和久が声にならないうめき声をあげた。顔が土気色になっていく。呼吸が短く、不規則になる。

「和久様、和久様！」

唯七が呼びかけても、苦悶の声しか返ってこない。

「不破さん、和久様を助けてください！」

「無理だ。見りゃわかるだろう」

和久の目が何かを求めるように不破に向けられた。

不破はうなずくと、みずからの脇差を抜き、切っ先を和久の胸にあてがった。

「和久半太夫殿、見事でござった」

脇差が心臓を貫くと、噴き出した血が不破と唯七の顔を汚した。

「……本懐」

事切れる寸前、和久半太夫は確かにそう口にした。剣に死するは武門の本懐と言いたかったのか。あるいは、本懐を遂げられよと二人を励まそうとしたのか。確かめるすべはもうない。

箱根の山中に降る雨が、和久の死顔から血と泥を洗い流していった。

第五章　裏切り、見限り、仲間割れ

一

元禄十五年の春に武林唯七《たけばやしただしち》と会った者の多くが、彼の様子がおかしかったことを記録に残している。京・山科《やましな》の山荘にいた大石内蔵助《おおいしくらのすけ》もその一人である。

「大石殿、江戸から武林唯七が参りました」

側近の原惣右衛門《はらそうえもん》が書院に入ってきて、来客を告げた。

「おお、ようやく着いたのか」

彼が京に来ることは、堀部安兵衛《ほりべやすべえ》からの手紙で知らされていた。一月下旬に出発したというが、すでに三月に入っている。どこかに寄り道でもしていたのか、不測の事態でも起きたのか。

「不破数右衛門《ふわかずえもん》も共に来ております」

「うむ、それも堀部から聞いておる」

不破は五年も前に浅野家中から追放された男である。大野九郎兵衛《おおのくろべえ》あたりの重役たちに、ずいぶんとにらまれていた記憶が大石にはあった。

不破と武林が原に案内されて入ってきた。原はそのまま大石の脇に着座する。

「不破数右衛門、久しいな」

「大石様もご息災のようで、何よりにございます」

不敵な面構えは相変わらずであった。

「武林は少し痩せたのではないか？」

「……いえ」

大石は違和感を覚えた。雰囲気が変わったような気がする。もっと人の好さが滲み出るような、巧《たく》まざる愛敬を感じさせる男ではなかったか。顔の陰も濃くなったように見える。

「ずいぶん遅かったな。道中で何かあったのかと心配しておったぞ」

少しの間を空けて、不破が答えた。

「何か、がございました」

「ほう、何があった」

大石はいたずらっぽく尋ねた。道中で仲違いでもしたか、掏摸《すり》にでも遭ったか。その程度の、笑い話にできることだと思っていた。

「箱根の山中にて、上杉《うえすぎ》家家臣、和久半太夫《わくはんだゆう》を斬り捨てました」

「な、なに？」

大石と原が同時に声を出した。

「吉良《きら》方の間者だったのでござる。一儀の件が露見しそうになったゆえ、やむなく口を封じました」

遺体は人目につかぬ山中に葬ったので心配無用と、不破は付け足した。

「なんということを……そなたが斬ったのか」

「私と武林の両名にて。私は不覚を取りましたゆえ、むしろ武林の手柄にござる」

大石は思わず武林の顔を見つめた。

「そなたが……？」

原惣右衛門も信じられぬという顔をしている。不破ならともかく、この優しげな粗忽者《そこつもの》が人を斬る姿が想像できない。武林は手柄を誇るでもなく、ずっと目を伏せている。

「京に着くのが遅くなったのは、立ち合いの際に私が足を痛めたゆえ。ご心配をおかけし、申し訳ございませぬ」

大石は掛ける言葉が見つからない。ようやくひねり出したのは、あまり意味のない社交辞令であった。

「足は……大事ないか」

「すっかりよくなり申した」

答えてから、不破はあらたまって畳に両の手をついた。

「大石様、原様。ご両名に謹んでお願いしたき儀がござる」

「様はよせ。上方《かみがた》では皆にそう言っておる」

「では、大石殿、原殿。この不破数右衛門、人一人の命を奪っておきながら、知らぬ顔で済ませるわけには参りませぬ。それでは武士として、人として、信義が立ちませぬ。和久半太夫殿は卜一《といち》（吉良）と我らとの戦の先陣を切り、見事に討ち死にを遂げた。そのような筋書きとするのが故人への餞《はなむけ》と存じます」

「何が言いたい」

「この不破数右衛門を盟約にお加えいただきたい」

大石は不破の顔をじっと見てから、首を横に振った。

「ならぬ。そなたは浪人だ」

「失礼ながら、大石殿も今は浪人と存じますが」

「そなたは五年も前に家中を追われた身であろうが。しかも、殿のご不興をこうむって」

「いかにも。しかし、不肖この不破数右衛門、浪人に身をやつしながらも常に殿の御身を案じ、御恩に報いる機会を窺《うかご》うておりました。今がまさにその時」

「よくもしゃあしゃあと申すのう。殿がお腹を召されたその夜、そなたは臥煙《がえん》を引き連れて江戸屋敷に盗みに入ったそうではないか。ちゃあんと聞いておるぞ」

大石は自分の右耳を指さした。

「どうしても盟約にはお加えいただけぬと？」

「あきらめよ」

不破は畳から両手を離し、深くため息をついた。

「それでは致し方なし。旧浅野家中が何やら不穏な謀《はかりごと》をめぐらしておる由、御公儀《ごこうぎ》に――」

「おい、待て」

「注進などするつもりは毛頭ございませぬが、この口が滑らぬよう願掛けでもなさってくだされ。拙者、なにしろ口が軽いもので」

「なにが拙者だ。そなたという男は……！」

不破は一転、表情を引き締めて深々と頭を下げた。

「一儀をなす際は、同志のどなたよりも必死の働きをすることをお約束いたす。どうか、同志の末席に連なることをお許し願いたい」

大石は不破の頭を上げさせた。

「心得違いをしておるようだが、まだ一儀をなすと決めたわけではない。江戸組の皆にも、何度もそう伝えておるはずだ」

心ここにあらずな様子で黙っていた武林唯七が、ようやく口を開いた。

「一儀をなさぬなどということは、ありえませぬ」

「……なに？」

「三月に一儀を決行するという約束、お忘れではございますまいな。今がその三月ですぞ」

「とりあえずの目処《めど》ということだったはずだ。大学様《だいがく》の御処分が明らかになるまでは動かぬ。動けぬ」

「御処分はいつ明らかになるのです。今日ですか。明日ですか」

「そんなことがわかるものか」

「大石殿は夜な夜な花街で遊び呆けておられるという噂を耳にしました。一儀のことなど、すでにお忘れなのではございませぬか」

「夜な夜ななどと、誰がそのようなことを申しておる。若い者を何度か気晴らしに連れて行ってやっただけだ」

「忘れてはおられぬと」

「むろんだ。先日、上方の同志と集まって、来年の三月までは待つと申し合わせたばかりだ」

来年の三月。亡君の三回忌までということである。

「……来年の三月ですと？」

唯七が音高く畳を踏みつけ、立ち上がった。

「ふざけたことを申されますな。昨年も来年の三月まで待てと申された。今年も来年の三月まで待てと申される。来年になったら、また来年の三月まで待てと申されるおつもりか。そうしていつまでも先延ばしするおつもりでござろう」

「落ち着け、座れ」

「違うと仰せなら、今すぐ同志に号令をお掛けくだされ。江戸へ下り、ト一の屋敷へ討ち込むと」

つかみかからんばかりの勢いに、たまらず原惣右衛門が割って入った。

「武林、落ち着け。どうしたというのだ」

「私はもう、後には退けぬのです。この手はもう、血に塗《まみ》れてしもうたのです」

唯七の目が血走り、声が震えている。

「この期に及んで御家再興が成ったからとて、一儀を取りやめる理由にはなりませぬ。ほかの道などあり得ませぬ。ただ地獄への道があるのみ」

大石は唯七を制するように手をあげた。

「待て、武林。そなた一人を地獄には行かせぬ。地獄に行くときは、わしが先頭だ。いましばらく待て。まだわしは人事を尽くしておらぬ。今は立てぬ」

「待て、待て、とそればかり。話になりませぬ」

唯七は一礼すらせず、踵を返して出ていった。

「おい、武林」

後を追おうと不破が腰を浮かせる。

「不破、そなたは待て」

大石は押し留め、信頼する側近に声をかけた。

「原、武林を」

「はっ」

原に唯七を任せると、大石は不破に向き直った。

「そなたとの話が、まだ途中だ」

大石の表情を見て何かを察したのか、不破は座り直した。

「不破数右衛門、そなたの加盟を認める」

「いかなるお心変わりでございましょうか」

「なに、どこまで本気か試してみたのよ。じつは高田郡兵衛《たかたぐんべえ》から手紙が届いておってな。脱盟への詫びのほかに、そなたを同志に加えるべしと書かれておった」

「あの野郎、余計なことを……」

不破が舌打ちした。

「そなたの心変わりのわけも聞きたいものだな。なぜ盟約に加わる気になった」

「さきほど申し上げたとおりですが」

「それだけとは思えぬ。名誉のためか」

不破はしばし考えて、答えた。

「私は赤穂《あこう》に妻子を捨て置いたまま、何年も江戸で勝手気儘《きまま》に暮らしておりました。最後はせめて、夫として、父として、誇れる名を残して償いたい。そのような思いも、たしかにございます」

「生きて償おうとは思わぬのか」

「大石殿と同じです。奴一人を地獄へは行かせられませぬ」

不破の目つきが鋭くなった。

「先頭は大石殿に譲りますが、奴のとなりを歩くのは俺です」

「ずいぶん武林に入れ込んでおるようだな」

不破の口元に、とぼけた笑みが浮かんだ。

「まあ、人徳ってやつでしょうか」

「ふふ、わからぬでもない」

大石は苦笑した。あの男には、そういうところがある。無礼な態度を取られたのに、なぜか憎めない。

「一儀の折は同志の誰よりも働くという言葉、忘れるなよ」

「もとより」

「それから、武林を頼む。あの様子はいささか気がかりだ」

「それも、もとより」

「では、神文に血判を捺《お》した後、盃を交わすこととする」

不破は姿勢を正した。

二

原惣右衛門は山荘のそばにある岩屋神社の鳥居の前で、唯七を捕まえた。

「まあ座れ」

神社の石段に腰掛け、唯七をとなりに座らせる。ここからは山科の町並みが一望できた。

「そなたとゆっくり話すのは久しぶりだな。あれからずっと慌ただしかった。もうすぐ一年になるのだな」

「殿のご刃傷《にんじょう》から一年。まもなく殿のご一周忌ということです。何事も成さぬままその日を迎えることを、口惜しいとお思いにはなりませぬか」

「うむ、そうだな」

原は曖昧に答えるにとどめた。

「そなたに礼を言わねばなるまい。血の涙を流して、同志の秘密を守ってくれたのだから」

「私は人を殺《あや》めたのです。礼など……」

「だが、そうせねば我らが危うかったのだ」

「和久半太夫様に、私は恩があったのです。それを返すこともないまま、お命を奪ってしまいました」

「それは先方とて覚悟のうえであったろう。武士とはそういうものだ。そのように思い悩むのは、むしろ礼を失することになるのではないか」

唯七の表情は読めない。だが、少しは胸に響いたであろう手応えは感じた。

「そなたは人一倍心根が優しいゆえ、余計につらかろうな。正直、そなたが人を斬ったなど と、いまだに信じられぬ」

「私自身とて信じたくはありませぬ。しかし、なかったことにはできぬのです」

唯七は自分の手を見つめている。人を斬ったことをその手が覚えているのだろう。

「私はたとえ一人でも、一儀をなすつもりです。そうでなければ、一体なんのために――」

「左様に思い詰めるな。そなた一人を地獄には行かせぬと、大石殿も申されたであろう」

「あの方はあてになりませぬ」

「そう決めつけるものではない」

原は懸命に唯七をなだめた。

「いっそ、原様が立ってくださいませぬか」

原の心臓が跳ねた。何を言い出すのか、この男は。

「ご刃傷の日、何が何やらわからぬ中で、原様は見事に浅野家中を取り仕切られました。江戸家老などより、足軽頭の原様のほうがよほど頼りになったものです」

「いやいや、何を申しておる」

「原様は堀部様に一度は同心されていたはず。堀部様はおそらく、大石様から離れての一儀を考えておられます。お二人が立たれるなら、私はついて参ります」

「武林、そのように焦るな。今のそなたは死に急いでおる」

「死などもはや恐れませせぬ」

「死を恐れぬのと死に急ぐのは違う。そのように急《せ》いても、本懐は遂げられまいぞ」

「本懐……」

なぜか唯七の胸にその言葉が刺さったようだった。それが和久半太夫の最後の言葉であったことなど、原は知るよしもない。

「下手な大工ほど仕事を急ぐと、大石殿もよく申されておる。手厳しいが、そのとおりであろう」

原はいっそひそかな企てを打ち明けてしまおうかと喉まで出かかったが、思いとどまった。大事を告げるには、今の唯七はあまりにも危うかった。

「今は時を待つのだ。そもそも、そなたはこれから父君の見舞いに帰るのであろう。赤穂の風を浴びて、しばし心と体を休めよ」

原は唯七の肩を叩いた。

三

大高源五《おおたかげんご》は所用のため大津に出掛けていたが、京の家に帰ると、不破数右衛門と武林唯七が待っていた。大高の家は、俳諧仲間の厚意で貸してもらっている一軒家である。俳人・子葉《しよう》として名高い大高の人脈は、同志たちの強力な武器でもあった。

二人はずいぶん前に江戸を出発したと聞いていたが、どこかに寄り道していたのだろうか。大高も江戸から帰るとき、伊勢神宮に寄り道した。おそらく同じようなことだろうと考え、あえて聞こうとはしなかった。

「不破殿、お久しゅうござる」

不破が唯七と同道していることは、堀部からの手紙であらかじめ知らされている。といっても、何がどうなってそうなったのか、詳しい事情まではわからない。

「きのう大石殿に会って、盟約に加えてもらった。よろしく頼む」

「それは心強い」

大高はお世辞抜きに喜んだ。不破は堀部安兵衛に匹敵するとも噂される剣術家である。もともと飾らない人柄であったが、浪人生活が長かったせいか、ざっくばらんな印象に磨きがかかっていた。

「唯七もよく参ったな」

唯七は無言でうなずいただけである。疲れているのだろうか。元気がないようだった。

「時に、不破殿」

「不破さんと呼べ」

「……不破さん、私と武林の間では、かねて大石殿だけがご存知の密議がございました」

「何となくは聞いている。要は、二人で堀部を見張ってたんだろう？」

「話が早くて助かります。ただ、これから話すのは、大石殿すらまだ知らぬこと。不破さんを信じてはおりますが、どうか他言無用に願います」

「安心しろ。俺は口が堅い」

「では話しますが、原惣右衛門殿が大石殿のもとを離れ、独自に一儀を為すことを画策しておられます。江戸の堀部安兵衛殿と合流するおつもりです」

さすがに驚いたようで、不破は目を見開き、唯七は小さく「原様が……？」とつぶやいた。

「それはつまり、大石を裏切るってことか？」

不破は無意識か否か、元筆頭家老を呼び捨てにしていた。普段からそうなのだろう。

「見限ると言ったほうがよいでしょう。大石殿があまりに腰が重いゆえ、痺れを切らされたのです」

不破はにわかに信じられないようだ。

「原のおっさんは、きのう大石と一緒にいたぞ。そんなふうには見えなかったが」

「原のおっ……原殿が堀部殿に送った書状を、この目で見ました。確かです」

「お前はどうやってそれを見たんだ」

「私は原殿に同心するふりをしておりますゆえ、同志として見せていただきました」

不破はため息をついた。「お前は忍びに向いてるよ」と、賞賛とも嫌味ともつかない感想を漏らす。

「萱野《かやの》の一件もあり、これ以上は待てぬと考える者が上方にも出てきております」

「萱野ってのは、あの糞真面目な萱野三平《さんぺい》か。脱盟したのか？」

刃傷事件の折、江戸から赤穂への早駕籠の使者を買ってでた同志である。通常十七日の旅程をわずか五日で走破したことは、江戸でも大きな評判になっていた。

「大石殿から聞いておられませぬか。萱野三平は死にました」

「死んだ!?」

「二ヶ月ほど前、自害して果てました」

萱野三平は父親から新たな仕官先を紹介されていた。父の厚意を断ることはできず、かといって盟約に背くこともできず、板挟みとなって自害したのである。まだ数えで二十八歳の若者であった。

「忠ならんと欲すれば孝ならず、孝ならんと欲すれば忠ならず、ということです。萱野は私の俳句仲間でもありましたゆえ、口惜しゅうてなりませぬ」

大高子葉には及ばないまでも良い句を詠む男だったと、大高はあらためて友を悼んだ。

「萱野の死が同志を動揺させております。原殿が分離を画策してまで一儀を急ぐのも、これ以上、同志を苦しめるには忍びないというお気持ちもあるのでしょう」

「なるほどな」

不破はうなずいた。唯七はずっと無言である。

「ちと早まったかもしれんな。そんなことなら、大石じゃなく原のおっさんに付けばよかった」

不破は左手の親指を見つめている。血判を捺したばかりなので、血止めの布を巻いていた。

「いえ、それはいささか無謀かと存じます。原殿と堀部殿が呼びかけても、人数が集まるとは思えませぬ。多くて十五人程度かと」

「大石が上方の同志を掌握しているってことか」

「そう考えていただいて結構。大石殿はなんといっても、城明け渡しの際に生じた余り金に、瑤泉院《ようぜんいん》（浅野内匠頭《たくみのかみ》夫人）様の御化粧代も預かっておられます」

「金を握ってる奴は強いな」

「左様。さらに大石殿は、私費も使って同志の生活の面倒を見ておられます。大石殿だからこそついていく、そう考える者が上方には多いのです」

大高はここで唯七を一瞥した。話に加わろうとしないのはなぜだろうと思いつつ、話を続ける。

「私は上方で原殿を見張る。武林は江戸で堀部殿を見張る。そのように手分けしたつもりでした。そういう意味では、武林が江戸を離れたのはいささかまずい。原殿から分離の提案があれば、堀部殿は間違いなく乗るでしょう。否、堀部殿のほうから、すでに原殿をけしかけているやもしれませぬ」

唯七がなおも黙っているので、大高はついに直に声を掛けた。

「堀部殿の様子はどうであった？」

唯七がようやく口を開いた。

「分離の意志がおありだと思う」

「やはりそうか。まずいな」

今度は唯七から問いかけてきた。

「源五、おぬしはどうなのだ」

旧友の口調に、大高は不穏なものを感じた。

「どう、とは？」

「物事を高い所から見て、人を上から評して、さもすべてをわかったような顔をしているが、おぬしはどうなのだ。一儀を行う意志があるのか、ないのか」

「私一人の意志など、この際どうでもよい」

「どうなのかと聞いている」

「私はあくまで大石殿に従うのみだ」

唯七は舌打ちするような表情になった。

「あの方に一儀を行う意志などあるものか。口先ばかりで、際限なく先延ばしを続けるばかりではないか」

唯七は皮肉っぽく口元を歪めた。旧友のこんな表情を、大高は初めて見たように思った。

「ははあ、読めたぞ。大石殿に丸投げしておけば、一儀をなさぬ言い訳が立つと思うておるのであろう。おぬしらしいな。そのような小賢しい性根が、昔から好きになれなかったわ」

「唯七、何を申しておる」

「原様と堀部様が一儀を起こされるなら、願ってもないこと。私もそこに加わってト一のもとへ討ち込んでくれよう」

「無謀だと申しておろうが。人が集まらぬ」

「これから赤穂で集めてくるわ。おぬしのような腰抜けに用はない」

「……腰抜け？」

「おう、腰抜けよ。どうせ初めから、一儀に馳せ参じるつもりなどなかったのであろうが。そんな気はしておったが、何やら涼しいことを時々に申すゆえ、信じてやっていたのだ。いよいよ化けの皮が剝がれたのう」

「武林！」

不破が叱りつけ、大高に向き直った。

「大高、先に言わなくて悪かったが、ちょっと道中でいろいろあってな。ここは俺の顔に免じて、こらえてやってくれ」

「わかります。何やら様子がおかしいとは思うておりました。この者とは長い付き合いゆえ」

大高は歯を食いしばりつつ、唯七を諭した。

「唯七よ、私の見るところ、大石殿は無為に一儀を先延ばししておられるわけではない。何かを待っておられるのだ。来年の三月までと時節もはっきりしておる。いま少し待つことはできぬのか」

「……十分待ったではないか」

いつしか、唯七の頬に滂沱《ぼうだ》の涙が落ちていた。

「御公儀がト一を罰しないこともはっきりしたではないか。このうえ何を待つというのだ。まもなく殿のご一周忌なのだぞ。いまや浅野家中は、江戸の町人どもから腰抜け呼ばわりされておる。上方にいるおぬしにはわからぬであろうがな」

不破が黙って頷く。この点については同意らしい。

大高も唯七の怒りを理解しようと努めた。

「江戸組の方々の苦衷は察するに余りある。だが、同志の分裂はなんとしても避けねばならぬ。我らが結束してこそ一儀は成功する。失敗は許されぬのだ」

「やらぬものは失敗もせぬわ」

「その時が来れば、大石殿は必ず立つ。私はそう信じておる」

「見誤っていたらどうする」

「すぐにでも江戸に下り、おぬしらとともにト一を討つ覚悟だ」

唯七は笑い飛ばした。子供のように嗚咽しながら。

「口ではなんとでも言える。大石殿もおぬしも、口先ばかりではないか。おぬしはここで一生、鶯《うぐいす》でも相手に下手な句をひねっておれ！」

「下手……この大高子葉を下手……」

大高の声が震えた。

「大高、こらえろ」

不破の制止も虚しく、ついに大高は唯七につかみかかった。

「堪忍して聞いてやっておれば！　言ってよいことと悪いことがあろうが！」

「何度でも言うてやるわ！　この下手くそめが！」

旧友同士は取っ組み合いを始めた。十年以上振りのことである。

「落ち着け、お前ら！」

不破が割って入ろうとしたとき、唯七の体が不意に沈んだ。逆に大高の体が浮き上がる。

美しい弧を描いて、大高は宙に舞った。

唯七が繰り出した技は、いわゆる巴《ともえ》投げである。不破は見事に巻き込まれ、大高の下敷きになった。

「さらばだ。二度と会うこともあるまい」

唯七は二人を助け起こそうともせず、部屋を出ていった。

大高は嘆きの声をあげた。

「なんたる不覚。こうも綺麗に投げられるとは……」

「いいからどけ。重い」

不破は大高をひっくり返して立ち上がると、刀を腰に差しなおした。

「不破殿……不破さん、あの者に何があったのでござる？」

「すまん、大石に聞け」

不破は急いで唯七の後を追っていった。

四

赤穂は新緑の季節である。

お里《さと》は六人の子供を引き連れて町を歩いていた。自分の子供ではない。この三月まで商家に年季奉公に出ていたため、二十二歳の今まで独り身である。当世の感覚ではとうに「行き遅れ」と見なされる年齢であった。

農家から奉公に出て十年、ずいぶん可愛がってもらったとは思うが、このたびあえなく暇を取らされることになった。奉公先の商家は御城の御用を務めていたが、昨年の御家取り潰しで先行きが怪しくなったのだという。お里のほかにも、何人かの「年増」の奉公人が首を切られた。旦那様も皆に詫びつつ、殿様が「ニンジョー」をなさったのがすべて悪いと怒っていた。刃物で人を傷つけることを「刃傷《にんじょう》」と呼ぶことを、お里は知らなかった。初めて聞いたときは、人情の何が悪いのかと思ったものである。

お里は今、一緒に奉公していた女中仲間と、城下の長屋に住んでいる。行き遅れの娘が実家に帰っても無駄飯食い扱いされるだけなので、当面は城下で暮らすつもりであった。

「やれるものならやってみよ、この腰抜けが」

「腰抜けとはよくも言うたな、このダボが」

いつもの悪童二人が喧嘩をはじめた。

「誰がダボぞ」

「おぬしぞ」

「ニンジョーいたすぞ」

「こちらこそニンジョーいたすぞ」

刃傷という聞き慣れない言葉はたちまち赤穂城下の人口に膾炙《かいしゃ》し、いつしか子供まで口にするようになっていた。

「はいはい、お二人とも。お武家の子がダボなんて品のない言葉を使ってはいけませんよ」

お里がたしなめる。相手は浪人とはいえ武家の子なので、頭ごなしに叱りつけるわけにはいかない。

「ええい、おなごが口を出すでない」

「これは、おのこ同士の勝負」

どこで覚えたのか、しゃらくさいことを口にする。

「言うことを聞かないと軒《のき》から逆さに吊るしますよー」

作り笑いの下に般若の怒りを読み取り、悪童二人は明らかにひるんだ。しかし、他の子供も見ている手前、武士の子として引き下がるわけにはいかないらしい。

「え、ええい、だまれだまれ」

「子守ごときが口を出すでない」

お里が作り笑いすら消したのを見て、悪童二人も真顔になった。

「デンチューでござるぞ！」

子供たちの中から、甲高い声をあげた者がいる。

「デンチューでござる。けんかはならぬ！」

「デンチュー」とは公方様の御殿の中を意味し、浅野のお殿様はそこで「ニンジョー」したためにお腹を召されることになったという。これもかつては耳慣れない言葉だったが、今や子供でも知っている。デンチューでニンジョーしてはいけないのである。

「うむ、デンチューなら致し方ない」

悪童二人はうなずきあって喧嘩をやめた。引き下がる口実ができて安心しているのが見えである。

「デンチューとかニンジョーとか、あまり大声で言わないでくださいね。私が怒られるんですから」

お里は悪童二人と少女をたしなめた。悪童二人はふてくされているが、少女は素直に頭を下げた。

「ごめんなさい」

少女の名はおなつという。渡辺《わたなべ》家に住む六歳の女の子である。ただし渡辺家の子ではなく、元家老の大野家の庶子を預かっていると聞いていた。

「いいえ、喧嘩を止めてくれて助かりましたよ」

庶子として肩身の狭い思いをしていたせいか、おなつは歳の割に周囲に気を遣う。険悪な空気が苦手なようで、機転を利かせて喧嘩を止めたのもそのためであろう。お転婆と言ってもよいほど活発な反面、繊細な一面が見え隠れしており、お里にとっては気になる子であった。

浅野家に仕えていた武士の多くは上方に散っていったが、赤穂に残った者たちもいる。彼らは城下から千種川《ちくさがわ》を隔てた尾崎村《おさきむら》に集まり住んでいた。浪人となった彼らは日々の暮らしのために庶民と同様に働かねばならず、その間にお里は彼らの幼い子供たちを預かってささやかな報酬を得ていた。

日が傾き、子供たちを各家に帰してまわる。順番はいつも渡辺家が最後になる。おなつが自分を慕ってくれているのがわかるので、お里は短いながらも二人きりになれる時間を作っていた。贔屓と言われればそのとおりと、開き直っている。

「ずいぶん暖かくなりましたねえ」

夕凪の時刻でも空気はまだぬるい。若葉の匂いが濃く、なんとなれば夏の気配すらする。

お里はふと立ち止まった。

往来は日雇い仕事から帰ってきた人々でにぎわっている。その中に見慣れない浪人が一人、たたずんでいた。旅装である。優しげな顔をしているが、じっとこちらを見ていて、気味が悪い。

あの浪人が見ているのは自分ではない。おなつだ。そう気づいたとき、お里はおなつを背後にかばっていた。幼い少女をじろじろと見る男など、ろくなものではない。

だが、おなつはお里の背後から飛び出し、浪人のもとへまっしぐらに駆けていった。

「ただしちー！」

浪人は戸惑いつつ、人の好さそうな笑顔でおなつを迎えた。

「おなつ、やはりそなたであったか。たった一年でずいぶん大きゅうなったのう」

五

可愛い——とお里は思った。おなつではなく、「ただしち」と呼ばれた浪人の笑顔が、である。武士らしい威圧感が微塵もなく、綿のように柔らかい笑顔だった。お武家に対して「可愛い」は無礼であろうが、そう思ってしまったものは仕方がない。

それはともかく、「ただしち」という名にお里は心当たりがあった。おなつがよく話していた、渡辺家の次男の名である。次男といっても、たしか苗字が違うはずであった。なんといったか。

「あの、タダシチさまですか。渡辺さまの御家の……」

お里は覚えているほうの名前だけで尋ねた。

「いかにも、武林唯七でござる」

そうそう、そんな名だった。おなつからその名を聞いたとき、一度で聞き取れず、「たーけーばーやーしー、たーだーしーちー」とおなつが一音ずつ伸ばして言い直してくれたことも思い出した。

「私はお里と申します。このあたりのお子様方の御守りをしております」

「そうでしたか。おなつがお世話になっておるようで、ありがたく存じます」

おなつを渡辺家に連れてきたのは、この武林唯七だと聞いている。連れてきてすぐ一人で江戸に行ってしまったというから、ずいぶん無責任な男だとお里は思っていた。

「おなつはまだ渡辺家に住んでおるのですか？」

「ええ、そうですね」

「この子は元家老の大野様から預かったのです。大野様が転居先で落ち着き次第、迎えをよこすという話だったはずなのですが……」

「唯七様」

お里は人差し指を口にあてた。

「……ああ、そうですな。申し訳ござらぬ」

おなつの前でそんな話をするべきではない。どうやら大野家から厄介払いされたらしいことは、お里も薄々勘づいていた。武林唯七という浪人もすぐに察したところを見ると、同様だったのだろう。

「ただしち、おうちに帰ろう」

おなつが唯七の袴を引っ張る。

「うむ、案内してくれるか」

渡辺家がこの尾崎村に引っ越してから初めての里帰りということで、家の場所がわからないそうである。

「習いというのは恐ろしいものですな。じつは一度、この村を通り過ぎて城下に入ってしまいました。何やら様子が違うと気付いて、慌てて引き返しましたが」

お里はもうひとつ思い出した。この人は「赤穂一の粗忽者」と噂される男ではなかったか。

「私はともかく、同道していた不破さんも間違えたのです。しっかりしていただきたいものです」

なぜか「不破さん」とやらのせいにして開き直っている。ちなみにその人も実家への里帰りで、つい先刻別れたばかりだという。

「あの、私は百姓の娘なので、そのように丁寧なお言葉遣いはご無用に願います」

「そうなのですか？　どこぞの武家の奥方かと思うておりました」

「武家でもなければ、どこぞの奥方でもございません」

「……ああ、これは失礼」

なぜ行き遅れているのかという疑問が、唯七の目元に浮かんでいる。

「ずっと商家に奉公しておりましたもので」

「ああ、それで。あなたのような方なら、ぜひ妻にと申し出る者も多いでしょうに」

よくもこれほど自然にお世辞が言えたものである。思わず唯七の表情を盗み見たが、お世辞を言った自覚はなさそうだ。つまり、お世辞ではなかったのか。お里は混乱した。こんなことで惑わされてどうする。情けない。

お里は大きめの咳払いをした。おなつと唯七が驚いたほどだった。

「そのようなお言葉遣いはご無用にと申し上げたはずです。やめてください。困ります。本当にやめてください」

「申し訳ござらぬ、急に変えるのも難しいもので……」

おなつが半ば駆け足で唯七とお里を先導する。早く唯七を家に連れて帰りたいのであろう。

「おなつがあのように元気になっていて、驚きました。去年別れたときには、あまり口を利かない娘だったのですが」

「渡辺様の御宅でのびのび過ごされているおかげでしょう」

「それはありがたい。両親と兄夫婦に感謝せねば」

「ただ、初めは大変だったと聞いております。言うことを聞かなくて、わざと悪いことをしたり、家出をしたり」

「まことですか？」

「前のおうちで大事にされていなくて、甘え方がわからなかったんではないか……と、大奥様はおっしゃっていました」

大奥様とは、唯七の母のことである。

「それはなんとも、申し訳ないことをしてしまった」

「唯七様はずっと江戸に出ていらしたのですね？」

「ええ、まあ、務めがありましたゆえ」

浪人のくせに、何の務めがあるというのだろう。お里は訝しんだ。

「このたびは父の見舞いで帰って参ったのです」

「大旦那様なら、お正月にいっとき病が重くなられたそうですが、今はたまにお散歩もされていますよ」

「ああ、それは安堵いたしました」

正月に病が重くなった父を三月に見舞うというのは、いささか悠長に過ぎないだろうか。お里は非難したい気持ちになった。

「いつ江戸をお発ちになったんですか？」

「一月の終わり頃です」

「ずいぶん遅うございましたね。江戸から赤穂までは二十日もかからないと聞いておりますけど」

「ああ、それは……」

唯七の声が淀み、表情が曇った。何か聞いてはいけないことを聞いてしまったのだろうか。

「すみません、出過ぎたことをお聞きして」

「いいえ、よいのです。ああほら、先ほど申しました不破さんが足を怪我しまして、それで遅れてしまったのです」

「そうでしたか」

本当にそれだけだろうか。何か後ろめたいことがありそうに見える。たとえば、京の遊郭あたりで悪い遊びをしてきたとか。男二人連れの旅なら、ありそうなことである。

二人が話しながら歩いていると、おなつが二人の手を引いた。おなつを真ん中に唯七とお里が手をつなぎ、並んで歩く。おなつは二人を引きずるように歩いていた。

「おなつさん、そんなに急がなくてもいいんですよ」

お里が苦笑いしていると、唯七が目で合図を送ってきた。

おなつの体が持ち上がる。両手を持ち上げられたのである。ぴゃあぴゃあとはしゃぎながら、おなつは空を蹴った。

「もういっかい！」

唯七とお里は「そーれ」と呼吸を合わせて、おなつをもう一度持ち上げた。おなつは何度もせがみ、唯七とお里はそのたびに応じた。

お里の腕が疲れてきたところで、おなつが自分から手を離した。

「ばばさまー！」

おなつが駆け出す。表通りから一本奥に入った、小さな一軒家。そこが渡辺家であった。玄関先に白髪の女性がしゃがみ、草むしりをしている。唯七の母、喜多《きた》であった。

喜多は駆け寄ってくるおなつに笑いかけてから、その後ろに息子の姿を認めて立ち上がった。駆け出したいのをこらえるように、早足で歩み寄ってくる。

だが、唯七は逆に足を止めてしまった。

「どうなさったん――」

ですか、という語尾をお里は呑み込んだ。唯七の顔から先刻までの柔和さが消え、苦しそうに歪んでいる。

喜多も心配そうに駆け寄ってきた。

唯七は土の上に膝をついた。

「母上……」

涙声だった。武士が泣くのを、お里は初めて見た。

「申し訳ございませぬ」

無沙汰を詫びているのではない。母に会えた嬉しさに泣いているのでもない。この人は罪の意識に泣いている。母親に顔向けできなくて泣いている。お里にはそう見えた。その罪は、遊郭で遊んできたようなものではないのは明らかだった。

喜多も尋常ではない何かを察したようで、唯七をしっかと抱きしめた。

おなつが不思議そうに母子の姿を見つめていた。

六

渡辺平右衛門《へいえもん》は、息子にかける言葉を慎重に選んだ。

一年ぶりに帰郷した次男と縁側に座り、庭の花を眺めながら語らう。このときを楽しみにしていたのに、息子の口から語られたのは、恩人の命を奪ったという重い告白であった。

「同志の秘密を守るためだったのであろう。そのように気に病むことはない」

「私がもっと賢明であれば、こうならずに済んだかもしれぬのです」

「言うても詮無きことではないか」

「わかっております。しかし、考えずにはおられぬのです」

平右衛門は苦笑した。

「そなたはやはり、私の子だな。私もずっと悔やんでおる。詮無きことと知っていながら」

「何を悔やんでおられるのです」

平右衛門は庭の勿忘草《わすれなぐさ》を眺めた。病が重くなるにつれて、花びらの輪郭がぼやけてきている。

「大陸では主君への忠よりも親への孝を重んじる。この国ではその逆。ゆえにそなたらも忠を尽くせ。赤穂の若者たちに、私はずっとそう説いてきた。今となっては悔やまれてならぬ。忠に死するを許さず、孝に生きよと、我が子に命じてやることができぬのだからな」

唯七は何も言わない。絶句しているようだった。

「……あれから二十年が過ぎたか」

平右衛門のかすむ目には、三島宿《みしま》から見上げた清らかな富士山が映っていた。

「朝鮮通信使が私に耳打ちした言葉がある。士大夫《したいふ》にとって孝は咒《チヨウ》――呪いにもなり得る。ならば、武士の烈しき忠もまた咒になり得るのではないか、と」

「萱野三平は忠と孝の板挟みとなり、みずから命を絶ったといいます。私にはわからなくなってきました。人を死に至るまで苛《さいな》むものが、果たして尊いものと言えるのでしょうか」

唯七は子供のように膝を抱えた。

「忠などというものがあるから、和久様と私は斬り合わねばならなかったのです。もう耐えられませぬ。さっさと卜一の屋敷へ討ち込んで、すべて終わりにしたいのです」

平右衛門は叱りつけなかった。穏やかに言い聞かせる。

「そのようにやけっぱちな心持ちでは、成功は覚束ないぞ」

「失敗しても構いませぬ」

「それはもはや忠でも孝でもない。そなたの身勝手だ」

自分でもわかっていたのか、唯七は怒らず、黙り込んだ。

「それほど苦しいなら、御仏にすがる道もあろう。僧となって亡き殿の菩提を弔うのも、立派な忠の道と思う。儒生《じゅせい》としては、あまり勧《すす》めたくはないがな」

仏教に批判的な儒学者は多い。平右衛門は冗談めかしたつもりだったが、唯七はくすりとも笑わなかった。

「のう唯七。忠も孝も、一度忘れてしまえばどうだ」

「忘れて、どうします」

「義を思うてみよ」

義とは何か。平右衛門は我知らず講義口調になっていた。

「羞悪《しゅうお》の心は義より生ずる。みずからの不善を羞《は》じ、他者の不善を悪《にく》む心こそ、義のあらわれである」

「亜聖《あせい》ですな」

平右衛門や唯七の遠い先祖であるという、亜聖こと孟子《もうし》の論である。当家の伝承によれば、平右衛門は六十二代目、その子である半右衛門《はんえもん》・唯七兄弟は六十三代目の子孫とされている。

「義はおのれの内にある。ゆえに人は、善を行えばおのずから喜び、不善を行えばおのずから羞じる」

有名な性善説に通じる、孟子の論である。

「おのれが喜び、羞じずにいられる道を探せ。それがきっと、そなたの義なのであろう」

亜聖の言葉なら、唯七の迷いを解きほぐしてくれるのではないか。平右衛門はそう期待したが、唯七は素直に頷かなかった。

「父上は、孝より忠を重んじることを義と信じて説いておられたはず。しかし、今は悔いているとおっしゃる。人の心は、時が経てば変ずるもの。義など、これほど頼りにならぬものはありませぬ」

平右衛門は唸った。これは一本取られたと言うしかない。

「可愛くないことを言うようになったのう。だが確かに、私には義を論ずる資格などなかったわ」

「申し訳ございませぬ」

「そなたの申すとおり、義と信じた行いも、いつかは悔やむときが来るやもしれぬ。私がそうだ。畏《おそ》れながら、殿も同じだったやもしれぬなあ」

「殿？」

「吉良への刃傷に及ばれたとき、殿にとってそれは義であっただろう。だが、お腹を召されるまでの数刻、悔やまれなかっただろうか。もっと上手く立ち回れなかったか、ほかにやりようがあったのではないか、と。ご自身のお命だけでなく、家来がどれほど多くのものを失うか、お考えにならなかったはずはあるまい」

唯七はうなだれた。

「我々こそ悔やんでおります。殿のおそば近くに仕えていながら、お救いすることができなかったのですから。まして私は、吉良様を討たれるお覚悟を殿に打ち明けられておりました」

「そう、この一件に関わった者は皆、多かれ少なかれ悔いを抱えておる。吉良様とてそうやもしれぬ」

「吉良様……？」

「世間から嫌われ、憎まれ、針のむしろとなった挙句、隠居に追い込まれたのだ。そのうえ、赤穂の浪人がいつ命を取りに来るともわからぬ。殿との間に何があったかは知らぬが、何ぞ身に覚えがおありなら、報いの大きさに恐れ慄《おのの》いておられるであろうよ」

唯七は黙っている。小さく頷いたところを見ると、一度はそのように考えたことがあるのかもしれない。

平右衛門の思いはさらに過去へと飛ぶ。

「亡き父上も、故郷を捨てたことを悔やむお気持ちがあったのやもしれぬなあ」

唯七にとっては祖父にあたる、孟二官《もうにかん》こと渡辺治庵《ちあん》のことである。明《みん》国は杭州武林《こうしゅうぶりん》の人だったが、韃靼《だったん》（満洲族《マンジユぞく》）による支配を嫌って日本に亡命した。

「亡くなる前にはよく、故郷を懐かしんでおられた。日本に来たおかげで良き妻子に恵まれたとも言っておられたが、ご自分の中でそのように折り合いをつけておられたのだろうな」

よほど望郷の念が強かったのであろう。晩年の父・治庵は、故郷・杭州の景観を詠った蘇《そ》東坡《とうば》の詩を好んで吟じていた。遠い国から来た父は、平右衛門にとってもどこか謎めいた一面があった。父の霊は死んで故郷に帰ったのだろうか。

「悔いなく生き、悔いなく死ねる者などおらぬのだ。人の墓の下には、きっと、亡骸とともにに夥《おびただ》しい悔いが埋まっておる」

父はそんなことも言っていた。選ばなかった道に恋々としても致し方なしと、懐かしい声が聞こえるような気がする。遠からず、自分も父と同じ場所へ行くことになるだろう。夥しい悔いを抱えて。

「父上」

唯七に声をかけられて、平右衛門の意識は過去から戻ってきた。大きく息を吐く。

「少し疲れてきたな。そなたが帰ってきた嬉しさに、喋りすぎたようだ」

「少し休まれますか」

「うむ、手を貸してくれ」

唯七の肩を借りて、平右衛門は床に戻った。思っていたより疲れていたらしく、眠気が襲ってくる。

「今、わかったぞ。そなたに必要なのは、忠でも孝でも義でもない。休息だ。人は疲れていると、ろくなことを考えぬ」

不意に表が騒がしくなった。おなつの元気な声がする。

「半右衛門が帰ってきたな。おなつはいつもああやって半右衛門を迎えに出る」

「おなつを可愛がってくださっているようですな」

「それはもう、皆で競うようにな。そなたがあの娘を連れてきたおかげで、毎日にぎやかで退屈せぬよ」

平右衛門が笑うと、唯七は小さく苦笑した。ようやく息子が笑顔を見せたので、平右衛門はひとまず安堵した。

七

翌朝、お里は子供たちを順番に迎えにいった。

渡辺家では、おなつと「大奥様」こと喜多がいつものように待っていた。

「よろしく頼みますよ」

「はい」

喜多からおなつを預かろうとしたが、おなつはなぜか屋内に駆け戻った。

「おなつさん、どうしました?」

中で何か騒ぐ声がした後、おなつはきのう江戸から帰ってきた浪人の手を引いてきた。

「おなつ、勘弁してくれ」

「だめ。ただしちも行くの」

お里はおなつを諭した。

「唯七様はきのうお帰りになられたばかりでお疲れなんですよ。無理を言ってはいけません」

だが、喜多がすっと背筋を伸ばして息子に命じた。

「唯七、行ってきなさい」

「いやいや、母上」

「大きな子に家でごろごろされても邪魔ですからね。さ、行きなさい」

荒療治だな、とお里は理解した。この浪人はきのうも様子がおかしかった。外の風にあたって、子供と遊べば気が紛れると大奥様は考えたのだろう。

結局、お里は六人の子供と一人の浪人の面倒を見ることになった。千種川の土手に出る。

河川敷には丈の高い薄《すすき》が波打っていた。

「いつもここでお子様たちを遊ばせています」

「そうですか」

浪人は気の抜けた返事をした。

「みなさん、今日は何をして遊びましょうか？」

お里が問うと、子供たちは口々に鬼ごっこやら相撲やらと言い出した。だが、誰かが「隠れやこ（隠れんぼ）」を提案すると、すぐにその意見にまとまった。

お里はほっとした。隠れやこは楽だ。鬼ごっこは走り回らなければならないし、相撲は言わずもがなである。

「では私が鬼になりますから、みなさん隠れてください。隠れていいのは、どこからどこまででしたか？」

「あの木からあの木まで」

子供たちが指をさしながら答える。河川敷で隠れやこをするときの約束事である。

「はい、そのとおりです。それより遠くに行ってはいけませんよ」

お里がしゃがんで目隠しをすると、子供たちは奇声をあげながら薄の原に散っていった。

お里は両手で目隠しをして、数を数えている。ふと、妙な気配を感じた。そっと目隠しを解いてみると、目の前に武林唯七の背中があった。川の向こう岸を眺めている。

「あの」

唯七が振り返った。

「なにか」

「唯七様も隠れてください」

「私も？」

「何のために来られたんですか」

唯七は戸惑っていたが、「わかりました」と薄の原に分け入っていった。やはり旅の疲れが残っているのか、重い足取りである。

大丈夫かと気になりつつ、お里はふたたび目隠しをした。

「もういいかい」

「もういいよ」

子供たちの声があちこちからあがる。お里は立ち上がった。薄の原をざっと眺めただけで、何人かの子供の居場所はわかる。だが、しばらくは気づかないふりをする。「どこに隠れましたかねえ」と聞こえるように口にしつつ、薄の原に分け入った。子供の忍び笑いが聞こえる。皆、言いつけどおりの範囲に隠れているようだ。

「みいつけた」

ゆっくりと時間をかけて、子供たちを薄の海から拾い出す。見つけた子たちは最初の場所に集めておく。勝手に別の遊びを始めても構わない。

あとは、おなつと唯七だけとなった。おそらく、二人で同じところに隠れているだろう。

薄が一か所、不自然に揺れている。そこにいると見当をつけて、お里はゆっくり近づいた。

ちょっとおどかしてやろう。

「わあっ」

「ひゃっ」

「あら……？」

おなつ一人だった。見つけてもらえなくて退屈していたのか、薄をちぎって振り回していたらしい。

「おなつさん、唯七様は？」

「しらない」

唯七が参加していることにも気付いていなかったようだ。

隠れてよいと言った範囲はすべて探したはずである。どこに隠れた？　約束事を聞いていなかったのか。子供でさえきちんと守っているというのに。

皆と待っているようおなつに言いつけて、お里は一人で土手に上がってみた。上から河川敷を見渡す。「約束事」の範囲に、やはり唯七の姿は見えなかった。どこへ行った？

放っておこう。子供たちを待たせて三十路の浪人を探すのも馬鹿らしい。そう思ったが、心ここにあらずのような唯七の様子を思い返すと、何やら胸騒ぎがする。目を離すべきではなかったかもしれない。

「遊んでいてください」

川風に逆らうように子供たちに言いつけると、お里は下流のほうに足を向けた。あの浪人はこちらの薄野に分け入っていった。川の向こう岸を見ていたが、その方向にはお城がある。殿様に仕えていた頃のことを思い出していたのだろうか。もっと近くでお城を見ようとしたのかもしれない。

はたして、薄の海に腰まで浸かった浪人の姿を見つけた。やはりお城を見ている。武士を大声で呼ぶのを遠慮し、お里は早足で近づいた。

と、唯七の姿が薄の海に沈んだ。座り込んだのだ。

――いけない。

お里は直感した。駆け出す。土手を滑り下りる。薄の海に飛び込む。

「唯七様！」

八

薄をかきわけてお里が唯七のもとにたどり着いたとき、その手には抜き身の脇差が握られていた。

お里の頭の中が真っ白になる。気がついたときには、唯七の手首をつかんで彼を押し倒していた。

「早まってはいけません！」

「危ない、危ない」

「刀を放して！」

「放します、放します。あなたも離れてください。重たい」

唯七が脇差を手放したので、お里はそれを拾って起き上がった。はからずも殿方と組《く》んず解《ほぐ》れつしてしまったが、慎みなど気にしていられない。

「なんということを……お腹を召されようなんて」

お里は荒く息をしながら詰問した。さりげなく脇差を背中に隠す。

「そのように見えましたか」

「違うとおっしゃるんですか」

「違うと思います……たぶん」

「たぶんとはなんですか！」

唯七は頭を振った。

「そのようなつもりはありませんでした。しかし、もう少しでそのようなつもりになっていたかもしれない。あなたが来てくれてよかった。否、よかったのかどうか」

「よかったに決まっています！」

「あの、脇差を返してくれませんか」

お里は背中に脇差を隠したまま、後ずさりした。

「返せるわけがないでしょう」

「早まったことはしないと約束します」

「……本当ですか」

「武士に二言はありません」

「では、鞘をお貸しください」

抜き身のままで返すのは、やはり不安だった。

唯七が素直に鞘を渡してきたので、お里は脇差を鞘におさめた。しかし、本当にこれを返してよいものだろうか。ためらっていると、浪人が手を差し出してきた。

「それは人を殺《あや》めたものです。あなたが持つべきではありません」

お里は鳥肌が立った。人を殺めた？　この脇差で？　誰が？

「唯七様が……？」

目の前の浪人が頷く。虫も殺さないような顔をしたこの男が、人を殺したというのか。

薄の海が波立った。

「どうして」

思わず尋ねていた。

唯七は虚ろな目で答えた。

「どうして……私が聞きたい。どうして、私があの方を斬らねばならなかったのか。御恩のある方だったのに」

お里は脇差を握りしめた。やはり、まだ返せない。

「御恩のある御方だったのですか」

お里が鸚鵡《おうむ》返しに尋ねると、唯七は頷いた。

「私がかつてお役目で失敗したとき、その方に助けていただいたのです。私は恩知らずにも、そのことをずっと忘れていました。久方ぶりに会うたとき、ようやくそのことを思い出したのです」

唯七は訥々《とつとつ》と語っている。お里は辛抱強く耳を傾けた。

「私は恩を仇で返してしまいました。不義の士です。義によって立つなどと、どの面を下げて……」

「よほどのわけがおありだったのでしょう？」

唯七は振り絞るように声を発した。

「そうせねばならなかったのです」

「お役目だったのですか？」

「浪人の私に、お役目などあろうはずもない」

唯七の声には自嘲の響きがあった。

「仲間のためです。そのままにはしておけなかったのです」

「おつらかったでしょうね」

唯七が唇を噛んだ。目に涙が光ったように見える。

「つらい……今も」

声が震える。

「何度心で詫びても、もう取り返しがつかぬのです」

ひとつ鼻を啜ると、唯七の表情が変わった。一転して、声に怒気がこもる。

「だが、和久様も悪い。あのように執拗に私の口を割らせようとして、欺《あざむ》くようなことまでなさって」

誰かは知らないが、和久という名は聞かなかったことにしようと、お里はひそかに思い定めた。

「人を欺くのはいけませんね」

「そうでしょう。あのようなことは、なんというか、無礼です。あの方もお立場上、致し方なかったのかもしれない。それにしても、あのようなやり方はいけません。なんといっても、無礼なのです」

「そうですね。無礼はいけません」

「そうです。あの方も悪いのです」

お里はだんだん、傷ついた子供を慰めているような気分になってきた。

「おつらかったですね。よく我慢なさいましたね」

唯七はふっと泣き笑いの表情になった。

「子供ではないのですから」

やはり、そう思われてしまった。

「申し訳ありません」

「いえ、よいのです。少し気が楽になりました」

「それはよろしゅうございました」

「なぜでしょう、ここまで素直に胸の内を吐き出せたのは、初めてのような気がします」

「それはきっと、私がつまらない百姓娘だからですよ」

大旦那様や大奥様のようなご立派な方には言えないこともあるだろう。そういうものだと、お里は思う。

浪人は宙に視線を漂わせていた。

「どうなさいました？」

「いえ、今あなたがおっしゃったようなことを、どこかで聞いたような……否、自分で言ったような気がして」

思い出せなかったらしく、浪人は頭を振り、あらためてお里に向き直った。

「お恥ずかしいところをお見せしてしまいました」

「恥ずかしいことなんてありませんよ」

お里は微笑んだ。面子の化け物のような武士が、心の傷みを百姓娘に吐露する。こんなこともあるのかと、内心驚いていた。もっとも、自分で言ったとおり、それは相手が身分の軽い百姓娘だからこそであろう。同じ人間として見られていないのであれば、それはとても寂しいことだった。

寂しい？　この浪人にどう思われていようと、どうでもよいではないか。どうでもよいはずだ。お里は脇差を胸に抱きしめた。

「あ、お返しします」

ひとまず大丈夫だろうと判断し、お里は脇差を差し出した。

唯七ははにかんだ笑みを浮かべて受け取った。そのとき、唯七の指がお里の手にかすかに触れた。お里は自分でも驚くほど、びくっと身を震わせた。

「どうしました?」

「いえ、あの、飛蝗《ばった》が。飛蝗が背中に飛び込んできました」

「それは大変だ」

「大丈夫、袖から逃がします。得意です」

「それは器用だ」

お里は立ち上がり、袖をばたつかせた。動揺をごまかすにはちょうどよい。

「飛蝗、逃げましたか?」

「逃げました。ぴょーんと跳んでいきました」

「見えませんでしたが、それはよかった」

「さ、お子様たちが待ってますから、戻りましょう」

唯七も立ち上がり、ついてきた。

お里が薄をかきわけて土手にのぼろうとすると、背後でどすんと音がした。振り返ると、唯七が膝をついている。

「唯七様、どうなさいました!?」

腹を切ったのでないことを確認して、とりあえず安堵する。だが、唯七の顔は本当に腹をかっさばいたかのように青ざめていた。

「そうだ、あなたがしてくれたように、私も殿のお言葉にただ耳を傾ければよかったのだ……」

深い悲嘆と後悔が、言葉となって漏れてきた。

「私は逃げてしまった。人に弱みをお見せにならぬ殿が、この私を選んで胸の内を打ち明けてくださったのに。お戯れなどでないことは、わかっていたはずなのに……」

唯七はすべての責めを負った者のように、打ちひしがれている。

「唯七様……」

お里は唯七のそばにしゃがみこんだ。どうすればよい。子供を慰めるように肩を抱き、事情もわからず「大丈夫ですよ」と声をかけるしかなかった。

遠くで子供たちの遊ぶ声がした。

その後、武林唯七は江戸の堀部安兵衛に宛てて手紙を書く。それは再度の仇討ち延期という上方の方針について「合点不参事《がてんまいらざること》ニ候《そうろう》」と述べた短いものであった。

四月十日付けのその手紙を最後に、彼は数ヶ月にわたって同志との連絡を絶つことになる。

第六章　大石以外みんな馬鹿

一

赤穂《あこう》は夏の盛りを迎えていた。

母の機織《はたお》りの音を聞きながら、渡辺半右衛門《わたなべはんえもん》は縁側で書状を読んでいた。差出人は京の大《お》高源五《たかげんご》である。

「どのような知らせでしたか?」

幼なじみの間十次郎《はざまじゅうじろう》が尋ねてくる。

「原惣右衛門《はらそうえもん》様と堀部安兵衛《ほりべやすべえ》殿が、いよいよ大石《おおいし》様から分離するおつもりらしい。早まって堀部殿らに合流せぬよう唯七《ただしち》に伝えてほしい、とのことだ」

「大高殿はそうおっしゃるでしょうね。慎重な御方ですから」

半右衛門はもう一通の書状を十次郎に見せた。

「これは堀部安兵衛殿からだ」

「堀部様からも？」

十次郎は書状を一読して唸った。

「唯七殿に江戸へ戻れと……」

「唯七を同志の数に入れておられるようだ。あの堀部安兵衛にそこまで信頼されるとは、唯七もなかなかのものよ」

堀部と大高の間で、唯七が綱引きされていた。

「唯七殿のお心はどうなのでしょう」

「さあ、どうなのかな……」

唯七が赤穂に帰ってきてから、三ヶ月余りが経つ。その間、大高と堀部から何通かの書状が届いた。そのすべてに、唯七は返事を書いていない。半右衛門は唯七が息災であることだけは代理で彼らに伝えた。以来、唯七への伝言はすべて半右衛門宛に届くようになった。

「大石様から離れての一儀か。堀部殿も思い切ったことをするのう」

「人数が集まるでしょうか。大石様はあれでかなりの人望がおありですが」

「堀部殿に同心する者は多くて十五人ほどだろうと、唯七も言うておったな」

本懐を遂げるには、いささか心許ない人数に思える。

「だが、もしも唯七が堀部殿に同心するなら、私も一緒に参ろうと思っておる」

「本気ですか」

「思い返せば、堀部殿には共に立つと約束してしもうたしな。向こうは忘れておるやもしれぬが」

籠城を主張する堀部を遠林寺《おんりんじ》で諭したのは、もう一年以上前のことである。

「唯七はすでに地獄の門を開いてしもうた。一人で行かせるのは忍びない」

「半右衛門殿と唯七殿が堀部殿に付くなら、私も参りますよ」

ずいぶんと何気なく、十次郎は重大な決意を口にした。

「それこそ本気か。お父君には何と申す」

「父も誘います。そもそも私は、父に従うて一儀に参じるつもりでいたのですから」

「親子二人で死地に赴くのか」

「江戸にいる弟の新六《しんろく》も入れて、三人になりましょう」

こうも壮絶な胸の内を、なぜ平然と語れるのだろう。半右衛門は恐ろしくなってきた。

「軽々しく申しているわけではありませんよ。先の見えぬ長い命を生きるより、今、死に花を咲かせるほうが楽だとは思いませんか？」

半右衛門は鳥肌が立った。正気なのか。

「赤穂の浪人は皆、暮らし向きに苦労しております。半右衛門殿には、申すまでもないことでしょう」

十次郎は屋内にちらりと目を向けた。ずっと機織りの音が聞こえている。半右衛門と唯七の母が、家計の足しにと始めた内職であった。母だけでなく、半右衛門の妻も女中奉公に出ている。半右衛門と十次郎も、慣れない日傭仕事に精を出さねばならなかった。

赤穂の浪人は皆、爪に火をともすような暮らしを強いられている。離散した浪人の中には、妻や娘を苦界《くがい》に落とした者までいると噂されていた。

「なにしろ、我らは城仕えせずに糧《かて》を得るすべを知りませぬからな」

耕さずして喰らい、作らずして喰らい、商わずして喰らう。赤穂にもゆかりの深い兵法家・山鹿素行《やまがそこう》は、武士をそう評した。

「他家に仕官しようにも、今のままではどうにもなりませぬ。主君をむざと死なせ、仇を討とうともせぬ腰抜け。赤穂の浪人の評判は、今やそのようなものです」

半右衛門は無言で頷いた。じつは半右衛門自身、広島の浅野本家に仕える遠縁に、仕官の口を遠回しに尋ねたことがある。そのとき、似たようなことを聞かされた。八方塞がり、と思わざるを得なかった。

「半右衛門殿が一儀に参じるとしたら、奥様はどうなさるのです」

「累が及ばぬよう、離縁するしかあるまい」

「あの子供は？」

「おなつのことか。そうよのう、どうしたものか」

かねて考えていたことを口に出してみる。

「いっそ唯七に嫁を取らせて、おなつを養子として育てさせようかと思うておる」

「唯七殿に一儀を思いとどまらせると？」

「地獄の門前から、今ならまだ引き返せる。代わりに私が門をくぐれば、地獄の鬼とて文句はあるまい」

「嫁のあてはあるのですか」

「ないこともない」

「もしや、あのお里《さと》という娘ですか？」

この村の子供を日中預かり、守りをしている女である。おなつもよく懐《なつ》いていた。

「唯七殿とその娘、噂になっておりますよ」

「そうであろうとも。初めは他人行儀だったのに、今では『お里』『唯七さん』などと呼び合っておるぞ」

「百姓の娘でしょう?」

「唯七とて今は浪人だ。さほど不釣り合いではあるまい。おぬしの想い人も町人の娘であろうが」

「それはそうですが……」

「お里はしっかりした娘だ。唯七には似合いだと思う」

「まあ、唯七殿のお相手にはしっかりした女子《おなご》が良いとは思いますが」

なにしろ粗忽《そこつ》な人だから、と十次郎の顔が言っている。

「その唯七殿はどこに行っておられるのです?」

「おなつを連れて潮干狩りに行っておる。お里も一緒だ。それはもう、あの後ろ姿は仲の良い夫婦と子供にしか見えなかったぞ」

それで良いではないか。仇討ちなど私に任せて、おぬしは生きろ。半右衛門はその思いを胸の中だけでつぶやいた。

「しかし、唯七殿は納得なさらないのではないでしょうか」

十次郎が思い詰めたように言う。

「なぜそう思う?」

「唯七殿を見ていると、私と同じことを考えているように思えるのです。先の見えぬ長い命を生きるよりも、死に花を咲かせたほうがよい、と。赤穂の浪人の窮状を見て、余計にそのように思われたのかもしれません」

半右衛門は言葉を失った。十次郎の指摘は、彼が目をそらそうとしていたことだったからだ。帰国した当初と違い、今の唯七はよく笑う。だが、表情に濁りがなさすぎるのが気になっていた。生への執着を手放したらあんな顔になるのではないかと、不安になることがあった。

それは志の高さではなく、絶望の深さによってたどりついた境地である。半右衛門は悲しむより、腹が立った。自分より若い唯七と十次郎が、なぜ、これからの人生に希望を見出そうとしないのか。

「唯七殿はご刃傷《にんじょう》の一件からずっと、一儀のために堀部様や大石様の間で立ち働いて来られたと聞きます。唯七殿のお人柄からして、今さら脱盟しようとは思われぬのではないでしょうか」

それも半右衛門が危惧していたことだった。良くも悪くも、弟は優しすぎる。しがらみを断ち切ってわが道を往くような気質は、おそらく持ち合わせていない。

「しかし、わかりませんよ。唯七殿とて人の子。あの娘と子供を愛おしむあまり、生への執着が芽生えているやもしれません。私とて、いざ想い人と別れるとなれば、胸が引き裂かれるほどにつらいでしょうから」

半右衛門を慰めるように、十次郎は言った。

二

崩してはならない。

慎重に、慎重に。

唯七の指は濡れた砂を少しずつ削っていった。

夏の潮水はぬるいが、穴の中はひんやりと冷たい。

さらに掘り進めると、冷たい砂の先に温かく小さな指が触れた。唯七は即座にその指をつかんだ。

ぴゃあ、と奇声があがる。

「ははは、つながったぞ」

引き潮の砂浜で、唯七とおなつは山を作って遊んでいた。今、山に穴を通すことに成功したところである。

「これは誰の手だ？　はて、誰の手だ？」

唯七がからからと、「おなつの手だよう」とおなつがはしゃいだ。こんなに小さいのに、握り返す手は思いのほか力強い。

ひときわ高い波が打ち寄せて、二人は尻まで水に浸かった。穴にも水が入り込む。ぴゃあ、と再び叫んだのは、おなつではなく唯七である。手をつないだまま跳び上がったので、もろくも穴が崩れた。

唯七とおなつの腕は山に埋もれてしまった。唯七は引き抜こうとしたが、おなつがしっかりと山の中で手を握っている。

「おなつ、手を放せ。放さねば腕が抜けぬ」

「やだー」

「着物を濡らすとばば様に叱られるぞ」

「濡らしてもいいって言われたもん」

唯七は困って、助けを呼んだ。

「おーい、お里」

おなつも面白がってお里を呼ぶ。

「おーい、おさと」

お里が蛤《はまぐり》の入った笊《ざる》を抱えて、のんびり歩いてきた。わざとらしく「あらあら大変」と言いながら、山のそばにしゃがみこむ。

「大変大変。せっかく作った山が崩れてしまったわ」

せっせと砂を盛り上げ、固めていく。

「違う違う、おなつが手を放してくれぬのだ」

「唯七さんが思いきり引っ張れば、放しますよ」

「かわいそうではないか」

「甘やかしすぎです」

お里は作り直した山の上にうやうやしく笊を据えた。

「潮が満ちるまでそのままでいてくださいね。山を崩したら、せっかく採った蛤がひっくり返っちゃいますから」

「そなたは鬼か、お里」

「遊んでばかりいるからです。これは今日のお夕飯になるんですよ?」

「すまぬ。ちゃんとやると約束する。なあ、おなつ」

おなつは髪まで砂と海水まみれになりながら、「うん」と元気に答えた。

「約束ですよ」

お里は笊を山から下ろすと、おなつの脇を後ろからくすぐった。うぴい、と叫んで、おなつが唯七の手を放す。お里はおなつを抱きかかえて、山から引っ張り出した。

「唯七さんも出てきてください」

「引っ張ってくれ」

「甘えるんじゃありません」

「そなたに言うておるのではない。おなつ、おなつ」

おなつが駆け寄ってきて、埋まっていないほうの唯七の腕を引っ張った。

「うーむ、抜けぬ」

「そんなわけない！」

「大きな蟹《かに》が私の腕をつかまえておるのだ」

「嘘だあ！」

おなつが唯七の背中をばしばしと叩く。これも存外に痛い。

「おお、蟹が私を砂の中に引きずりこもうとしている。助けてくれえ」

唯七が苦しむふりをすると、おなつはだんだん不安になってきたようだ。助けを求めるようにお里を見つめる。

お里は呆れた顔で唯七の腕を抱え込んだ。おなつにも手伝わせて引っ張る。

「それっ」

山を崩しながら、唯七の腕が出てきた。

「ふう、おなつのおかげで助かった。あやうく蟹の餌になるところであった」

「私も助けましたよ」

「そなたは見捨てようとしたであろうが」

おなつが二人の間に割って入った。

「けんかしちゃだめ！」

周囲から笑い声が起こる。同じく潮干狩りに来ていた人々は、この「親子」を微笑ましく見守っていた。

「さ、もう少し採ったら帰りますよ」

お里に活を入れられて、唯七とおなつはそれぞれ砂と海水に手を突っ込んだ。

十分な量が採れたところで、唯七とお里は浜の草地に上がって休息した。おなつはよその子供たちと仲良くなって、まだ波打ち際で遊んでいる。

「おなつさん、楽しそうでよかった」

「会ったばかりの頃は、無愛想な子だったがのう」

「渡辺様のお家で可愛がってもらっているおかげですよ」

「兄上はおなつをどうするつもりなのだろう」

「半右衛門様も大奥様も、ご実家には帰さないほうがいいとお考えのようですよ」

「養子にするつもりだろうか」

「そこまではわかりません。唯七さんからお聞きくださいな」

もっともである。

「私も、おなつさんはご実家に戻るより、渡辺様のおうちの子になったほうが幸せだと思いますよ。それか、唯七さんか」

「私？　私は無理だ」

「唯七さんもおなつさんが可愛いでしょう？」

「甘やかしすぎると、そなたにいつも叱られておる」

「しっかりした奥様をおもらいになれば、大丈夫ですよ」

唯七はうつむいてしまった。

「やっぱり、そのおつもりはないんですね」

「うむ……」

「仇討ちをなさるからですか？」

唯七は周囲を見回したりはしなかった。お里の声は風に散って、唯七以外の誰の耳にも届きはしない。

「前のお殿様が亡くなられてから、町中が仇討ちの噂をしています。唯七さんが江戸に行っておられたのも、そのためじゃないんですか？」

波の音。おなつが友達と遊ぶ声も聞こえてくる。

「……何を馬鹿なことを」

唯七は笑ってみせた。

「私が江戸にいたのは、他家への仕官の口を探すためだ。そう、ただの浪人になってしまったからな。浅野家に仕えていた者は、皆、苦労しておる」

海鳥が鳴いた。

「そなたはどうなのだ。前に話していたことは」

「本当は、そろそろお暇をいただかなくてはいけないんです」

「縁談のこと、まだ皆には話しておらぬのか」

お里は頷いた。

「気が進まぬのではないか？」

「そんなことを言える立場じゃないですから」

郷里の庄屋の紹介で、両親も乗り気なのだという。

「私みたいな行き遅れをもらってくれる人がいるっていうんですから、ありがたいお話ですよ」

「おなつが寂しがるのう」

「唯七さんは寂しがってくれないんですか？」

黙り込んだ唯七を一瞥して、お里は語り始めた。

「私は侍が嫌いです。威張って、見栄ばかり張って、体面ばかり気にするから」

お里の声は静かだった。

「仇討ちにしたって、そんなもの、殿様への忠義なんかじゃなく、自分たちの面子のためじゃないかって思ってます。怒らないでくださいね」

お里は浜辺の草をちぎって、風に飛ばした。

「唯七さんのことは、初めてお会いしたときから、あんまり武士らしく見えない人だなあと思ってました。ちっとも威張らなくて、優しくて、ちょっと頼りないぐらいで。だから私、唯七さんのことが好きでした」

お里はほんの少し微笑んだようだった。

「でも、命を粗末にする人は大嫌いです。もしも、もしも唯七さんが仇討ちをなさったら、みんながほめてくれるのかもしれませんね。でも、たとえ日本中の人がほめたって、私だけは唯七さんのことを大嫌いでいます」

唯七が言葉に詰まっていると、お里は不意に立ち上がった。

「ああ、危ない。おなつさん、深いところに行ってはいけませんよ」

お里は小走りにおなつのもとに向かった。

その背中を見送りながら、唯七は思った。それでよい。そなたが許してくれぬとわかっていれば、このさき何があろうと、私は正気でいられる。

唯七は空を見上げた。鳶《とび》が一声鳴く。もう十分に休んだ。いつまでも、兄に甘えて無駄飯を食ってもいられない。

「戻るか」

自然にそう思った。夕凪が潮風に変わるように、ごく自然に。

戻ってどうする。大石につくか、堀部につくか。どちらでもよい。戻ってから考えよう。

立ち上がり、波打ち際に目をやる。おなつが同じ年頃の二人の子供と遊んでいた。男の子と女の子である。お里はその子たちの母親と一緒に、子供たちに水をかけて遊んでいた。その様子を見守る父親は、唯七がよく知っている人物であった。

「あの人もあんな優しい顔をするのだな」

不破数右衛門《ふわかずえもん》である。おたがい、とうに気付いていたが、声はかけなかった。赤穂に帰って以来、あえて連絡を取らないようにしていた。

不破が赤穂に帰ったのは、妻と離縁するためだったはずである。婿養子の不破は、「次に会うときは佐倉《さくら》数右衛門だ」などと笑っていた。もしもの場合に累を及ぼしたくないという配慮もあったのだろう。だが、兄に聞いた話では、妻が頑として離縁に同意しなかったのだという。

唯七の視線を感じたのか、不破がこちらを向いた。唯七は無言で見返した。一言も発さず、二人はしばらく視線を交わした。

夏の陽射しの下、赤穂の浜には静かに波が打ち寄せていた。

三

父は何も言わなかった。

旅立ちの朝、病床の父に別れの挨拶をしたとき、父は小さく頷いただけだった。覚悟していたのだろう。だが、その顔には悲憤にも似た表情が浮かんでいた。こんな形で「兕《チヨウ》（呪い）」を成就させようとする天を恨むかのように。

母は唯七の旅支度を手伝い、弁当を包んだ後、機織り機の前に唯七を呼んだ。

「私も武家の女です。我が子が義を取るなら、それを喜びましょう」

唯七は頭が下がった。母には何も伝えていないが、息子の胸の内は察しているだろう。気丈でいてくれるのは、ありがたかった。

「私がそなたにしてやれることは、これだけです」

母は懐から小刀を取り出し、鞘を払った。

唯七は思わず止めようとした。戦に赴く我が子の決意を鈍らせぬよう、母が自裁する。江戸でそんな講談を聞いた覚えがあった。

だが、母が切りつけたのは、喉笛ではなく、機織り機にかけられた織りかけの布だった。

「母上……」

断ち切られた布と糸が、無残に垂れ下がる。

「この意味がわかりますね」

唯七は頷いた。「孟母断機《もうぼだんき》」の訓《おし》えである。若き孟子が学業半ばで帰郷したとき、その母は織りかけの布を息子の眼前で断ってみせた。学業を中途で投げ出すのはこれと同様のことだと、我が子を叱咤したのである。「孟母三遷《もうぼさんせん》」に並び、亜聖《あせい》孟子の母の賢明さを伝える故事であった。

「この唯七、決して道半ばで志を曲げることはいたしませぬ」

「違います。道を誤ったと気付いたら、いつでもやり直せるということです。このように、あらゆるしがらみを断ち切ればよいのです」

唯七は絶句した。

「返事は？」

「は、はい」

唯七は旅装を整え、戸口を出た。

「ここで構いませぬ。世話になり申した」

「諸々を片付けたら、私もすぐに江戸へ参るぞ」

「お待ちしております」

兄の半右衛門は、唯七とともに一儀に加わるつもりである。唯七は、兄には両親の世話をしてほしかった。だが、散々に甘えておいて、それも勝手な願いであろうと思う。兄弟で運命を共にすることが両親への慰めになるやもしれぬと、自分を納得させた。

「おなつを起こそうか」

「いえ、寝顔に別れを告げましたゆえ」

去年と同様、唯七はおなつが寝ている間に旅立つ。

母と兄に見送られて、表通りに出た。朝の往来はせわしない。

唯七は旅笠のひさしを持ち上げた。赤穂の景色をよく見ておきたい。

子供の一団が通りの向こうからやってきた。それを引き連れている女と目が合う。お里だった。

「唯七だ！」

子供の群れが駆け寄ってくる。よく一緒に遊んだので、すっかり懐かれてしまった。唯七を対等の友人と思っている節すらある。

「出かけるの？」

唯七の旅装を見て、少年が尋ねた。

「うむ、所用でな」

曖昧に答えて、唯七はお里の顔を見た。

「今朝は早いのだな」

「みんなで潮干狩りに行く約束をしたんです。潮が引いているうちでないと……」

「そうか」

背後から「ただしちー！」と呼ぶ声。振り返ると、おなつが仁王立ちしていた。寝間着のままで、髪には寝癖がついている。

おなつはひとつくしゃみをしてから、走ってきた。唯七も思わず駆け寄り、おなつを抱き上げた。

おなつは唯七の首にしがみつきながら、「出かけるの？」とさっきの少年と同じことを尋ねた。

「ああ、行かねばならぬ」

「おなつも行く」

「それはできぬ」

「いやだ、行く」

わがままを申すな。叱りつけようとするが、胸が詰まって言葉にならない。

不意に体が軽くなった。お里がおなつをひょいと引き取ったのである。

「唯七さんはすぐに帰って来られますよ。そうですよね？」

おなつを抱っこしながら、お里は微笑んでいる。万感の思いが込もったような目が、唯七を見据えた。

「……うむ、すぐに帰る」

「ほら。みんなと遊びながら待ちましょうね」

おなつは唯七とお里を交互に見て、「……うん」と頷いた。

「どうか、お気をつけていってらっしゃいませ」

お里がおなつを抱いたまま頭を下げる。

「行って参る」

唯七は最後にもう一度、おなつの小さな手を握った。

「帰ったら、また遊ぼうぞ」

「お山つくる」

「うむ、そうしよう」

この子が大きくなったとき、自分と遊んだことを思い出してくれるだろうか。手の届かぬ未来《さき》を思いつつ、唯七はおなつの手を放した。ぬくもりを手の内に閉じ込めるように、拳をつくる。皆に背を向けて、唯七は歩き出した。

「今日はみんなでお山を作りましょうね」

「うん」

お里とおなつの会話が、遠く背中ごしに聞こえる。

唯七は旅笠を目深にかぶりなおした。もう振り返ってはならない。

「……さらば」

胸の内でつぶやき、唯七はひたすら前を向いて歩いた。

町を出ると、唯七は千種川《ちくさがわ》沿いの道を上流に向かった。めざすのは西国街道である。

しばらく行くと、松の木の下に一人の浪人がたたずんでいた。

「よう」

浪人が旅笠を持ち上げた。

「佐倉さん、ではないのでしょうね」

「ああ、不破数右衛門のままだ」

「不破さんはご家族のもとに留まるやもしれぬと思うておりました」

「お前のあんな顔を見ちまったらな」

「私のせいにしないでください」

「お前のせいだよ」

冗談とも本気ともつかぬような笑みを見せると、不破は唯七が来た方向を顎でしゃくった。

「見納めだ」

振り返ると、川の流れの先に美しい故郷が見えた。懐かしい町並みに、赤穂城の天守。濃い緑に、むせかえるような潮風。短い命を燃やし尽くすように、蟬が鳴いている。

「雨が来そうですね」

故郷の空には大きな入道雲がかかっていた。雲の底は黒々として、今にも泣き出しそうである。

「赤穂も俺たちとの別れがつらいのかもしれねえな」

不破がめずらしく感傷的なことを口にしてから、そんな自分を嘲るように舌打ちした。

「大高源五の野郎だったら、こんなときに気の利いた句でもひねるんだろうが」

「ああ、源五には謝らねばなりません」

「そうしとけ。あれは言い過ぎだったぞ」

唯七は故郷の景色を胸におさめるように、大きく息を吸った。吐く息とともに、詩を声に乗せる。

水光瀲灎《すいこうれんえん》として晴れて方《まさ》に好《よ》く
山色空濛《さんしょくくうもう》として雨もまた奇なり
赤穂を把《もっ》て虞氏《ぐし》に比《ひ》せんと欲すれば
淡粧濃抹《たんしょうのうまつ》総《すべ》て相《あい》よろし

（光る水面にさざなみが立つ晴天は素晴らしく、山色が朦朧《もうろう》とする雨天もまた趣深い。赤穂を古代の麗人になぞらえれば、薄化粧も厚化粧も映える美しさである）

「お前が作ったのか？」

「まさか。宋の蘇東坡《そとうば》です。本来は西湖《さいこ》の景色を謳ったものですが、赤穂に変えて謳ってみました。赤穂は晴れてよし、雨でもよし、と」

明《みん》国の杭州《こうしゅう》、西湖のほとり。彼の祖父・孟二官《もうにかん》の出身地である。大明帝国が盤石であれば、祖父が韃靼《だったん》の支配を逃れて日本に渡ることはなかった。孫の唯七が赤穂の侍となることもなかった。天の差配は気まぐれである。

「赤穂は晴れてよし、雨でもよし、か。悪くねえな」

不破は鼻をすすった。目が潤んでいるように見えたが、唯七は武士の情けで気付かないふりをした。

二人はもう一度同じ詩を吟じ、故郷に背を向けた。

彼らが赤穂の土を踏むことは、二度とない。

四

武林唯七と不破数右衛門は京に着くと、真っ先に一人の同志の家を訪ねた。

「このとおりだ。言い訳のしようもない」

玄関先で紙のように平たくなっている旧友の姿に、大高源五は吹き出した。一度笑ってしまったら、もう怒っても格好はつかない。

「わかった、すべて水に流そう」

「下手な俳句と言ったことも……」

「言うな。それもどうにか、水に流す」

大高は二人に草鞋《わらじ》を脱がせた。

「お二人とも、ちょうどよいところに来られた。今、堀部殿が来ておられましてな」

聞き間違いではなかった。座敷に通されると、堀部安兵衛が茶を飲んでいた。

「二人とも、なにやら久しぶりだな」

およそ半年ぶりの再会である。

「俺に会えなくて寂しかったか」

不破の言葉を無視して、堀部は唯七に声をかけた。

「大高からすべて聞いておる。少しは気が休まったか」

「おかげさまにて。お手紙に返事をせず、失礼いたしました」

「構わぬ」と答えた堀部の表情は、これまでにないほど労《いたわ》りに満ちていた。

「和久半太夫《わくはんだゆう》殿とは堀内《ほりうち》道場の同門だった。ご無念ではあったろうが、そなたを恨むような御方ではない」

「それはわかっております」

堀部がまだ何か言おうとする前に、不破が割って入った。

「お前、何しに来たんだ？」

率直すぎる問いかけに、堀部はむっとした顔をしながらも答えた。

「原惣右衛門様との打ち合わせのためだ。我らは原様を押し立て、独自に一儀を挙げる」

「何人集めた？」

「今のところ十四人だ」

ほぼ唯七が予想したとおりの人数である。

「私は数に入っておりますか」

「むろんだ。大高もな」

大高が頷いている。この同意はいつもの方便なのか、あるいは本気なのか。大高の表情は読めなかった。

「不破、おぬしはどうする」

「大石からは離れるつもりか」

「致し方ない。大石様は七月になっても腰を上げようとせぬ。もはや待つことはできぬ」

不破は首を横に振った。

「俺は保留だ。その人数では心許ない」

「覚悟なき者百人より、必死の者十人のほうが役に立とう」

「戦の初歩は兵と金を集めることだろうが。一番多くそいつを持ってる奴から離れてどうするんだよ。せっかく京に来たんだったら、ちゃんと大石と話し合え」

「もう十分に言葉は尽くした」

「手紙のやりとりだろうが。どうせお前のことだから、だらだらとくどい長文を送りつけたんじゃねえのか。直《じか》に会って話してみたら、わだかまりも解けるかもしれねえだろ」

唯七の目に、堀部は傷ついたように見えた。堀部の手紙が「だらだらとくどい」のは、唯七も常々感じていたことである。

「……これから見限ろうという相手に、直に会うのはどうかと思う」

「だったら、誰かを使いに立てて様子を探ればいい」

堀部が唯七の顔を見た。助けを求めるような目であった。

「大石様に会うのは、私もいささか気まずいのですが……」

大高に対するほどではないが、暴言を吐いた記憶がある。

「ちょうどいいだろ、謝りに行け。大高もついていってやれ」

「不破さんは？」

「堀部を見張る」

本人の前である。

「おぬし、私を何だと思っておる？」

「こいつらが戻ってくるまで、お前は動くな。話がややこしくなる」

とりあえずの分担が決まった。

五

「源五、おぬしの狙いはなんだ。まさか堀部様についていくわけではあるまい」

「じつのところ、迷うておる」

唯七と大高は山科《やましな》の大石宅に向かっている。

「率直に申して、もはやどうにもならぬところまで来ておる。大石殿がまことに一儀を挙げるおつもりがあるのか、私でさえ疑わしく思い始めておるのだ。木挽町《こびきちょう》（浅野大学長広《だいがくながひろ》）の御処分を待つというが、我らの納得いくような御処分が下るとも思えぬからな」

大石は大高に語ったという。

「たとえ百万石を賜って御家再興が成っても、大学様の人前《ひとまえ》が立たぬなら、打ち潰すのみ」

人前が立つ。人前に堂々と出られることを意味する。たとえば、浅野大学が大名として江戸城に出仕したとき、遺恨ある吉良《きら》家と同席することなど、ありえない。それでは「人前が立たない」。だからこそ、大石は吉良家への処分も併せて御公儀《ごこうぎ》に嘆願したのである。

「だが、卜一《ボクイチ》（吉良上野介《こうずけのすけ》）はすでに隠居の身だ。今さらそんな御処分が下る余地がない。大石殿は何を考えておられるのだろうか」

大高が言うには、上方の同志の間でも脱盟者が増えているという。時が経てば経つほど、初志を保つのは困難になる。

「このままでは同志が四分五裂してしまう。ならばいっそ、堀部殿と心中するのも悪くないかと思えてな」

この男がこれほど苦悩するということは、真実、抜き差しならないところまで来ているのだろう。唯七はそう思わざるを得なかった。

大石宅を訪ねると、また書院に通された。今日は原はおらず、大石一人である。大石はキセルに煙草を詰めているところだった。

「武林、戻ったか。ずいぶん心配したぞ」

「大石殿にご心配いただくとは、もったいないことにございます」

唯七は畳に額をつけた。

「つきましては、いつかのご無礼、どうか平にご容赦願いたく」

「気にしてはおらぬ。落ち着いたようで、何よりだ」

大石は二人に煙草をすすめた。二人が遠慮すると、自分の煙草に火を点けた。白い煙が大石の顔を包む。

「落ち着いたのはいいが、嫌な顔になりおった」

「嫌な顔……とは」

「吹っ切れたような顔をしておる。それは死にゆく者の顔だ。若い者にそのような顔をさせたくないから、いろいろと骨を折っておるのだがな」

唯七は思わず顔に手をあてた。

「原と堀部が何やら画策しておるのだろう。ついていくつもりか」

唯七は思わず大高の顔を見た。大高が慌てて首を横に振る。密告などしていない。

「わしを甘く見るな。同志の動きはおおよそつかんでおるわ」

大石はため息をついた。

「大高、そなたもか」

「私は決めかねております」

「めずらしいな、そなたが迷うとは」

「大石殿は、一体何を待っておられるのですか」

「何度も申しておる。木挽町――大学様の御処分が下ることよ」

「まことにそれだけですか」

大石は答えない。

「私にも言えぬようなことなのですか」

大石は再び煙草を吹かした。露骨に誤魔化している。

「大学様の御処分が決まるまで、ともかく待つと決めたのだ。御家再興を御公儀に嘆願して、いまだ返事はいただいておらぬ。動くのは、それを待ってからでも遅くはない。なぜそれがわからぬのだ」

「時が経ちすぎているのです。同志も動揺しております。萱野《かやの》のようなことが再びあっては、取り返しがつきませぬぞ」

忠と孝の板挟みとなって自刃した、萱野三平《さんぺい》のことである。

「わかっておる。萱野のことは、わしとて堪《こた》えておるのだ。おかげで、簡単には退けぬようになってしもうたしな」

「同志の暮らし向きのこともお考えくだされ。貧苦にあえぐあまり、道を外れる者が出てきてもおかしくありませぬぞ」

「だから、わしが面倒を見てやっておるではないか。何が不満なのだ、どいつもこいつも……」

唯七は気付いた。大石も苛立っている。同志をまとめきれなくなっていることに、焦っているのだ。

「いずれにせよ、もう原殿と堀部殿は一儀を挙げるおつもりです。いっそのこと、同心してはいかがか。あの方々だけで一儀を挙げても、成功は覚束ないでしょう」

「どうかな、十五人もいれば、存外に上手くいくかもしれんぞ。殿の一周忌もとうに過ぎて、相手方も油断しておろうしな」

大石はやはり状況を冷静に見ていた。刃傷事件からもうすぐ一年半が過ぎようとしている。江戸ではもう、仇討ちの噂も下火になっているかもしれない。

「じつは、堀部殿が京に来ております。話し合っていただけませぬか」

大高が明かすと、大石は驚いた顔を見せた。同志の動きはつかんでいると言いながら、すぐ近くに堀部がいることには気付いていなかったようだ。

「堀部か。顔を見たらぶん殴りたくなるやもしれぬ」

「殴ればよろしい。それでお気が済むなら」

「わしはあの男を下手の大工と言ったのだ。今さら頭を下げるなど……」

大高が畳を叩いた。

「つまらぬ意地を張っておられる場合か！」

大石よりも唯七のほうが驚いた。これほど激情をあらわにする旧友の姿は、あまり見たことがない。

大石はなお苦虫を嚙み潰したような顔をしている。

そのとき、「失礼いたします」という声がして、背の高い堂々とした若武者が入ってきた。

唯七には見覚えのない顔である。

「江戸の吉田忠左衛門《よしだちゅうざえもん》殿よりの書状です」

書状を大石に渡して、若武者は下がっていった。

誰だ？　唯七が若武者の背中を目で追っている間に、大石は書状を開いていた。

吉田忠左衛門は原惣右衛門と並び、大石の信頼厚い側近である。唯七と入れ替わるように江戸に入り、江戸組の面々を掣肘していた。

江戸の情勢を知らせる書状を、これまで何通も受け取っているのであろう。大石はさほどの関心を示すふうでもなく、煙草を吹かしながら書状に目を通していた。

だが、大石の目は次第に真剣さを増していった。

最後まで読んでから、大石はもう一度初めから読み直した。それから、書状を大高のほうに押しやった。

「読んでくれ。疲れているのかな、上手く読めぬ」

大高は書状を手に取った。唯七も顔を寄せる。その間、大石はキセルにぎゅうぎゅうと新しい煙草を詰め、火を点けていた。

「木挽町が閉門を解かれ、広島の浅野本家にお預けと決定……」

大石ほどではないが、大高も放心したような顔になった。

唯七は遠慮がちに尋ねた。

「これはつまり、大学様の御処分が決定したということか？」

「そういうことだ。大学様は浅野本家にお預け。他家ではなく本家へのお預けというのは温情にも取れるが、引き続きの謹慎処分も同然であろう。いずれにせよ、御公儀は御家再興の願いをお聞き届けにならなかったということだ」

大高は書状から顔を上げ、煙まみれの大石に言った。

「そのように、私には読めましたが」

「おかしいのう、そなたも上手く読めぬようだ」

大石はキセルを灰落としに打ちつけた。何か唸りながら、畳に大の字になる。天井に向けて深いため息をつくと、紫煙がたちのぼった。まるで魂が抜けていったように、唯七には見えた。

「悪い夢でも見ておるのか……」

寝そべってしまった元家老に、大高も唯七も戸惑っている。

「すべて、すべて無駄であったのか。この一年と半年、あちらこちらの伝手《つて》を頼り、金を遣い、頭を下げ、ひたすらに御家再興を願ってきた。まったくの無駄であったというのか。困難は承知のうえであったが、ここまで一顧だにされぬとは。これが御公儀の答えなのか」

大石は天井に向かって喋りながら、空のキセルで畳をぽんぽんと叩いている。

「刃傷の件での御沙汰が片落ちであったことは、御公儀もわかっておるはずだ。だからわしは機会を与えた。裁きを覆すことはできなくとも、我らに納得のいく処置をしてみせよと。卜一《ボクイチ》に腹を切らせてみせよと。病気の犬を下賜して、死なせたら罪を問うでもよかろう。腹を切らせる口実など、今の世ならいくらでもつくれようが」

世に悪評紛々のいわゆる「生類憐《しょうるいあわ》れみの令」を、さらに悪用せよと言っている。さすがにひどい考えだと唯七は思った。

「それなのに、卜一《ボクイチ》を処罰せぬばかりか、御家再興すら許さぬだと？　ここまでするか？」

大石はキセルを高くかざした。

「御公儀は何を考えておる。浅野家中が仇討ちをするという噂は、江戸中に満ちておった。

こちらにその意志があることも、散々臭わせてきたはずだ。お膝元で騒擾を起こされては、御公儀とて面目が立たぬであろうが。なにゆえこのような仕打ちを……御公儀は阿呆か。上様が阿呆なのか。側用人《そばようにん》の柳沢吉保《やなぎさわよしやす》が阿呆なのか」

大石の声がだんだん大きくなる。大高と唯七は思わず周囲を警戒した。

「なぜ、なぜ吉良は腹を切らぬ……！」

大石はキセルを畳に打ちつけた。

「奴が腹を切れば、すべて丸く収まるのだ。これだけ世に疎まれて、憎まれて、それでも命が惜しいのか」

唯七はその発想に仰天した。吉良がみずから腹を切ることなど、考えもしなかった。

「もしや、大石殿はそれを待っておられたのですか？」

大高の問いに、大石は直接には答えなかった。

「誰も死にたくはなかろうが。殺したくもなかろうが。老いぼれ一人の命で、当方も吉良方も、大勢の者が死なずに済むのだ。それが最善の道ではないか」

「それはそうかもしれませぬが……吉良様にたとえその意志があったにしても、それはそれで御公儀の裁きに異を唱えることになります。おいそれと腹を切るわけには参らぬかと」

大高が遠慮がちに私見を述べると、「わかっておるわ」と大石は吐き捨てた。わかったうえで、吉良の「英断」に望みをかけていたのであろう。

「……ダボが」

上品とは言い難い言葉が、大石の口から漏れた。「馬鹿者」の最上級とも言える、播州弁の悪罵である。

「吉良のダボが！　御公儀のダボがあ！」

風を切る音。大石の手からキセルが飛び、襖に突き刺さった。

「原あ！　堀部え！　何が分離だ、あのダボどもが！　大高あ！　武林い！　あやつらにそうさせぬのがおぬしらの役目だろうが、このダボどもがあ！」

唯七はさすがに、大石の狂態が恐くなってきた。

「あの、少し落ち着かれては……」

「やかましいわ！　どいつもこいつもダボ、この大石以外みんなダボよ！」

大高も唯七も、もはや顔面蒼白である。見てはならないものを見ている気がする。

「……だが、一番のダボは殿よ」

大石は両手で顔を覆った。

「なにゆえ刃傷などなさったのか。なにゆえ討ち漏らされたのか。なにゆえ何も語らずにお腹を召されたのか。すべて間違えておられる。このようなことになったのは、すべて殿のせいではござらぬか。わしがおそばについておれば……」

大石は袖で顔をぬぐうと、むくりと起き上がった。

「堀部を呼んでこい。堀部だけではない、上方《かみがた》にいる同志を集められるだけここに――いや、ここでは手狭だ。円山《まるやま》に。円山の安養寺《あんようじ》に集めろ」

大石の目が据わっている。

「……やるぞ」

何を、と聞くまでもなかった。

「仇討ちの意志を知りながら、御公儀はこちらの言い分に一切耳を貸さなかった。よくも虚仮《こけ》にしてくれたものよ。このまま引き下がっては、この大石の人前《ひとまえ》が立たぬわ」

六

七月二十八日、京都円山。

安養寺の六坊のひとつ、花洛庵重阿弥《からくあんちょうあみ》には、十九人の浪人が集まっていた。

蜩《ひぐらし》の鳴き声の中、大石内蔵助はおごそかに同志たちに告げた。

「一儀を決行する」

一同が息を吞む。

「長々と待たせたことに詫びを申す。そして、この未熟者を見捨てず、ここまでついてきてくれたことに礼を申す」

大石が頭を下げると、一同も応えて頭を下げた。むせび泣く者もいる。

大石は頭を上げ、皆の顔を見渡した。

「これよりは、この大石が各々方《おのおのがた》を地獄へ案内する。覚悟召されよ」

沈黙。

「もとより！」と堀部安兵衛。

「どこまでもついて行きまする！」と原惣右衛門。

大石からの分離を図っていた二人が、率先して声をあげた。分離の意志を放棄したという宣言でもあった。

「手前、ぜひとも先陣つかまつりたい」と大高源吾。

「お約束どおり、同志の中で一番の働きをしてみせましょう」

不破数右衛門が不遜に言い放つと、「言いおるのう」と声がかかり、笑いが生まれた。

大石は笑いをおさめると、具体的な計画の説明に入った。

「これより我らは江戸へ下る。ただし、皆が一度に動いてはいかにも目立つ。数名ずつ順次、ふた月をかけて江戸へ集結する」

大石は一人の同志に目を向けた。

「武林！」

「ははっ」

唯七は両手をつき、下命を待つ構えになった。

「そなたが第一陣だ。二、三名の同志を連れて江戸へ向かえ」

「お任せくだされ」

「うむ、頼もしいぞ」

「つきましては、ひとつ、お尋ねしたき儀がございます」

「よし、申せ」

「路銀（旅費）はいただけるのでしょうか」

何度目かの沈黙。蜩の鳴き声すら止まった。

今、それを聞くか――同志たちはある種の尊敬のまなざしを唯七に注いだ。なんと立派な男であろう。皆が恥ずかしくて聞けぬことを、堂々と聞いてくれた。

大石は咳払いして答えた。

「無論だ。皆の路銀はこちらで用意する」

「ありがたく存じます。もうひとつ、よろしいでしょうか」

「……申してみよ」

「じつはこの武林、少しでも暮らし向きの足しになればと、手持ちの金をほとんど実家に置いて参りました」

「わかった、皆まで言うな。後で相談に乗るから、それでよいか」

「かたじけのうございます」

唯七は深々と頭を下げた。相談の甲斐あって、唯七は後に路銀三両のほか、「勝手《かって》不如意《ふによい》願《ねがい》ニ付《つき》」、特別に二両を支給されることになる。

続けて第二陣、第三陣が発表され、あとは追って通知するとされた。

「大石殿は第何陣で江戸へ下られるのでしょうか」

同志の質問に、大石は即答した。

「わしは最後だ」

大石の江戸到着から一儀決行までの期間は、なるべく短いほうがよい。大石が江戸にいることが吉良方に知れたら、一気に警戒感を強めてしまうおそれがあるためだ。それはわかる。

わかるのだが。

「皆が懸念するのは無理もなかろう」

大石は一同を安心させるように微笑んだ。

「わしはこれまで、幾度も一儀を先延ばしにしてきた。今度も、いつまでも江戸に下らず先延ばしにする魂胆かと疑われても致し方ない。ゆえに、名代として主税《ちから》を先に遣わす」

「おお、主税殿を……」

上方組の者たちがどよめく。

唯七は左右から肘をつつかれた。両隣の堀部と不破が、唯七に目配せしている。なぜ私が。そう思いつつ、唯七は遠慮がちに尋ねた。

「あの、主税殿とはどなたでございましょうか」

大石の名代というからには、それなりの人物のはずである。だが、江戸組の三人はその者の名すら聞いたことがなかった。

「そなたらには伝えておらなんだか。主税はわしの嫡男だ。元服して名を改めた」

「……松之丞《まつのじょう》様ですか!?」

唯七は驚愕した。唯七が覚えている松之丞は、まだほんの子供だ。

堀部もさすがに戸惑いを隠せず、「待った」をするように手を上げた。

「大石様、いくらなんでも松之丞様は……一儀に参加させるには若すぎます」

「親子兄弟で参加する者もおるのだ。わしだけ我が子大事というわけにはいくまい」

「それでも、あんなにお小さい松之丞様を……！」

不破も声を上げた。

「松之丞様は何歳になられましたか」

「十五歳だ」

「ああ、それは若すぎますな。俺も反対です」

江戸組の三者三様の反応を見届けて、大石は手を叩いた。

「主税、入れ」

唯七は「あっ」と声をあげた。入ってきたのは、先日、吉田忠左衛門からの書状を持ってきた若武者であった。おそらく唯七よりも背が高く、体格も立派である。小柄な父より、大柄で知られる母の血を濃く受け継いだようだ。見ようによっては父親よりも風格があり、十五歳とはとても思えない。

主税は父のとなりに着座し、堂々たる態度で一同に挨拶した。

「小さい松之丞改め、大石主税にございます。若輩者ではございますが、盟約に加わることをお許しくださいますよう、同志の皆様にお願い申し上げます」

堀部、不破、唯七の三人は、思わず顔を見合わせた。

七

大石は同志を精選するため、ひとつの奇策をとった。神文返しである。

赤穂城明け渡しの際、浅野家中の多くが大石に今後の運命を委ねる旨の神文を提出した。それを返却したのである。しかも、大石は一儀を断念したという言葉を添えて。

「覚悟なき者に逃げ道を与えたのだ。大石殿が立たぬと聞けば、言い訳も立つからな」

縁側で行灯《あんどん》の明かりに照らされながら、大高源五が述懐した。同志に神文を返して回る役目を命じられたのは、彼である。

「大石殿も思いきったことをなさるのう」

唯七は大高の家に逗留していた。江戸下向の第一陣を命じられたが、同志の総数がおおよそ明らかになるまでは、順次下向のための計画も立たない。結局、一月半ほども待たされることになった。

今日ようやく出立を命じられたのだが、計画が立ったわけではなく、急遽決まったものであった。江戸へ使いに出されていた毛利小平太《もうりこへいた》という同志が、道中で病を得たという知らせが届いたのである。唯七は治療代を持って小平太に合流し、彼が快復しだい、共に江戸へ向かうよう大石に指示されていた。

唯七は明朝の出立を前に、縁側で大高としばしの別れの盃を交わしている。秋の夜長、庭の鈴虫の声が心地よかった。

「神文を受け取った者の中には、大石殿の言葉が偽りであることを察している様子の者もいた。詫びるような顔をしておったが、責めようとも思わなんだ」

「神文返しは大石殿の優しさか」

「優しさだけではない。覚悟なき者がついてきても足手まといになろう。あまり人数が多いと密議も漏れやすくなるし、第一、路銀がかかりすぎる」

路銀を真っ先に気にしていた唯七にあてつけている、というわけでもなさそうであった。

「神文返しに納得しない者にだけ真意を打ち明ける。おかげで、まことに志ある者だけが残った。あまり血の気の多い者ばかりでも、どうかと思うがな」

大石が一儀を断念したと聞いた者の中には、大高に喰ってかかる者もいたという。大高が首をさすっているのは、襟首をつかまれたことを思い出しているからのようだ。

「結局、どれほどの人数になりそうだ？」

「五十名余りだな」

「そこまで減るか」

かつて浅野家に仕えた者は、総勢で五百名ほどだった。大石に神文を預けた者だけでも百名以上はいたはずである。それが今や、五十名余り。

「御家再興に期待して大石殿についてきた者も多いからな」

「それにしても減った」

「なに、堀部殿と十五人で討ち入ることも覚悟していたのだ。それを思えば、十分多かろう」

その堀部は、円山会議の後にすぐ江戸へ帰った。江戸の同志に一刻も早く一儀決行を伝えたいと勇んでいた。

大高は唯七の盃に酒を注いだ。

「昨年、堀部殿をなだめるため、我ら二人で大石殿に江戸への下向をお願いしたであろう。あのとき大石殿についてきた元重役の方々を覚えておるか。奥野将監《おくのしょうげん》、河村伝兵衛《かわむらでんべえ》、岡本次郎左衛門《おかもとじろうざえもん》」

「殿」と敬称をつけないことで、唯七は察した。

「脱《ぬ》けたか」

「ああ、脱けた。小山源五右衛門《おやまげんごえもん》、進藤源四郎《しんどうげんしろう》もだ。大石殿もさすがに引き止めたようだが、無駄だった。偉そうな顔をしていた者にかぎって、これよ」

大高は笑った。嘲笑ではない。人の浅ましさをいとおしんですらいるような、悟りきった笑い方である。

「唯七、おぬしらも脱けたらどうだ。今ならさほどの恥にはならぬぞ」

本気とも冗談ともつかない口調である。唯七は大高の表情を観察したが、穏やかな笑みを浮かべているだけだった。

「何をいまさら」

唯七の答えに、大高はため息をついた。自分の盃を手酌で満たす。

「阿呆だのう。だが、おぬしがそう言うてくれて安堵した。私も十分に浅ましい」

「酔うておるのか」

「酔うておるよ。酔いがさめるのが恐ろしゅうて、みな血気にはやるのやもしれぬ」

大高が美味そうに盃を傾けるのを見ながら、唯七は問うた。

「今、おぬしらと言ったな。私と不破さんのことか？」

「否。半右衛門殿よ」

「兄上か」

唯七は、やはり半右衛門には一儀への参加を思いとどまってほしかった。父を看取ってほしいというのもある。残される母が気がかりというのもある。そして、おなつを育て上げてほしいというのもあった。その旨を伝える手紙も、すでに書いている。明日の出立と同時に、赤穂へ送るつもりである。それでも兄が一儀に参じるのなら、もはや致し方ないとも思う。

「半右衛門殿から神文返しの返事が来たぞ」

「まことか？」

赤穂の同志にも飛脚便で神文を返していたが、反応はさまざまであった。突き返してくる者、承知したとだけ返事を寄越す者、返事すら寄越さぬ者。半右衛門はどうか。

「一儀の断念が大石殿の本心とは思えぬ旨を、それはもう、くどくどくどくどと書いてこられた。挙げ句、猿芝居は無用などときつい一言よ。堀部殿と大石殿の悪いところを合わせたようなお方だ」

「悪口が過ぎる」

とはいえ、兄らしいとも思う。

「ほかには何か書いておられたか」

「父君の病が重いそうだ」

唯七はしばしの沈黙の後、「そうか」と頷いた。覚悟はしていた。今生の別れも済ませてきたつもりである。明日は出立であり、今からまた見舞いに帰るわけにはいかなかった。

「母君も病に伏せっておられるらしい」

「母上が？」

唯七は耳を疑った。旅立ちにあたってあれほど気丈に「孟母断機」をしてみせた母が、まさか。

「それでも半右衛門殿は一儀に参ずるつもりのようだ。もろもろ片付きしだい京に上るつもりとのことだ」

やはり兄の意志は堅いようだ。だが、父ばかりか母までも病の床にあるというのに、それが本当に正しい道なのか。

「おぬしら兄弟が心労をかけるからだ。親不孝者どもめ」

「おぬしに言われとうないわ」

大高源五は兄弟どころか、一族の男子がそろって一儀に参加する。大高自身と、弟の小野《お の》寺幸右衛門《でらこう え もん》、叔父の小野寺十内《じゅうない》、従弟の岡野金右衛門《おかの きん え もん》。弟の幸右衛門は叔父・十内の養子に入ったため、兄弟で苗字が違う。この点は渡辺半右衛門・武林唯七兄弟と似た境遇であった。

「幸右衛門めはまだ部屋住みの身ゆえ、残していくつもりであった。だがあやつめ、同志に加わると言うて聞かぬ。兄弟そろって親不孝者になるしかあるまい」

大高は幼い頃に父を亡くしているため、母親を一人残していくことになる。

「それでよく我ら兄弟に文句が言えたものだ」

「もはや頭数は足りておる。いまさら半右衛門殿が加わっても、よけいな食い扶持が増えるだけだ」

唯七は憤然とした。

「兄は役に立たぬと申すか」

「ああ、役に立たぬ。堀部殿を抑えるために我らが苦労しておるとき、あの方は何をしておられた。ずっと赤穂に引っ込んでおられたではないか。あの方の力が最も必要なときにはおらなんだくせに、いまさらしゃしゃり出て来ても遅いわ」

唯七の怒気が削がれた。酔っているせいなのか、大高の恨み節には子供がいじけているような響きがある。唯七自身、堀部と対峙するとき、兄がここにいればと何度思ったか知れない。

「おぬしが怒るのもわかる……だが、父上の看病のためだったのだ。兄上とて無念であったはず」

「わかっておるさ。ただの愚痴だ」

大高は徳利《とつくり》に残った最後の酒を唯七と自分の盃に注いだ。

「おぬしの父君がよく仰せであったな。唐土《もろこし》では忠より孝が重く、本朝《ほんちよう》（日本）では孝より忠が重いと」

大高は盃を口元に寄せた。

「我ら一族は本朝の侍。ゆえに皆、忠に殉ずる。それこそ本望。だが、おぬしら兄弟には違う道もあるのではないか」

唐人《とうじん》の血を引くおぬしらには。大高はそこまでは言わなかった。

「花はとりどりに咲いてこそ花。武士もまた然《しか》り。潔く散るも花、枯れ果てるまで咲くも花よ」

俳人らしい比喩とともに、大高は最後の一杯を呑み干した。

唯七も盃をあおった。空になった盃を、音高く床に置く。

「……兄に手紙を書きたいのだが」

「すでに書いたと申していたであろう」

「書き直す」

唯七の顔を一瞥すると、大高は「勝手に使え」と文机《ふづくえ》を指差した。

「半右衛門殿からの書状も、そこに入っておる。突き返して来られた神文もな」

大高の裁量で、大石に取り次がずに留め置いたもののようだ。

「酔った頭で書かぬほうがよいと思うがの」

大高はそう言い残して寝所に消えた。

唯七は行灯を文机のそばに引き寄せ、引き出しから半右衛門の書状と神文を見つけ出した。一読し、墨をすりはじめる。酒は入っているが、頭は明瞭なつもりである。否、酒の勢いを借りてでも、思いの丈をぶつけるのだ。

鈴虫の声を聞きながら、唯七は筆をとった。

第七章　吉良の顔

一

赤穂《あこう》の夏は盛りを過ぎ、風に涼しさを感じるようになった。

渡辺半右衛門《わたなべはんえもん》と間十次郎《はざまじゅうじろう》は、いつものように縁側で語らっていた。

「唯七《ただしち》殿は十五人でも一儀をなすと申されていましたが、大石様が立たれたことで、同志は五十人を超えることになりそうです」

「五十人か……」

絶妙な人数かもしれぬ、と半右衛門は思う。これより少なければ一儀の成功はおぼつかず、多ければ大石の目が行き届かなくなる。大石に計算違いがあったとすれば、ここへ来てかつて高禄を食んでいた者の多くが脱盟したことぐらいであったろう。

半右衛門の手元には、大高源五《おおたかげんご》に突き返したはずの神文がある。それは唯七の手紙と一緒に届いた。

「一儀には加わらず父母の世話をしてほしい――唯七はそう言うてきおった」

「私もそれがよろしいかと存じます」

「汚名を背負って生きよというのか。むごいのう」

一儀が成功したとき、脱盟した者には過酷な運命が待っているであろう。卑怯者との誹《そし》りが一生ついてまわる。名を惜しむ武士にとって、それは死よりもつらいことであった。

「父母の世話をせよ、か。唯七の奴め、母上まで伏せってしまわれたのは誰のせいと思うておるやら」

唯七が旅立ってからしばらくは気丈に振る舞っていた母だが、しだいに疲れを見せるようになり、今では一日の多くの時間を床で過ごすようになった。

「あやつは十一のときからお城仕えをした。手放すのが早すぎたのだ。もっと家で甘やかしておくべきであった」

半右衛門の心は過去に飛ぶ。

「小さい頃、あやつはいつも私の後をくっついて来てのう。私が剣術の稽古に出かけようとすると、一緒に行くと言ってよく泣いたものだ」

半右衛門が無理に笑うと、十次郎も微笑んだ。

「その唯七が、今度は私に来るなと言うておる。同志に加わりたければ、一儀が成功した後に追い腹を切れと書いておるぞ」

「なりふり構わず止めたかったのでしょうね」

「それだけではない。一儀が終わった後、親族に累が及ぶようなことがあれば、母上を刺し殺せとまで書いてきおった」

「素面《しらふ》で書いたとは思えませぬなあ」

十次郎は冗談のつもりであったが、鋭いところを突いている。

「父母を世話せよと言いながら、腹を切れだの母上を刺し殺せだのと、矛盾しておるとは思わなんだのかな。支離滅裂で、何度読んでも笑うてしまう」

「半右衛門殿が決してそうはなさらぬと、わかっておられるのでしょう。生きてほしいのですよ、なんとしても」

手紙にはおなつのことも書かれていた。成長したらどこかへ奉公にでも出してはどうか、と一言だけであった。すべて兄に託したつもりなのであろう。そのおなつは今、家の前の通りで近所の子供たちと元気に遊んでいる。

「十次郎、おぬしが羨ましい。父君と弟君、父子三人での参陣とは」

「武門の誉れと思います。しかし、半右衛門殿が孝に生き、唯七殿が忠に殉ずるなら、それもご兄弟そろっての誉れでございましょう」

「そう言ってもらえると、少しは救われる」

「同志の皆様にもそのように伝えます。半右衛門殿を卑怯者とは呼ばせませぬぞ」

十次郎はおもむろに縁側から立ち上がった。すでに旅装である。

「今生のお別れでございます、半右衛門殿」

半右衛門も立ち上がった。

「まずは京に寄るのだな」

「はい。大石様に、伏見か島原にでも連れて行っていただきます」

有名な花街である。十次郎の冗談に、半右衛門は苦笑した。

「江戸で唯七に会うたら、これを渡してくれるか」

短冊であった。七言絶句の漢詩が綴られている。

三十年来一夢中　捨身取義夢尚同　双親臥疾故郷在　取義捨恩夢共空

十次郎は声に出して訓読した。

三十年来、一夢の中《うち》
身を捨て義を取る、夢尚同じ
双親疾《やまい》に臥《ふ》して故郷に在り
義を取り恩を捨つる、夢共に空し

（人生三十年は一夜の夢のように過ぎた。私はこの身を捨て義を取ろう、これもまた一夜の夢。両親は故郷で病床にある。だが私は義を取り親の恩を捨てよう、夢のようにはかない命とともに）


「身を捨て、義を取る……」

これは亜聖孟子《あせいもうし》の言葉にちなんでいる。この身か義か、どちらかを選ばねばならぬとしたら、身を捨てて義を取るであろう――「捨身取義《しゃしんしゅぎ》」という熟語にもなっている。

十次郎は鼻をすすった。

「美しく、悲しい詩でございますな」

「私の辞世のつもりであったが、唯七のために少し書き直した」

「必ず唯七殿にお渡しします」

「頼んだぞ」

半右衛門はひとつ呼吸してから、言った。

「武運を祈る」

泰平の世に、なぜこの言葉で友を送らねばならぬのか。半右衛門は天を呪った。

間十次郎は一礼し、二度と帰らぬ旅へと向かった。

二

武林《たけばやし》唯七が潜伏しているのは、本所徳右衛門町《ほんじょとくえもんちょう》一丁目。吉良《きら》邸からわずか九町（約一キロメートル）ほどの距離である。

「ただいま帰った、九一右衛門《くいちえもん》、嘉右衛門《かえもん》」

「おかえりなさい、七郎右衛門《しちろうえもん》殿」

江戸に潜伏する同志は皆、替名《かえな》（偽名）を使っている。武林唯七は七郎右衛門、同居人の杉野十平次《すぎのじゅうへいじ》は九一右衛門、勝田新左衛門《かつたしんざえもん》は嘉右衛門というように。

「垣見《かきみ》殿はご息災でしたか」

「うむ、すこぶる元気であった。しばらく川崎で江戸の様子を窺うそうだ」

垣見五郎兵衛《ごろべえ》こと大石内蔵助は、江戸まで半日の川崎に滞在している。唯七は大石を訪ねて、帰ってきたところである。

鋭い掛け声とともに、木刀を打ち合う音が聞こえてきた。

「長左衛門《ちょうざえもん》殿か。張り切っておられるなあ」

長左衛門こと堀部安兵衛《ほりべやすべえ》は、隣の長屋に八人の同志とともに潜伏している。堀部はよく、庭の物干し場で同志に稽古をつけていた。

「あれでは逃げ出す者が出てくるのではないか？」

「じつは七郎右衛門殿がお留守の間に、脱盟した者が……」

「ああ、やはり」

唯七は天を仰いだ。

「あれについていけるのは、武右衛門《たけえもん》殿ぐらいですよ」

武右衛門とは、毛利小平太《もうりこへいた》という男の替名である。浅野家では大納戸役を務めていた。

「さすがだのう、武右衛門は」

唯七が京から江戸に下向する際、岡野金右衛門《おかのきんえもん》と、この毛利小平太を同道した。小平太は先に江戸へ使いに出されていたのだが、途中で病を得て動けなくなっていたところ、唯七らが大石から預かった治療代を持って追いついたのである。めでたく回復した小平太は唯七にいたく感謝したようで、同い年ということもあって意気投合した。浅野家に仕えていた頃はさほど親しくなかったが、小平太の剣の腕は唯七にも聞こえていた。

「しかし、長左衛門殿もほどほどにせぬと、同志が減っていくばかりだぞ」

「あの方には、ほどほどなどという言葉はないのですよ」

杉野が苦笑すると、勝田も「違いない」と笑った。

「垣見殿から訓令を預かってきたのだ。長左衛門殿にも見ていただかねば」

「訓令とは、どのような?」

「私もまだ読んでおらぬ。一儀にあたっての心得だそうだ」

唯七はとなりの長屋の物干し場に、堀部らを訪ねた。

「では、屋内《なか》へ」

かつてのように路上で立ち話できる人数ではない。堀部ら八人の同志が住む長屋は二階建てで、角から二部屋の上下階を借りている。集まって密談をする際は、角部屋の二階を使うことにしていた。隣室も階下も同志の部屋なので、盗み聞きされる心配はない。

唯七から受け取った訓令を、堀部が同志十人に囲まれて読み上げた。

「同志之衆へ、自身諸事申し談ずべき事（同志の皆へ告ぐ）」

呼びかけの後、具体的な内容が述べられていく。

「打ち込みの節、衣類は黒き小袖を用い申すべく候（討ち入りの際は黒い小袖を着ること）」

一儀――討ち入りの際の装束の指定という、真に迫った指示である。同志たちは武者震いした。

訓令は続く。武器は好きなものを使ってよい。槍や半弓を使う者は、購入するので申し出よ。諸事油断なく、秘密が漏れぬようにせよ。

「若《も》し道路にて相手に行き合い、勝負なるべき節これ有り候共《そうろうとも》、一人の仇《あだ》にてはこれなく候間《あいだ》、独り立ち本意を遂げ申すまじき事（もしも往来で吉良の行列に遭遇し、討ち取ることができそうに思えても、一人の仇ではないのだから、決して抜け駆けしてはならない）」

当然のことであると、同志たちは頷いた。今さら抜け駆けなどするはずもなしと、苦笑のさざ波すら立つ。

次は、討ち入りの日までに飢えぬよう倹約せよ、との戒めである。潜伏生活はもはや窮乏との闘いであった。大石だけでなく、資産家の杉野十平次も同志を援助している。一にも倹約、二にも倹約と、言われるまでもなく同志の間で呼びかけあっていた。

秘密が漏れないよう日々の雑談にも注意せよ、との訓令の後に、同志たちを動揺させる一条が現れた。

「志の相手は上野介《こうずけのすけ》と左兵衛《さへえ》に候《そうら》えば――」

目指す仇は吉良上野介と嫡子の左兵衛であるが、この両者だけを討つつもりでいると、家来や女中に紛れて逃げられるおそれがある。ゆえに――

堀部の読み上げが、一瞬止まった。曇った表情で続きを読む。

「男女《なんにょ》の差別なく一人も打ち漏らさざるように、いずれも心掛け専用に存じ候」

同志が息を呑む。

「屋敷の者を皆殺しにせよと……？」

「しかも、男女問わず……？」

堀部は慎重に目で読み直した。

「やはり、そう読むべきであろうな……」

堀部は上野介ひとりを仇と思っている。大石は「家」を基準に物事を考えるから、当主たる左兵衛を討てと命じるのはわかる。だが、皆殺しとは。あまりに苛烈な訓令であった。

「仇を討ち漏らしては元も子もありません。私は納得できます」

理解を示したのは、毛利小平太であった。

唯七は黙っていた。堀部が訓令の続きを読み上げはじめたが、耳に入ってこない。皆殺し。その言葉だけが頭の中に渦巻いていた。

三

翌日、堀部安兵衛、武林唯七、毛利小平太の三人は、前原伊助《まえばらいすけ》の家を訪ねた。前原は大胆にも、吉良邸裏門の目と鼻の先に米穀店を出している。

「よう」

二階に上がると、よく知った顔に出迎えられた。

「八左衛門《やざえもん》、なぜおぬしがここにいる」

「いつものことだろうが」

八左衛門こと不破数右衛門《ふわかずえもん》は、麹町の長屋に潜伏している。同じ長屋には吉田忠左衛門《よしだちゅうざえもん》父子とその家来の寺坂吉右衛門《てらさかきちえもん》、そして原惣右衛門《はらそうえもん》が住んでいる。同志中の次席と目される吉田・原との同居は、不破でさえ息が詰まるようだ。おそらく護衛役を期待されてのことであろうが、当人は「誰がこんな部屋割りを考えた」と文句を垂れては、しょっちゅう本所まで出向いてきていた。

「今日は探索の結果を聞きに来た。おっさん二人に伝えなきゃならねえから、なるべくわかりやすく頼む」

本所に住む同志は、日々、吉良邸の様子を手分けして探っている。それを「おっさん二人」こと吉田・原に伝え、二人が中心となって討ち入りの計画を練り上げる。そのような役割分担になっていた。

不破、堀部、唯七、前原、そして毛利小平太が、額を寄せ合う。

「先日、屋敷から駕籠が出ました」

前原伊助の報告から始まった。

「ただ、誰のものかはわかりません。駕籠は何度か見ておりますが、駕籠の種類も供廻《ともまわ》りの顔触れも、毎度異なります。ゆえに、誰の駕籠かを見定めるのが難しいのです」

「目くらましのつもりかもしれねえな」

上野介か左兵衛か、あるいはほかの誰かか。襲撃を警戒して、特定させないようにしているとも考えられる。

「後をつけたところ、駕籠は茶人の山田宗徧《やまだそうへん》の屋敷に入りました」

「ト一《といち》だったかもしれねえな」

上野介の隠語は「トイチ」と「ボクイチ」で江戸組と上方《かみがた》組の読み方が分かれていたが、前者で統一された。「若旦那」との対比で「隠居」と呼ぶこともあったが、「トイチ」の語呂が良すぎるのか、最近はあまり使われていない。

「八左衛門殿はいかがですか?」

「卜一が米沢《よねざわ》に入った形跡はねえな」

麹町の同志は、桜田と白金にある米沢上杉《うえすぎ》家の屋敷を探索している。上野介が上杉家に匿《かくま》われることを同志は恐れていた。

「卜一はまだ本所《ここ》にいる」

不破は窓の外に目を向けた。通りを隔てて、吉良邸の長屋塀が延々と横たわっている。文字通り、屋敷塀の役割も兼ねた漆喰塗りの長屋である。

「すぐ目の前だというのにな」

堀部が慨嘆する。小石を投げ入れることもできる距離であった。

「あの塀の中がどうなってるか、だが」

不破は畳の上に大きな紙を広げた。吉良邸の絵図面である。

どこから手に入れたのかは、同志にも知らされていない。絵図面の提供者を守るためである。信用できる筋であることは吉田と原が保証しているので、それで十分であった。

ただ、絵図面は吉良が入居する以前、旗本松平家が住んでいた時期のものである。

「卜一が本所に移るにあたって、ずいぶん普請したようだからな」

堀部が言うように、この絵図面がどこまで正確かは定かでなかった。

唯七も探索の結果を報告した。

「あくまで噂ですが、屋敷の敷地には数多くの落とし穴があり、竹矢来《たけやらい》が迷路のように張り巡らされているそうです」

この家の借り主であり、店主でもある前原伊助も、同じ噂を聞いていた。こちらは店の客である吉良の家来に聞いたというから、より確かな情報のはずであった。

「呰みてえだな。そこまで守りを固めてるのか」

「しかし、落とし穴だらけで迷路のような屋敷など、住みにくいでしょうね」

唯七がどこか呑気な感想を口にすると、小さく笑いが起きた。

だが、笑わなかった者が一人いる。毛利小平太であった。

「七郎右衛門の言うとおりです。風流を好むト一が、そんなものを屋敷内に作りはしません」

声が確信に満ちている。なぜ断言できるのかと問われて、小平太は答えた。

「屋敷に入って確かめたところ、落とし穴も竹矢来も見当たりませんでした。おそらく、攪《かく》乱《らん》のために偽の噂を流しているのでしょう」

なるほど、と納得しそうになってから、皆が一斉に声を上げた。

「屋敷に入った!?」

声が大きい、と小平太が皆に注意する。

「簡単そうに申したが、どうやって入ったのだ？」

堀部が本気で驚いている。多くの同志が、中間《ちゅうげん》（奉公人）として吉良邸に潜り込む機会を窺っていた。だが、吉良は中間を米沢から呼び寄せているらしく、江戸では募集がなかった。

「出入りの炭屋を見つけまして、人足として雇ってもらったのです」

やはり簡単そうに言うが、出入りの商人を見つけ、人足として雇われ、吉良邸に品物を納める機会をつかむのは、根気のいる仕事だったはずである。

「炭俵を台所に運び込む折、道に迷ったふりをしてあれこれと見て参りました。ご報告します」

小平太が話し合いの中心になった。

「そもそもト一の屋敷は――」

吉良邸の敷地は、東西に長い四角形である。門は東西にあり、東が表門、西が裏門。屋敷の北側は隣家と接している。

「南側は、ここから見えるとおり長屋塀です。家来衆や奉公人の多くがここに住んでいるはず。ト一や若旦那のいる御殿は、敷地の中央にあります」

そこまでは絵図面でもわかる。家来衆や奉公人が住む長屋周辺の空間と、領主の家族が住む御殿周辺の空間。大名屋敷は通常、その両者が分かれているものである。

「御殿と長屋の間は、このように長い塀で仕切られています」

小平太は絵図面に指で線を引いた。

「屋敷の敷地は、この塀で南北に仕切られているとお考えください。北がト一のいる御殿、南が家来衆のいる長屋です」

小平太はわかりやすく単純化した。

「御殿で騒動があった場合、長屋から家来衆が駆けつける方法は、おそらく二つだけ。この塀を乗り越えるか、裏門側の塀の切れ目から御殿に向かうか、どちらかです」

「裏門側？」

「表門側には塀の切れ目がなく、御殿に入ることはできません」

堀部と不破が、同時に身を乗り出す。

「裏門が鍵か」

「いかにも」

堀部は興奮を抑えきれない様子だ。

「裏門側の塀の切れ目。そこを死守すれば、家来衆を抑え込めるということだな」

長屋塀には百人ほどの家来衆がいると見込まれている。彼らを抑え込めれば、「戦」は断然有利になるだろう。ただ、塀の切れ目での戦闘は熾烈なものになるであろうし、塀を乗り越えて御殿に入る敵には対処できない。そこが難点ではあった。

「もっといい方法がある」

不破が不敵に笑う。

「長屋の戸に外から鎹《かすがい》を打って、家来どもを閉じ込めてやるんだ」

堀部と唯七がそろって渋い顔をした。

「なぜか知っているようなやり方だ。外から十人隊はあちら、二十人隊はこちらなどと叫べば、相手はこちらの人数を何倍にも多く見積もるであろうな」

「そうだ、びびって出てこられなくなる。戸を破って出てくる天晴な奴がいたら、そいつだけ討ち取ればいい。刀も持たずに飛び出してくる粗忽者《そこつもの》は、かえって斬りにくいがな」

不破が愉快そうに笑うと、唯七は冷たい顔で言った。

「では、そのお役目は八左衛門殿が指揮を取られるということでよろしいですな」

「ちょっと待て。俺にそんな地味な役目をやらせるつもりか」

「適任ではないか。あの時は見事な指揮ぶりであったぞ」

堀部の声も冷たい。

「いや、待て、それは俺たちが決めることじゃない」

「うむ、重役の方々のご判断を仰ごうではないか。とはいえ、裏門はやはり鍵だな」

討ち入りでは表門と裏門から同時に攻めかかることになっている。搦《から》め手《て》にあたる裏門隊は人数を少なく編成されていたが、表門隊と同数でもよいのではないか。隠居である吉良の寝所も、奥まった場所、つまり裏門に近い位置にあるはずだ。裏門隊の役割は大きい。

「私は表門から堂々と攻め入りたいと思うておったが、こうなると裏門隊に回るべきだな」

「お前も勝手に決めてるじゃねえか」

「望む所を申したまでだ」

一同が笑う。

「それにしても武右衛門、お前はたいした奴だ」

「うむ、見事だ。探索においては同志中、一位の働きであろう」

不破と堀部に賞賛され、小平太は穏やかに笑った。

四

潜伏中の彼らは何事にも慎重である。

目立たぬよう、固まって行動することはなるべく避ける。会合に向かうときは三々五々、帰るときも三々五々である。

前原家での会合が終わり、堀部安兵衛と毛利小平太は先に帰った。不破と唯七が二階に残り、雑談を交わしている。

「垣見（大石）殿からの訓令をお聞きになりましたか」

「ああ。ひとつを除けば、文句はない」

そのひとつというのは、やはり「皆殺し」の件であった。

「また甘いと言われるかもしれませんが、私はト一以外の者をなるべく遊ばしたくないのです」

「遊ばす」は「討つ」の隠語である。「ト一を遊ばす」と言えば、「吉良を討つ」の意味になる。

「甘いとは思わん。女子供まで遊ばしたとなれば、こちらの義が立たねえ。世間の見方も変わっちまうだろう」

武士としてのこだわりが薄そうな不破でも、やはり納得しがたいようだ。故郷の妻子のために、悪名を残したくないという思いもあるのだろう。

「垣見の奴、だらだらと一儀を先延ばしにしていたくせに、やると決めたら長左衛門（堀部）より容赦がねえ。普段怒らない奴が怒ると、こうなるから厄介だ」

「そういう人は困りますね」

「お前が言うな。だが、一理あるのも確かだ。俺たちは誰もト一の顔を知らねえ。変装でもして逃げられちまったら、取り返しがつかん」

「垣見殿も、ト一の顔をあらかじめ見ておきたいと仰せでした」

「だが、そんな機会はな……」

不破は苛立たしげに窓際にもたれ、外に目をやった。そびえる長屋塀の向こうに、上野介がいるはずである。

「本物のト一であれば、傷跡があるはずです。それを目印とするしかないのでは」

亡君がつけたはずの、額と背中の傷。特に額は深手であったと聞く。亡君が捨て身で負わせた傷が、仇を示す目印になる。その因縁は唯七の胸に迫るものがあった。

「八左衛門どの、どうなされました？」

不破はさっきから返事もせず、じっと外を見ている。

「……来い！」

不破はいきなり駆け出し、急な階段をほとんど飛び降りた。唯七も慌てて追いかける。

「馬、馬を貸せ」

店に出ている前原伊助に声を掛けた。

「荷運び用の駄馬しかいませんよ？」

「それでもいい。とにかく馬だ。早く」

前原は裏手から馬を引いてきた。

「どうなさったのですか、一体」

「外を見てみろ。いや、慎重にだ」

唯七と前原は、店先からそっと顔を出してみた。

「……駕籠が！」

「表門のほうから出てきた。あれは大名駕籠だ。ト一かも知れん」

「どうするのです？」

「顔を見るんだよ！」

「だから、どうやって⁉」

不破は唯七の出で立ちを上から下まで見た。

「よし、お前が侍、俺は馬の口取りだ。駕籠に道を譲って下馬しろ」

武士にとって、道を譲り、譲られる際の作法は、極めて重要である。道を譲られた者が礼を言わなかっただけで、斬り合いになることさえあった。武士が道で行き逢うことは、時に命がけの駆け引きとなる。それは大名旗本でも同じことであった。

　こちらが道を譲れば、駕籠の主が挨拶をするかもしれない。そのときに顔を見ることができれば――それが不破の狙いであった。

「しかし、八左衛門殿を口取りにするなど……」

「この格好が侍に見えるか？」

　不破は着流し姿で脇差だけを帯にさし、町人に偽装している。前原伊助も同じく町人姿なので、武士らしく袴をはいて二本を差しているのは、唯七だけであった。

「……承知しました。私が乗るしかないようです」

「もっと偉そうにしろ」

「う、うむ。八左衛門、馬を引け」

　こうして、駄馬に乗った侍が、奉公人に轡《くつわ》を引かれて往来に躍り出た。

　正面から駕籠の列が迫ってくる。供廻りの者たちの鑓《やり》が、冬晴れの空を突いていた。

「八左衛門、そろそろ止まらぬか、そろそろ」

　唯七の声が上ずる。勢いでこうなってしまったが、不破の目論見は大胆すぎる。

「まだ早いと存じます」

　不破の声もさすがに緊張している。

「もう、もうよいのではないか」

「かしこまりました」

不破は轡を引き、馬を道の脇に寄せた。

唯七は安堵して馬を下り、地面に片膝をついた。不破も轡を握ったまま、後に控えて膝をついている。

駕籠の供廻りは二十人ほど。先頭の者が唯七と不破に頭を下げる。道を譲られた礼である。

駕籠は止まるか。冬というのに、唯七は体中に汗をかいていた。

目の前に駕籠が来た。止まるか。止まるか。止まらないか。

——止まった。

駕籠の小窓が開く。

半白髪の男の顔がのぞいた。

唯七は思わず頭を下げた。だが、目を伏せてはならない。上目で観察する。

……あれが吉良、上野介、か？

吉良は数えで六十二歳。小窓からのぞく顔はやや若くも見えるが、それぐらいの年齢と考えてもおかしくはない。少なくとも当主の左兵衛でないことは確かだ。左兵衛はまだ十七歳のはずである。

ならば、大名駕籠に乗ったこの男は、やはり上野介しかありえない。殿が遺恨を抱き、命も家来も捨てて討とうとした相手。二人の間にどのような「遺恨」があったのかは、定かではない。だが、同志の間では吉良が殿を公然と侮辱したと信じられており、いつしか唯七もそれを疑わなくなっていた。

駕籠の中の男が、おもむろに口を開いた。

「どちらのご家中の方か」

これが吉良の声。この声で殿を侮辱したのか。

唯七の全身の血が沸騰した。殿がお腹を召され、浅野家中が離散したのは、この男のせいか。皆が貧窮にあえいでいるのは、この男のせいか。自分が愛する人々と別れねばならなかったのは、この男のせいか。

それなのにこの男は、豪華な駕籠に乗り、多くの供に護られ、広い屋敷で贅沢な暮らしをしている。この理不尽はなんだ。こんなことが許されるのか。

「どちらのご家中のお方かな?」

男がもう一度尋ねてくる。

「越前守《えちぜんのかみ》」

不破の声だ。後ろから、小さく声をかけてきた。

「……失礼。松平越前守が家来にございます」

唯七は唇をふるわせながら答えた。緊張のあまり、と相手は思ったであろう。

「名はなんと申される？」

唯七は腰の刀と、地面を噛む爪先に意識を集中した。ここで駕籠に襲いかかれば、本懐を遂げられるかもしれない。駕籠の前には供の者が立ち塞がっているが、不破と二人なら突破できるのではないか。

唯七は不破の思いを知りたかった。どう考えている。自分以上に血気にはやっているのではないか。

「一人の仇《あだ》にあらず」

ふたたび、不破の声。大石の訓令にあった言葉だ。道で吉良に行き逢っても、抜け駆けしてはならない。

唯七は頭から冷水を浴びせられた気がした。そうだ、これは抜け駆けだ。失敗したら同志の苦労が水の泡になる。わかっていたはずなのに。

唯七は深く呼吸すると、神妙に頭を下げた。

「それがしごとき軽輩、吉良様に名乗るはおそれ多きことにございます」

駕籠の男は目を細めた。笑ったようだ。

小窓が閉まった。駕籠が動き出す。

駕籠が遠くなってから、ようやく二人は立ち上がった。

「見ました」

唯七は興奮を抑えきれなかった。ついに怨敵、吉良上野介の顔を見た。

「俺も見た。だが……」

不破の声には、興奮よりも戸惑いの色が濃い。

「額の傷は見えたか？」

唯七ははっとした。

「そこまでは……焦っておりましたゆえ」

「俺もだ。見えたような気もするが……」

額の傷は確認できなかったが、あれは吉良以外にあり得ない。二人はそう信じた。

五

十一月になり、ついに大石が江戸に入った。
一儀——吉良邸討ち入りの準備は着々と進んでいく。

討ち入りは深夜の決行とされた。

当夜はまず、吉良邸に近い堀部安兵衛宅、杉野十平次宅、前原伊助宅の三ヶ所に集まる。各家で武装を整え、刻限になったら、堀部宅と杉野宅の同志は前原宅に移動する。ここで同志五十名が集結する。

討ち入りは表門隊と裏門隊に分かれておこなう。両隊の人員は同数、二十五名ずつとする。表門隊のうち十名は表玄関から屋内に斬り込む。残りは門から庭に展開し、逃亡する敵を討ち取る。裏門隊からも十名が屋内に斬り込み、残りは長屋塀の家来衆を閉じ込める。

「屋内に斬り込むのは合わせて二十名か。少ないのではないか？」

大石に問われて、斬り込み隊の選抜を任されている堀部は答えた。

「暗い屋内にあまり大勢で斬り込んでは、味方討ちのおそれがあります。それを避けるために人数を絞ったのです」

「なるほど……しかし、二十名で足りるか？」

「屋内の敵は、多く見積もっても三十名ほどしかおらぬようです」

「なぜそんなことがわかる」

「武右衛門（毛利小平太）が炭を台所に運ぶ折、膳の数を見てきたとのこと」

大石は感心したように膝を打った。

「なんと、目端《めはし》の利く男よのう。物の数にこだわるのは大納戸役ゆえか。否、大納戸役なんぞにしておくには惜しい器であったわ」

「その武右衛門をはじめ、斬り込み隊には腕の立つ者を選んでおります。ご心配には及びませぬ」

堀部は名簿を見せた。

「そなたは当然入っておるな。ほかには、九一右衛門（杉野十平次）、嘉右衛門（勝田新左衛門）、武右衛門……まあ、妥当なところか」

大石は堀部に名簿を返した。

「七郎右衛門（武林唯七）も入っておるな？」

「あの者は、ああ見えてなかなか剣を使います。それに――」

堀部の声が低くなった。

「人を斬ったことがある者とない者とでは、やはり違うのです。あの者、落ち着いておりましょう」

「たしかに。去年のそなたが五十人おるような中で、あの者は普段とさほど変わらぬのう」

同志たちは「必死の覚悟」を合言葉にして、血気にはやっている。だが、大石や堀部には、いささか気負いすぎているように見えることも多い。脱盟した者たちへの「腰抜け」「卑怯者」といった悪罵も、時に聞くに堪えないほどのものがあった。

「今は逆に、そなたが誰よりも落ち着いておる。不思議なものだ」

「やることは決まっておりますから」

堀部は斬り込み隊の名簿を火鉢にくべた。

「肝要なのは、敵を屋敷から逃さぬこと。そのためには、門と庭をしかと固めておくことです。それさえ万全なら、わざわざ斬らぬでもよい敵を斬る必要もございませぬ」

「何やら嫌味な言い方だな」

「大将は後ろでふんぞり返っていてくだされればよろしい。敵と斬りあうのは、我ら雑兵の役目」

「何が言いたい？」

「女子供まで斬れなどと命じられては、雑兵は気が挫《くじ》けまする。この私とて、無益な殺生はしとうございませぬゆえ」

「逃さぬ自信があるのか」

「八左衛門と七郎右衛門が、ト一の顔をしかと見たとのこと。ご心配には及びませぬ」

「……ト一と、若旦那（吉良左兵衛）だぞ」

「承知しております」

大石は心得書の草稿を出してきた。「一人も打ち漏らさざるように」の文言から、「打ち」を線で消す。二文字を消しただけで、訓令は「皆殺しにせよ」から「一人も逃すな」に変わった。

堀部は「結構でございます」と頭を下げた。

六

討ち入りに使う道具も揃えねばならなかった。

武器は各自、あるいは信頼できる商人からまとめて購入し、集合場所の堀部家と前原家に隠す。刀、槍、半弓、鎖帷子《くさりかたびら》などの武器・武具だけでなく、塀を乗り越えるための梯子、門や戸を打ち壊すための掛矢《かけや》（ハンマー）、長屋の戸を封じるための鎹《かすがい》など、火消し道具か大工道具と見紛うようなものもある。

「私は薙刀《なぎなた》を使います。得意なので」

唯七は当初そのように購入希望を出し、大石から一両を支給された。だが、斬り込み隊に編入されることがわかったので、狭い場所でも取り回しのよい槍に変えた。

槍ならば、使い慣れた自前のものがある。売って生活費にするつもりだったが、それを使うことにする。

大石に金を返そうとすると、「帳簿を直すのが面倒だからほかの者の分を買え」と言われてしまった。辻褄さえ合っていればよいということらしい。

不破も元中小姓組《ちゅうごしょう》の仲間も、すでに武器は用意していた。どうしたものかと考えていると、思いがけない人物に声をかけられた。

「一両ならば槍が二本買えよう。我々の槍を買ってもらえるか」

片岡源五右衛門《かたおかげんごえもん》と磯貝十郎左衛門《いそがいじゅうろうざえもん》であった。内匠頭《たくみのかみ》の信頼が最も厚かった用人《ようにん》たちである。当初から仇討ちを主張していながら、堀部安兵衛と反りが合わず、独自行動を取っていた。その二人が、ついに再合流した。

「お二人とも、よくぞ」

「また一緒に働けて、嬉しく思うぞ」

片岡が微笑んだ。

「ともに亡き殿の御恩に報いましょうぞ」

若い磯貝が爽やかな笑顔を見せる。

こうして武器・武具は揃ったが、同志たちの悩みの種になっているものがひとつあった。

「黒の小袖、持ってるか?」

「いや、買わねばならんな……」

「手元不如意だぞ。小袖一着とはいえ、安い買い物ではない」

「しかし、晴れの一挙にみすぼらしい形《なり》では行きとうないのう」

少なくない同志が、黒の小袖の入手に頭を悩ませていた。

これを解決したのは、不破数右衛門である。

「待ってろ。お前らに上等の黒装束をくれてやる」

そうして前原伊助宅と堀部安兵衛宅に持ち込まれたのは、五十着の火消し装束であった。

「おお、これは……!」

まさに赤穂浅野家が火消し当番の際に着ていたものだった。色は黒に近い濃紺である。黒装束と考えてよかろう。

「どこにあったのだ、こんなもの」

堀部安兵衛が尋ねると、不破はしれっと答えた。

「臥煙《がえん》を引き連れてお屋敷に割賦金《わつぷきん》をもらいに入ったとき、ちょいとな」

「あのとき盗んだのか……!」

「御公儀《ごこうぎ》に没収されるよりはよかっただろう?」

浅野家にゆかりの深い臥煙の親分は、浅野家が再興されたときのためにと、火消し装束を保管していたという。不破が受け取りに来たとき、口には出さずとも、討ち入りが近いことを察していたようだ。

「秘密が漏れはしまいな？」

「大丈夫だ。お前だって友達の儒学者に漏らしてるだろうが」

これは事実で、堀部安兵衛は細井広沢《ほそいこうたく》という儒学者に仇討ちの志を打ち明けている。堀部にとっては堀内《ほりうち》道場の兄弟弟子でもある。

「見ろ、こいつらの嬉しそうな顔を。みすぼらしい形《なり》では、意気が揚がらねえってもんだ」

堀部は憮然とした表情であったが、それ以上は何も言わなかった。

七

討ち入りの準備が整うと、大石は深川八幡の料理茶屋に同志全員を集めた。十二月二日、年末の頼母子講《たのもしこう》の集いという名目である。頼母子講は一種の互助組合で、参加者が一定の金額を出し合い、くじに当たった者や困窮している者にまとまった金を融通する。参加者が数十人にのぼることもあるので、五十人が集まっても特に怪しまれることはない。同志が一堂に会するのは、これが初めてであった。

ここで討ち入りの心得が改めて発せられた。当日の集合場所、段取り、戦闘中に御公儀の検分役に咎《とが》められた場合の口上などが、事細かに決められる。吉良の首を取ったら彼の着物をはいで包むこと、左兵衛の首は打ち捨てておくことも定められた。

吉良邸から引き揚げるときは、まずとなりの回向院《えこういん》に入る。回向院に入れなければ、両国橋のたもとの広場に集まる。上杉家の援軍を迎え撃つため、そこで態勢を整える。

そう、同志たちは吉良邸での戦闘が終わった後、上杉勢との市街戦になると当然のように考えていた。どう転んでも、その日を越えて自分たちの命はないと信じていた。「必死の覚悟」は大袈裟ではなかった。

大石は心得の最後の条を読み上げた。

「皆必死の覚悟で戦うのに、引き揚げのことを語るのはおかしなことと思うやも知れぬ。だが、その時になって慌てぬよう、あらかじめ決めておくものである。引き揚げのことを考えると普通の者なら臆病風に吹かれるものだが、皆にはそのような心配はあるまい。何より必死の覚悟が大切である」

文語で発せられたものを唯七はこのような意味に解釈したが、妙に理屈っぽく、ややこしい印象であった。

「必死の覚悟」と少しでも矛盾する文言を入れると、同志から反発されると思ったのだろうか。唯七にしてみれば、「必死の覚悟」という言葉に皆がとらわれすぎているように感じる。異論を許さぬ空気は、正直、息が詰まった。

「銘々、粉骨砕身の働きをすべし」

なんとか力強い言葉で締めて、大石は心得の発表を終えた。

続いて、「家来口上書《けらいこうじょうしょ》」が読み上げられる。討ち入りの大義名分を宣言したものである。討ち入りの際には、これを吉良邸の玄関先に掲げて戦うことになる。

「浅野内匠頭家来口上。去年三月、内匠頭之儀……」

去年の三月、内匠頭は殿中で吉良殿に刃傷《にんじょう》に及んだ。その「不調法」によって切腹を仰せ付けられ、さらに領地を召し上げられた。我ら家来も皆、おそれ入って御公儀の命に服し、城を明け渡して離散した。だが、吉良を討ち漏らした亡君の無念は、我らにとって忍び難いものである。高家《こうけ》に対し怒りを抱くのは憚《はばか》り多いことながら、君父《くんぷ》の仇《あだ》は倶《とも》に天を戴《いただ》かず（不倶戴天の敵である）。我らは亡君の意趣を継ぎ、やむにやまれぬ志にて吉良邸に推参した。我らはここで討ち死にする覚悟なので、後々吉良邸を検分なさる御方は、この口上書をご覧いただきたい。

「……以上。元禄十五年十二月某日、浅野内匠頭長矩《ながのり》家来」

読み上げが終わった。すでにおおよその内容は皆に通達されていたので、これは最後の確認である。

ぬるいな、と唯七は改めて思わざるを得なかった。口上書には、御公儀の不公平な裁きを糾弾する文言は一言もない。吉良にお咎めがないことを遠回しに批判しているように読めなくもないが、討ち入りの目的はあくまで「亡君の意趣を継ぐ」ことであり、「御公儀に代わって法を正す」ことではない。

多くの同志も、初めは首をひねった。怒り出す者もいたらしい。だが、「浅野大学様および同志の親類縁者に、出来得るかぎり累を及ぼさぬためである」と説明されると、皆、納得せざるを得なかった。

口上書が同志の間に回された。本文の左側に大きく空けられた余白に、一人ずつ名前を書き込んでいく。これは連判状でもあった。

一枚書くと、また別の紙が回ってくる。口上書は同じ文面で何通か作られ、主立った者たちが携帯することになっている。

唯七は五通目の口上書に署名して、となりの倉橋伝助《くらはしでんすけ》に回そうとした。だが、倉橋の手元にはまだ口上書があった。そのとなりの村松喜兵衛《むらまつきへえ》、またとなりの杉野十平次の手にも。杉野のとなりの毛利小平太のところで、口上書の回覧と署名が止まっていた。

「武右衛門、どうした？」

唯七が小平太の替名を呼ぶ。小平太は口上書から顔を上げた。

「いや、まことに良き口上であると、読み入っておった」

小平太は口上書に署名し、となりの勝田新左衛門に回した。

この日、口上書に署名したのはちょうど五十人。江戸に集結してからも数人の同志が脱盟していた。

討ち入り決行は三日後、十二月五日深夜と定められた。その日に吉良邸で茶会が催される。吉良の在宅は確実と見られた。

いよいよ決起の時。

同志たちの意気は最高潮に達していた。

八

だが、討ち入りは延期された。直前になって、吉良邸の茶会が日延べになったことが判明したのである。

同志の数は四十八人に減っていた。いよいよ討ち入りが目前というときに、二人の同志が離脱したのだ。

武林唯七は奇妙な感覚をもてあましていた。必死の覚悟。同志の誰もが、己の命を十二月五日までと思い定めていた。

だが、それからすでに六日を生き延びている。緊張を切らすなとたがいに呼びかけあっていたが、六日も経てば気持ちも緩む。

かえってよかったのではないか、とも唯七は思う。切れる寸前まで張り詰めていた糸が、適度に緩んだ。皆が一呼吸し、落ち着きを取り戻したようにさえ見える。

「年の瀬なのだな」

両国橋の欄干にもたれて、唯七は人々の往来を眺めていた。見るはずのなかった景色。老いも若きもせわしなく動き回っている。男たちのお喋り。女たちの笑い声。子供たちの遊ぶ声。自分たちが生きようが死のうが、この者たちの暮らしは何も変わらないだろう。足下の隅田川の流れのように、昨日も今日も明日も、同じ営みが続くだけだ。

自分は何をしているのだろう。

一人でこうしていると、すべてが夢のように思えてくる。二十年にわたる城仕え。殿のご刃傷。同志たちと奔走したあれこれ。討ち入りを間近に控えていること。すべて夢なのではないか。

「三十年来、一夢の中――」

兄の半右衛門から贈られた、七言絶句の起句である。そう、すべては夢なのかもしれない。夢にしてしまえるのかもしれない。

——逃げてしまおうか。

唯七の胸に、ふと誘惑が芽生えた。

このまま逃げて、赤穂へ帰ろうか。両親や兄のもとへ帰ろうか。おなつはどうしているだろう。お里はもう嫁に行っただろうか。

あるいは、家族からも離れ、名前も変え、まったく違う生き方をしてみようか。死んだつもりで生き直す。これはこれで、面白いのではないか。

母の餞《はなむけ》の「孟母断機」を思い出す。すべてのしがらみを断ち切れ。断ち切ってやり直せ——

「七郎右衛門」

声をかけてきたのは、武右衛門こと毛利小平太であった。

唯七は小平太の姿を見て、すぐに察した。旅装である。

「脱《ぬ》けるのか」

小平太は「ああ」とうなずいた。晴れ晴れとした、穏やかな顔である。口上書への署名をためらっていたあたりから、唯七も薄々勘付いていた。ずっと一人で悩んでいたのだろう。

「長左衛門（堀部）殿には？」

「黙って出てきた。あの方の落ち込む顔は見たくない」

堀部の住む長屋からは、これまでにも三名が脱盟している。数ヶ所に分かれた潜伏先の中でも、目立って多い。堀部自身も気にしているようではあった。

「脱けるのはあの方のせいではない。私はあの方が嫌いではないからな」

「わけを聞いてもよいか」

小平太は欄干から隅田川を見下ろした。

「馬鹿らしくなった」

その顔には笑みすら浮かんでいる。

「今となれば笑い話だが、私は江戸に来るまで、一儀は狼煙《のろし》になると思っていた。革命の狼煙だ」

革命。天命が革《あらた》まること。唐（中国）においては、中華の支配者は天が決める。皇帝が徳を失うと、天はその命《めい》を革め、支配者の姓を易《か》える。易姓《えきせい》革命。すなわち王朝交代である。

「今の公方様になってから、どれほど多くの大名旗本が減封・改易の憂き目を見てきたか。我らのように浪人の身に落とされ、みじめな暮らしをしている者が、大勢いるはずなのだ。我らがト一を遊ばし、米沢（上杉勢）と合戦に及べば、江戸中の浪人どもが馳せ参じる。御公儀が手勢を出せば、犬より下に置かれた町人どもが石を投げる。やがて江戸の各所から火の手が上がる。殿に即日切腹などという沙汰を下した犬公方《いぬくぼう》めを、御殿の座所から引きずり下ろせる。そんなことを夢想しておった」

易姓革命の思想を確立したのは、亜聖孟子である。孟子によれば、暴君は君主の名に値せず、倒してよいとされる。この過激さは忠義を第一とする武士道とは相性が悪く、「『孟子』を日本に運ぶ船は沈没する」という伝説すら広まっていた。

「だが、江戸に来てみて、革命も世直しもありえぬと悟ったよ。江戸は武士の都。京と違うてもっと不穏なものと思うておったのに、かくも泰平をむさぼっておるとはなあ」

これは唯七が往来を眺めながら感じていた「虚しさ」に通じるものであろう。

「加えて、あの口上書ではな……私には、御公儀におもねっているとしか思えなかった。あの口上書を掲げて戦うことは、私にはできぬ」

「木挽町《こびきちょう》（浅野大学長広《ながひろ》）と我らの親類縁者に累が及ばぬように――それで皆、納得しておるぞ」

「木挽町も親類縁者も、もとより一蓮托生と思うておった。皆その程度の覚悟であったかと、むしろ驚いておる」

小平太は皮肉っぽく笑った。

「それでも、ここまで来て舟を降りるのは卑怯と思って耐えた。だが、日延べになって心が折れたわ。これはもう、天が私に生きよと命じておられるのだ。天命には逆らえぬ」

「殿の御恩に報いなくてもよいのか」

口調は強くないが、唯七のささやかな恨み言であった。

「もう義理は果たしたであろう」

義ではなく、義理。一字を足しただけで、ずいぶん意味合いが変わる。実際、吉良邸の探索において小平太の貢献は絶大であった。「義理は果たした」と言えるだけの働きを、彼はしてきた。

「士は己を知る者のために死す——おぬしの好きな、刺客列伝《しかくれつでん》だったな」

士は自分を認めてくれた者のためなら死ねる。豫譲《よじょう》の言葉であった。「知己」という熟語の語源でもある。

豫譲は生涯で三人の主君に仕えた。最後に仕えた智伯《ちはく》は、前の二人の主君を滅ぼした人物である。先主二人を滅ぼした智伯に仕え、智伯を滅ぼした趙襄子《ちょうじょうし》に復讐するのは、どういうわけか。そう問われた豫譲は、「先主二人は自分を凡庸の徒として遇したが、智伯は自分を国士として遇したからである」と答えた。

「殿は私に大納戸役しか与えてはくださらなかった。果たして、命を捨てるに値するほどの恩かな」

唯七も含め、残った同志の多くは小平太と似たりよったりの下級武士である。恩というなら、より深くそれを受けていたはずの者——高禄を食んでいた者の多くが脱落していった。これは大石自身も嘆いていたことである。

「これからどうするつもりだ」

「何も決めておらぬ。名を変え、過去を捨て、新たに生き直すつもりだ。それを思うと、何やら楽しみでならぬ」

まぶしい、と唯七は思った。冬の陽射しのせいだけではない。これからの人生を「楽しみ」と語る小平太の姿が、あまりにまぶしかった。

「一緒に参らぬか」

小平太の手が差し出された。

唯七にはわかった。これが最後の機会だ。この手を拒絶したら、もう引き返すことはできない。「断機」するなら、今しかない。

だが、唯七は静かに首を横に振った。

「そうであろうと思った」

小平太は手を下ろした。

「理由を聞くのは、酷かな」

「私にもうまく言えぬ。ただ、あの仲間たちと運命を共にできるなら、それが本望と思う」

「ただひとつの命と引き換えでもか」

「彼らを離れての生が、今となっては思い描けぬのだ。おぬしのようにはなれぬ」

「踏み出してみれば、新たな絵も描けように」

唯七はもう一度、首を横に振った。

「こう生き、こう死ぬものと、生まれる前から決まっていた。そう信じるのは、卑怯だろうか」

小平太は眉を上げた。

「卑怯かどうかは知らぬ。だが、そのような考え方は大嫌いだ」

大嫌い、か。どうして誰もほめてくれぬのかな。唯七は胸の内で苦笑した。

「長左衛門殿には、おぬしのことをなんと伝えよう」

「あとで書付を送るつもりであったが、そなたに預ける」

小平太は懐から書付を取り出し、唯七に渡した。

私儀俄無拠存寄有之候に付此度申合候御人数相退申候　左様御心得可被下存候（よんどころ

なき思いがあり脱盟いたしますので、そのようにお心得ください）

たったこれだけであった。宛名は大石内蔵助、堀部安兵衛、そして武林唯七の三名である。

「私が言えた義理ではないが、武運を祈る」

小平太はそう言い残し、両国橋の向こう岸に去っていった。その背中が往来の人々の群れにとけこんで見えなくなるまで、唯七は見送った。

最後の脱盟者。残った同志は四十七人。

脱盟した者たちの多くと同様、毛利小平太のその後は不明である。

第八章　三十年来、一夢の中

一

ある日の午後、堀部安兵衛《ほりべやすべえ》と杉野十平次《すぎのじゅうへいじ》は長屋の大家に挨拶していた。この二人が同志を代表して部屋の借り主になっている。

「じつは明日、上方《かみがた》に帰ることになり申した。慌ただしくて恐縮だが、これまでの家賃をこのとおり、お支払いいたす」

「残していく家財道具は売るなり捨てるなり、適当にご処分ください」

大家は面食らっていた。

「きのう煤払《すすはら》い（大掃除）を終えたばかりなのに、本当に慌ただしいですなあ」

前日の十二月十三日は、江戸中で煤払いが行われた。大名屋敷から庶民の長屋まで、一斉にである。

雪の降りしきる中、堀部ら長屋の同志も畳を上げ、煤竹《すすだけ》で天井を掃き、真っ黒になりながら部屋を清めた。

掃除を終えると、店子《たなこ》とともに大家を胴上げした。大家の次は誰彼構わずである。堀部も、杉野も、武林唯七《たけばやしただしち》も、冬空に舞い上がった。

胴上げの後には大家から餅が振る舞われ、店子の皆と談笑しながら食べた。唯七は餅を美味そうに食べるからと、皆に餅を分けてもらっていた。夜は仲間と銭湯に繰り出し、一年の垢と煤を落とした。

そして今日、延期されていた吉良《きら》邸の茶会が開かれるとの知らせがもたらされた。大石《おおいし》内蔵助《くらのすけ》と大高源五《おおたかげんご》、二つの筋からの確かな情報だという。

十二月十四日。今夜、吉良は確実に在宅している。

大石は各所に潜伏する同志に、「今夜決行」の指令を発した。借宅の家賃を精算せよ、という現実的な指示とともに。

「今夜、江戸の友が集まって別れの宴をいたします。少し騒がしくなるやもしれませぬが、何卒、ご容赦を」

「かしこまりました。店子の皆にも伝えておきます」

大家はしみじみと言った。

「しかし、寂しくなりますなあ。特に七郎右衛門《しちろうえもん》さんが来てから、毎日笑いの種が尽きぬと皆で話しておったところで……いや、これはお武家様に失礼なことを」

「いや、あれはそういう男ゆえ」

噂の主は堀部の部屋の二階で、同志の武具の整理をしていた。倉橋伝助《くらはしでんすけ》と勝田新左衛門《かつたしんざえもん》も喋りながら手を動かしている。

「いよいよだな」

「いよいよですねえ」

「これ以上待たされたら干上がるところだった。兵糧攻めとはまことに卑怯なり」

「我々が勝手に飢えていただけですがねえ」

二人の会話を、唯七は笑いながら聞いている。この二人と杉野十平次、前原伊助《まえばらいすけ》。元中《ちゅう》小姓《こしょう》組として長く行動を共にしてきた仲間である。叶うものなら、最期はこの者たちと枕を並べたい。

日が落ち、江戸の各所から同志が集まりはじめた。集合場所は堀部の長屋、杉野の長屋、前原伊助宅の三ヶ所。

自分たちの部屋を余所から集まってきた同志に譲り、唯七ら元中小姓組は堀部の部屋に移った。

狭い部屋に大勢で茶を飲んでいると、長屋の大家から餅と酒が振る舞われた。

「これはかたじけない」

「いえいえ、皆様楽しんでおられるようで」

大家だけでなく、長屋の住人から握り飯や蕎麦の差し入れまで受けた。

「夕餉《ゆうげ》はこれだけで間に合うてしまうな」

「蕎麦はありがたい。体が温まる」

「酒はほどほどにせねばな」

討ち入りは深夜である。それまでに支度を済ませ、最後の集合場所である前原家に移動する。同志たちは寝過ごさぬよう、交代で仮眠を取った。

唯七が目を覚ますと、起きていた堀部と倉橋はすでに討ち入り装束に着替えていた。堀部は自前の黒小袖、倉橋は不破が「調達」してきた火消し装束である。元中小姓組は火消し装束で統一するよう申し合わせていた。

唯七は水桶から水を汲んで顔を洗い、口をゆすいだ。冬の夜中、水は氷の膜が浮くほどに冷たい。

外に出ると、思わぬ明るさに驚いた。月は満月に近い十四日、その明かりを前日に積もった雪が照り返している。厠《かわや》まで行って用を足すのに、提灯も蠟燭もいらないほどだった。

唯七は歯を鳴らしながら部屋に戻った。火鉢の前でしばし手をこすりあわせる。鎖帷子《くさりかたびら》を持ってきて、火鉢にかざした。麻布の下に編み込まれた鉄鎖が熱を蓄えたら、思い切って諸肌を脱ぐ。素早く鎖帷子に袖を通す。至福のぬくもりに包まれ、全身の毛穴が開いた。

ようやく火鉢の前から離れると、唯七は装束を整えた。火消し装束の半纏《はんてん》を羽織る。半纏の両袖には目印の白布を縫いつけてあり、右側には自分の名を記している。帯を締め、結び目を右に寄せる。最後に襷《たすき》を掛けた。

小さな鏡を見ながら全体を整えていると、堀部がこちらを向くよう言ってきた。堀部の目で細かいところを点検してもらう。正面を確認した後、後ろを向かされた。

「半右衛門《はんえもん》殿といま一度語り合いたかったものだ」

半纏の裾を直しながら、堀部は不意に兄の話をしてきた。昨春、赤穂《あこう》城の明け渡しの際、籠城を主張する堀部は半右衛門にみごとに説き伏せられた。

「じつはあれから江戸へ帰る道すがら、だんだんと面白うない気分になってな。何やら上手く丸め込まれたのではないか、と」

堀部がそんな思いを抱いていたとは、唯七はついぞ知らなかった。

「実際、丸め込まれたのだろうな。だが、なぜか憎む気にはなれなかった。もう一度腹を割って話したら、良き友になれたような気がするのだ」

唯七の背中で、堀部は小さく笑った。

「心残りなど一つもない。だが、探せばいくらでもある。そういう話だ」

堀部は「よし」と唯七の背中を叩いた。

「私の後ろも見てくれるか」

「かしこまりました」

堀部が背中を向けると、唯七は言い知れぬ感慨を覚えた。大きな背中。自分も含め多くの者がこの背中についていき、あるいは引きずられていった。離れていった者も多い。「十八人斬りの安兵衛」の名声とともに、この背中は世間の期待も罵声も嘲笑も、すべて受け止めてきたのだ。力強さよりも柔らかさを感じるその背中には、憂き世から解放される安堵感すら漂っているように見えた。

本当に死ぬつもりなのだな。そう直感した。誰もが必死の覚悟だが、この人は先陣を切って敵の刃にかかるつもりだ。仇討ちを強硬に主張し続けてきた責任を取るつもりなのかもしれない。

「長左衛門《ちようざえもん》（堀部）殿とは気が合うやも知れぬと、兄も申しておりました」

「ほう、なぜそう思われたのだろう」

「二人とも理屈が勝っているから、と」

堀部が吹き出す音が聞こえた。背中が揺れる。

「半右衛門殿も気にしておるのか」

自分も気にしていることを図らずも白状しつつ、堀部は肩を震わせた。「いいですよ」と唯七が言っても、堀部はしばらく背中を向けたままだった。

なぜこの人を苦手だなどと敬遠していたのだろう。唯七にとっても、それはひとつの小さな心残りだった。

二

暁《あかつき》七つ（午前四時頃）の鐘が鳴った。集合の時刻である。

唯七は鉢金を着け、頭巾をかぶった。脚絆《きゃはん》を巻き、草鞋《わらじ》を履く。二本を差し、屋内戦用に柄を短くした槍を携えた。

最後に行灯《あんどん》の火を消し、火鉢に水をかける。十分に火の用心をして、唯七たちは部屋を出た。

他の部屋の同志たちも外に出てきている。四十七名の同志中、約半分の二十四名がいるはずである。

堀部は点呼を取り、人数を確かめると、「参るぞ」と短く告げた。

長屋の出入り口には木戸があり、防犯のために夜は閉まっている。だが、なぜか鍵が開いていた。

唯七はある予感がして、後ろを振り返った。

「長左衛門殿」

長屋の住人たちが顔を出している。大家夫妻。唯七に餅をくれた店子たち。杉野を慕っていたと思われる娘。堀部に剣術を教わっていた子供も、半分寝ながら父母とともにこちらを見ていた。

堀部が頭を下げ、一同もそれにならった。唯七らがこの長屋に住んだのは三ヶ月ほど。店子の何人か、あるいは皆が、彼らの素性に勘付いていながら黙っていてくれたようである。

木戸をくぐると、黒装束の浪人たちは十四日の月が照らす雪道を進んでいった。

先頭の堀部は歩を速めた。大石らと合流する前原家までの距離は、体を温めるにはちょうどよい。吉良邸内の人数はこちらの三倍近いはずであり、少しでも有利な状況をつくっておかねばならなかった。凍てついた雪と泥を蹴散らしながら、同志たちは小走りで前原家に向かった。

前原家の前では、すでに残りの同志たちが待っていた。

「二十四名、全員参りました」

白い息を吐きながら、堀部が大石に報告した。皆、体から湯気が立ちそうになっている。

大石が頷く。段取りはすべて皆の頭に入っているはずである。細かい言葉は不要であった。

「主税《ちから》」

背の高い若者が「はっ」と答え、同志に呼びかけた。

「裏門隊はこちらへ」

裏門隊二十四名の指揮を取るのは、大石主税である。

「屋内《なか》で会おう」

堀部は唯七に声をかけると、主税についていった。堀部は裏門から、唯七は表門から屋内に斬り込む役目である。

「我々もな」と倉橋伝助。「後ほど」と杉野十平次。彼らも裏門からの斬り込み隊である。

「頼むぞ」と前原伊助。同じく裏門隊、長屋の家来衆を封じ込める役目である。

「痛っ」

黙って背中を叩いていったのは不破数右衛門《ふわかずえもん》であった。彼も裏門隊であり、長屋封じの指揮を取る。

「我々も参るぞ」

大石に率いられて、表門隊二十三名も走った。

「おう、唯七」

走りながら声をかけてきた者がいる。

「派手な格好の者がいると思ったら、おぬしか」

大高源五はたしかに目立った。上に羽織った綿入れこそ黒だが、紅い小袖が襟や袖からのぞいている。

「戦は武士の晴れ舞台。美々しく装わぬでなんとする」

大高は教養を生かして吉良と懇意の茶道の師匠に弟子入りし、吉良在宅の情報をつかんだ。討ち入りでは庭に配置され、逃げる敵を討ち取る役目である。

「今日、梅を見たぞ」

大高は場違いに風流なことを口にした。

「もう咲いておったか」

「少しだけな。梅を見られぬことが心残りであったから、もはや悔いはない」

あくまで風流を貫く。唯七は旧友の俳人としての意地を見た気がした。

「梅で呑む茶屋もあるべし死出の山」

大高が詠んだ。辞世のつもりであろう。彼らしく、どこか人を食った句である。

「返句はないのか」

「今それどころではなかろうが」

「それどころではないときにこそ、句も歌も必要なのだがな」

何やら宿題を出されてしまったようだ。

「唯七殿、半右衛門殿の分も働きましょう」

間十次郎《はざまじゅうじろう》である。父の喜兵衛《きへえ》、弟の新六《しんろく》と、親子三人での討ち入りであった。十次郎も大高と同じく、庭に配置されている。

「もとより」

唯七は答え、左袖に手を添えた。袖の白布の下には、兄から贈られた七言絶句の短冊が縫い付けてある。

吉良邸表門の前に、二十三人の男たちが集った。

大石が采配を振ると、門の両脇に梯子がかけられた。

「一番乗りは私だ」

大高は梯子に飛びつき、するすると登っていった。屋根の雪を蹴り落としながら、あっという間に向こう側に消える。

「無茶をする奴だ」

「しかし、一番乗りを取られましたよ」

「なんの、大石殿がいつも申されているとおり、功に軽重はなし。おのおのが持ち場で力を尽くせばよいのだ」

「そうでしたね。一番乗りだの一番槍だの、小さなことです」

二本の梯子から次々に同志が吉良邸内に侵入していく。中から叫び声が聞こえたが、門番でも討ち取ったのだろうか。

戦が始まった。

唯七は梯子を登る順番を辛抱強く待った。

裏門隊は表門隊からの合図を待っていた。

裏門は表門ほど頑丈ではない。梯子を使うまでもなく、打ち破って一気に吉良の寝所に迫る。搦《から》め手《て》らしく、派手に音を出して敵を混乱させる狙いもある。

三村次郎左衛門《みむらじろうざえもん》が掛矢《かけや》（ハンマー）を手に合図を待っていると、同じく掛矢をかついだ杉野十平次が現れた。

「よろしくお願いいたします、三村殿」

「おや、杉野殿でございますか」

「寺坂《てらさか》殿に代わっていただきました」

「門を破るなど、私や寺坂のような軽輩にお任せくだされればよろしいのに」

「一度でよいから、思いきり物を壊すというのをやってみたかったのです。それに、我らはみな浪人。上下などございませぬ」

「ははあ、お若いのに人間ができておられる」

「我ら両人にて、一番槍ならぬ一番破りをいたしましょうぞ」

「一番破りは良いですな。やりましょう、やりましょう」

二人は笑いあった。

その後ろでは、堀部安兵衛が大石主税に声をかけている。

「合図があり次第、邸内に斬り込みます――必死の覚悟にて」

今生の別れのつもりであった。主税を補佐する吉田忠左衛門《よしだちゅうざえもん》と小野寺十内《おのでらじゅうない》が、その意を察したのか、目頭をおさえる。

だが、主税の声は冷静だった。

「必死の覚悟は結構。しかし、あなたは死んではなりませぬ」

「……は？」

「あなたが倒れれば皆がひるみます。皆、あなたの背中を見て戦うのですから」

主税は聡明さをたたえた眼差しを堀部に向けた。

「十八人斬りの安兵衛は、倒れてはならぬのです。たとえ父上や私が倒れても、あなたは立っていなければなりませぬ」

堀部は思わず雪の上に膝をついた。

「そのお言葉をいただいたからには、私の体に敵の刃が通ることは決してございますまい」

なんと末恐ろしい若者か。そう思ったとき、堀部は頭を殴られた気がした。この若者に「末」はないのだ。堀部は初めて、仇討ちを主張し続けてきた自分の正義を疑った。この若者の将来を奪ったのは自分だ。なんと罪深いことを——。

「あなたと父上が皆を地獄に連れて行くのです。皆、納得のうえでここにおります。今さらそのような顔をして何としますか」

自分の半分も生きていない若者に叱咤された。堀部は胸にこみ上げてくるものを懸命にこらえた。

短く鋭い笛の音が、夜空を切り裂く。表門隊の全員が邸内に入った合図である。

「それ！」

主税が采配を振る。

三村次郎左衛門と杉野十平次が息を合わせ、掛矢を振りかぶった。強烈な一打。さらにもう一打。閂《かんぬき》が折れた手応えを得ると、二人は門を蹴破った。

「さあ堀部殿、地獄の門が開きましたぞ」

主税が堀部をけしかける。暴れてこいと煽っている。

堀部は立ち上がった。

「……御免」

主税に一礼すると、三村と杉野に続いて門をくぐった。

愛用の長太刀を抜き放つ。長大な三日月が地上に現れた。

「参るぞ」

堀部の後に倉橋伝助、磯貝十郎左衛門《いそがいじゅうろうざえもん》らの斬り込み隊が続く。

堀部はふとあることに気付き、愉悦に浸った。もう替名《かえな》（偽名）を使う必要はないのだ。旧浅野家中で最も名を知られた堀部は、誰よりも早くから替名を使ってきた。長左衛門の名にもすっかり馴染んでしまったが、今こそ堂々と本来の名乗りをあげるべし。

「浅野内匠頭《あさのたくみのかみ》が家来、堀部安兵衛見参！」

表門の斬り込み隊は、毛利小平太《もうりこへいた》の脱盟により十人から九人に減っている。唯七と八人の同志は玄関に殺到した。元用人《ようにん》と元中小姓組の二人が、玄関の戸を蹴破る。

「浅野内匠頭が家来、片岡源五右衛門《かたおかげんごえもん》見参！」

「同じく勝田新左衛門、見参！」

唯七も二人の後に続き、暗闇に身を投じた。

「同じく七郎右衛門――武林唯七、見参！」

三

不破数右衛門は裏門をくぐると、十人ほどの同志を率いて右手に走った。長大な長屋塀が奥まで延びている。寝静まっているはずだが、裏門を破った音で目覚めた者がいるかもしれない。

「弓隊は屋根に上がれ！」

弓隊といっても、茅野和助《かやのわすけ》と千馬三郎兵衛《せんばさぶろべえ》の二人だけである。

不破は長屋の戸に二人ずつ同志を配置した。一人は鎹《かすがい》を打ち、もう一人は中から敵が飛び出してきたときの護衛役である。

不破は合図して、一斉に鎹を打たせた。夜の静寂《しじま》を破る固い槌音。残響はほとんど雪に吸い込まれた。

ひとつの戸から吉良方の侍が顔を出した。

「何奴……！」

護衛役の同志はまごついている。こちらの人数を知られるわけにはいかないので、見られた以上は討たねばならない。だが、初めての人斬りに躊躇する。相手は相手で、手にした刀を中途半端に抜いたまま、どうしてよいかわからない様子だ。

不破は雪を蹴って駆けつけ、吉良方の侍の腹に槍を突き立てた。そのまま引き倒すと、侍はうつ伏せになって雪の中に沈んだ。雪が鮮血に染まっていくのが、月明かりでもはっきりわかる。

「しっかりしろ。もう後戻りはできねえんだ」

不破が叱りつけると、護衛の同志は青ざめた顔で頷いた。

「不破殿、遊ばしましたな！」

屋根から千馬三郎兵衛が声をかけてくる。

不破は苦笑しながら槍を掲げてみせた。同志の間では「討つ」ことをずっとそう言い換えていた。

「よし、二十人隊三組は奥へ。出てくる者は皆討ち取れ」

すべての戸口を一度に封鎖はできない。同志は二人一組で移動しながら、次々に戸口を封鎖していった。人数は単に十を掛けているだけだが、生き残った吉良方の家来衆は「敵は二百人以上いると思った」と後に証言している。

不破が一人を討ち取ったことで勇気づけられたのか、敵が飛び出してきたとき、同志はもはや討つことをためらわなかった。囲みを破って逃げた者がいても、背中から矢を受けて倒れる。

すべての戸口を封鎖すると、不破は同志を等間隔に配置して見張らせた。およそ百人の敵を閉じ込めることに、ひとまず成功したはずである。

「だが、そう長くは保《も》たねえぞ」

不破は背後の塀を振り返った。塀の向こうには吉良が寝起きする御殿がある。

「堀部でも武林でも、誰でもいい。さっさと吉良の首を挙げてくれ」

柄にもなく、不破は神仏にでも祈りたい気分になっていた。

四

太鼓の音か。

吉良左兵衛《さへえ》は薄く目を開けた。まだ暗い。誰がこんな夜中に太鼓を叩いているのだろう。火事でもあったのだろうか。

だが、まだ眠っていたかった。今日の茶会は来客が多くて疲れた。幼い頃から体が弱く、すぐに疲れてしまう。まだ数え十七歳ながら、あまり長生きはできないのだろうなと、ごく自然に諦観していた。

「殿！」

近習《きんじゅう》の新貝弥七郎《しんかいやしちろう》と斎藤清左衛門《さいとうせいざえもん》が手燭を持って現れた。

「殿、お逃げくだされ。浅野の家来を名乗る輩が襲ってまいりました」

左兵衛は布団から跳ね起きた。まさか。刃傷《にんじょう》事件から、すでに一年と十ヶ月が経っている。内匠頭の一周忌までは警戒していたが、今になって来るとは。

「お祖父様は？」

「清水一学《しみずいちがく》殿らがお守りして、お逃げいただいております」

左兵衛の心臓は早鐘のように打っていた。

「薙刀《なぎなた》を持て」

「殿！」

「敵が浅野の浪人ならば、狙うはお祖父様と私の首。私が敵を引きつけているうちに、お祖父様にお逃げいただく」

「なりませぬ。我らと共にお逃げくだされ」

「子として孫として、孝を尽くすは当然ではないか」

左兵衛は上野介《こうずけのすけ》の養子であり、血縁上は孫である。一度こうと決めると、頑として意志を曲げない。近習もその気性を知っている。薙刀を捧げ持ってきた。

左兵衛は薙刀を振った。体は弱くとも、良い師匠に学んでいる。浪人ごときに遅れを取りはしない。

「和久《わく》――」

頼もしかった護衛の名を呼んでしまう。京に遣わされて以来、ずっと行方不明になっていた。人に調べさせたところ、箱根越えに向かったところで足取りが途絶えているというので、おそらく山中で事故に遭ったものと思われた。

和久とのつながりで、いつぞやお忍びで出会った七郎右衛門という浪人のことも思い出した。こんな状況なのに、懐かしく、心が暖まる。あの者と団子を食べながら語らった一時は、本当に楽しかった。今頃、どこで何をしているのだろう。

新貝と斎藤が潤んだ目で告げた。

「敵を防いでまいります」

った男が前に出て、槍を突き出した。攻撃ではなく、斬撃を受け止めたのである。薙刀の刃が槍の柄に食い込み、動かなくなる。左兵衛は薙刀の刃を床に叩きつけた。槍の柄が折れ、薙刀が自由になる。

折れた槍の穂先が目に入った。べっとりと血がついている。

新貝と斎藤を殺ったのか。左兵衛は逆上した。この間に二人の敵が左右に散り、左兵衛の死角に回ったことにも気付かない。

左兵衛は武林と名乗った男に上段から斬りかかった。武林は折れた槍の柄を水平に掲げ、受け止めた。左兵衛はそのまま体当たりする勢いで、武林に体を寄せた。左兵衛は押し込み、武林は押し返す。両者は額がぶつかるほどの間合いでにらみあった。

月明かりに見えた武林の顔が、左兵衛に奇妙な思いを抱かせた。

――この男、どこかで会ったか。

「御免!」

背後から声が掛かると、左兵衛の右肩から背中にかけて熱が走った。左兵衛は武林から離れ、振り向きざまに薙刀を払った。背中に激痛が生じる。肋骨を切られたらしく、かちりと音がした。薙刀を取り落としてしまう。

「ご覚悟を」

武林が折れた槍を捨て、刀を抜いた。斬られる。左兵衛は観念し、心の中で念仏を唱えた。武林の刀が一閃した。目の前に火花が飛ぶ。視界が暗転する。一瞬、意識が飛んだ。気がつくと、左兵衛は武林の胸に抱きとめられていた。

「吉良左兵衛様、討ち取ったり」

厳かに告げる声を聞きながら、左兵衛の意識はふたたび遠のいていった。

五

「討ち取ったりというが、今のは浅かったのではないか？」

片岡源五右衛門が尋ねる。

「額の皮一枚を斬っただけです」

唯七は左兵衛を抱えあげた。

「背中の傷だけでは、左兵衛様が逃げたものと後々誹《そし》られるやもしれませぬゆえ。敵ながら、見事なお働きにござった」

「とどめを刺さぬのか」

「我らの狙いはあくまで上野介の首。左兵衛様はおまけでございます。こうも若い御方の御首級《みしるし》をいただくこともないかと」

勝田が左兵衛の薙刀を拾った。吉良家の家紋を確かめる。

「心得によれば、左兵衛の首は打ち捨てていくことになっていましたね」

「捨てるものなら、取らぬでもよかろう」

勝田が笑い、片岡も笑った。もともと、彼らも左兵衛を討つことにはさほど執着していない。大石は吉良家の現当主を討つことにこだわっていたが、同志の誰もがそうではなかった。

「ならば、捨て置くか」

「捨て置きましょう」

片岡と勝田が同意したので、唯七は左兵衛を屛風の裏に隠しておくことにした。

「もし目が覚めても、事が終わるまでは死んだふりをなされませ」

声をかけると、左兵衛が一時意識を取り戻したのか、何か唸った。

「今、七郎右衛門と仰せにならなかったか？」

片岡が言うと、「私にもそう聞こえました」と勝田が頷く。

「私にはよく聞こえませんでしたが……」

めずらしい名ではないので、唯七は特に気に留めなかった。自分の替名と同じ名の近習でもいるのだろう。血に汚れた左兵衛の顔を拭いてやりたかったが、死んだふりをさせるにはこのままのほうがよいと判断する。

「左兵衛を見逃すのか。ま、俺は構わんが」

不破であった。

「不破さん、ご無事で」

「手強い奴だったが、なんとか討ち取った」

激闘を物語るように、不破の袖はぼろぼろに切り裂かれていた。

「武林、あの男の顔を見てみろ」

言われるがままに不破が討った男の顔をのぞいて、唯七は驚愕した。

「これは、上野介……!?」

先日、吉良家の大名駕籠に乗っていた男だ。片岡と勝田も、唯七の言葉に目を剥いた。

「いや、人違いだったようだ。この男、左兵衛を殿と呼んでいた」

「影武者だったのでしょうか」

「さあな、こっちが勝手に勘違いしただけかもしれん」

不破は男の首に刀をあてがった。

「首を取っておくか」

「いや、その必要はありますまい」

「左兵衛の代わりだ。死体がなきゃ、ほかの奴らが無駄に左兵衛を捜すことになる」

左兵衛と同じ絹の寝間着である。年齢はかなり違うが、首がなければなんとか誤魔化せるだろう。不破はためらいなく男の首を落とし、庭の植え込みに投げ捨てた。

「主君を守るためだ。あの男も本望のはず」

自分に言い聞かせるようにつぶやき、片手拝みする。

奥の部屋から「上野介!」と叫ぶ声がした。裏門からの斬り込み隊が隠居の間に到達したようだ。

表門の斬り込み隊が揃うのを待って駆けつけると、堀部安兵衛が血まみれの長太刀を肩に担ってたたずんでいた。

「おう、皆無事であったか」

「堀部殿も」

「うむ、こちらも皆無事だ」

片岡と堀部が手短にたがいの安否を確認する。一時は反りが合わずに袂《たもと》を分かった二人であるが、すでにわだかまりは解けていた。

「不破、なぜおぬしがここにいる」

「お前はいつもそれだな。お前らがぐずぐずしているから、加勢に来てやったんだ」

「長屋封じの指揮は？」

「小野寺のおっさんに任せてきたから、心配いらん」

堀部は「まあよかろう」と意外に簡単に受け入れた。

「上野介は見つかったか」

「今皆で捜している。だが、どうやら逃げられた」

不破が舌打ちした。

「長引くとまずいぞ」

「うむ、だが屋敷の外には出られぬはずだ」

周囲の部屋を捜索していた同志が戻ってきた。

「上野介のものと思われる布団がありました。まだ温かいので、遠くへは行っていないはずです」

一同はうなずき、上野介を捜すために散っていった。

六

吉良邸に侵入して半刻（約一時間）後。

戸や襖や障子で大小の部屋に仕切られていた御殿は、すべての仕切りが打ち倒され、ひとつの大広間と化していた。

「なぜ、見つからぬのだ……」

堀部が呆然とつぶやく。柱という柱に蠟燭を灯しているので、屋内はかなり明るい。吉良方の侍の死体がそこかしこに転がり、血溜まりが広がっている。これだけの殺戮を重ねたうえで本懐を遂げられなければ、よい笑いものである。

すでに抵抗する敵はいない。屋内組と屋外組の区別も曖昧になり、同志たちは邸内と庭に吉良上野介の姿を捜し回っていた。

唯七は堀部、不破とともに行動していた。

「長屋の家来衆、出てくる気配がないな」

「この寒さでは布団から出たくないんだろう。気持ちはわかる」

不破は軽口を叩いているが、同志も戦闘が一段落して汗が冷えてきている。くしゃみの音があちこちから聞こえた。

「庭が明るいと思ったら、あの提灯はなんでしょう？」

唯七が指差したのは、塀の上に並ぶいくつもの提灯である。

「あれはお隣の土屋《つちや》様が掲げてくださっているのですよ」

槍を杖にして庭から上がってきたのは、間十次郎であった。

「我々のためにか。武士は相身互《あいみたが》いと申すが、なんとありがたきことよ」

堀部が感激していると、不破が水を差した。

「自分の屋敷に侵入してこないよう見張ってるだけじゃねえか?」

十次郎も加わって、四人で動くことになる。

もはや天井裏から床下まで捜索の範囲が広げられていた。

「吉良が在宅であることは、間違いないのか」

堀部がいまさら疑いはじめる。

「間違いございませぬぞ。大石殿と私が、それぞれ別の筋からつかんだ話ですからな」

黒装束から紅い小袖をのぞかせた大高源五が合流した。

「まだ捜していないところがあるのではございませぬか」

元中小姓組の倉橋伝助、杉野十平次、勝田新左衛門、前原伊助も集まってきた。

「一度、絵図面を見直そう」

元用人の片岡源五右衛門と磯貝十郎左衛門も加わり、十一人での即席会議となった。

吉良邸の絵図面を床に広げる。書院、居間、隠居之間、長局《ながつぼね》、料理之間、台所、廊下、物置、庭。

「すべて捜したな……」

堀部が肩を落とす。一同もため息をついた。

「隠し部屋があるんじゃねえのか。武林、毛利小平太から何か聞いてねえか」

脱盟した毛利小平太は、討ち入り前に吉良邸に潜入している。とはいえ、台所に炭俵を運んだだけである。隠し部屋まで見つける余裕があったとは思えない。

だが、唯七はふと気付いた。

「台所に炭俵……？」

「どうした？」

「台所に炭俵は積まれていましたか？」

何人かの者が台所を調べていたが、炭俵を見た者はいなかった。

「おかしいな、台所に炭部屋があるはずなのに」

堀部が立ち上がった。

「よし、確かめに参ろう」

十一人で確かめにいくことになった。

すでに捜索した印に、台所の柱にも蠟燭が立てられている。炭俵はどこにもない。だが、改めて見ると、何かがおかしい。

「水屋簞笥《みずやだんす》（食器棚）を土間に置くのは不自然ではありませんか？」

十次郎が指摘すると、堀部は「なるほど」とうなずいた。杉野十平次と勝田新左衛門に目配せする。

杉野と勝田が水屋簞笥の両側に立つ。息を合わせて水屋簞笥を引き倒すと、裏には虚空が広がっていた。

皿が飛んできた。一枚や二枚ではない。皿や茶碗、鉢や炭など、ありとあらゆるものが虚空の中から投げつけられる。

小鉢がひとつ、唯七の目の上の骨に命中した。唯七がうずくまると同時に、中から三人の侍が飛び出す。そのうちの一人は、体勢を崩している唯七を狙ってきた。

殺られる。唯七が覚悟したとき、大きな背中が唯七の前に立ちはだかった。長大な三日月を一閃させ、堀部安兵衛は敵の一人を斬り伏せた。

残る二人は同志たちの囲みを破り、台所の外まで逃げていった。

「吉良家中、鳥居利右衛門《とりいりえもん》、賊ども、出逢え出逢え！」

「同じく須藤与一右衛門《すどうよいちえもん》、かくなるうえは貴様らの大将を道連れにせん！」

大石の首を取るつもりか。同志は蒼白になって追いかけた。

七

唯七は台所にうずくまったままである。

「唯七殿、大丈夫ですか？」

間十次郎が心配して残っていた。

「うむ、大事ない」

「血は出ていないようです」

十次郎が唯七の目の上を確かめる。

唯七が立ち上がると、堀部に討たれた侍が血を流して倒れていた。名乗る間もなく倒れたこの男が清水一学という名であることを、二人は知らない。

「唯七殿、あの中を調べましょう」

「あの中？　ああ、一応調べておくか」

中はおそらく炭部屋である。さっきの三人が隠れていただけだろうと、唯七は思っていた。

「あの者たちの逃げ方、我々をここから遠ざけようとしているようでした」

十次郎は冷静だった。単に唯七を心配して残っていたわけではなかったのだ。

唯七と十次郎は、四角い形に切り抜かれた虚空に歩み寄った。中まで蠟燭の火は届いておらず、墨で塗りつぶしたような暗闇である。

唯七は柱の蠟燭を一本取り、中を照らした。炭俵が見える。やはり炭部屋のようだ。清涼な炭のにおいが鼻を抜けていく。

唯七は抜身の刀と蠟燭を手に、十次郎は槍を構えて、慎重に炭部屋に足を踏み入れた。さして広くはない。炭俵が頭より高く積まれ、壁のようになっていた。

十次郎は炭俵の隙間から槍を突き入れた。抜いて、位置をかえて試す。三度めに槍を突き入れたとき、うめき声がした。

「手応えが……」

唯七は思わずその者の名を叫んだ。最も慣れた呼び名で。

「ト一《といち》……！」

炭俵の壁が崩れ、唯七と十次郎に雪崩落ちてきた。唯七は転んだはずみに蠟燭を落とした。炭部屋が闇に包まれる。

白い影が唯七におおいかぶさってきた。

一瞬、かすかに刃物がきらめく。脇差だ。唯七は刀を手放し、相手の手首ごと脇差を食い止めた。切っ先が鼻をかすめる。

これはト一――上野介なのか。別の誰かではないのか。老人とは思えない力だ。暗くて相手の顔すら見えない。

熱い吐息とともに、唯七の顔に生ぬるい滴《しずく》が落ちてきた。汗か、涎《よだれ》か。否、血の臭いだ。頭に傷を負っているのだ。さっき十次郎の槍で傷つけられたのだろう。

唯七は脇差の切っ先を横に外し、渾身の力で頭を振り上げた。鉢金を装着した頭を、相手の頭にぶつける。

「ぎゃっ」

傷口をさらに痛打されたのだろう。白い影はもんどり打つように唯七から離れた。脇差が落ちる音がする。唯七は手探りでそれを拾った。

唯七は立ち上がった。どこだ。相手の位置を見失った。

炭俵につまずきながら、唯七は脇差を振り回した。何度目かに「あっ」という悲鳴があがった。掌に当たったような手応えである。刃を防ぐために手をかざしていたようだ。

唯七は目を凝らした。ぼんやりとした白い影が、床を這い回っている。一歩踏み込む。白い影の一部を踏みつけた。寝間着の裾である。白い影は逃げようともがいたが、唯七は無慈悲に足に体重をかけた。

脇差を腰に構える。何も考えず、白い影に倒れ込む。

切っ先が肉を貫く手応えがあった。

「ああ……！」

泣き声のような叫び。それはすぐに憤怒の唸りに変わった。白い影は唯七の喉笛に手をかけ、握り潰そうとしてきた。

――そんなにも死にたくないのか。

唯七はその執念に敬意すら覚えた。武士としては見苦しいとさえ思える、往生際の悪さ。だが、必死の覚悟などとうそぶいている自分たちよりも、これこそが人として正しいありようではないのか。

唯七は脇差を捻った。悲鳴は血泡を吹く音にかき消された。

唯七の首を絞めつける手が、力を失っていく。その手が今度は頭巾をつかんだ。自分を殺そうとする者の顔をよく見ようとするかのように。

唯七はあえて名乗らなかった。自分はあくまで四十七人の一人。あなたを殺したのは、我ら四十七人。

「我らもすぐに参ります。どうか、お心安らかに」

相手の最後の執念がしぼんでいくのがわかった。頭巾をつかむ手が力を失い、床に落ちる。呼吸がか細くなる。最期の吐息は、心なしか穏やかなものだった。

唯七は起き上がった。誰を討ったのか、わかっている。だが、確認しなければならない。

台所が騒がしくなった。堀部たちが戻ってきたのだ。

「武林、十次郎、まだ敵がいたのか」

「討ち取りました。確かめてください」

炭部屋の中の死体が、龕灯で照らされる。同志が息を呑む音が聞こえた。

白髪の老人。血に染まった白無垢の絹の小袖。首から提げた金襴《きんらん》の守り袋。誰も吉良の顔を知らない。だが、誰もがこの男を知っていた。

「傷を確かめろ。殿がつけた傷だ」

興奮を抑えきれない声で、堀部が指示する。

まず額の古傷を確認したが、十次郎がつけた新しい傷と重なり、判別が難しかった。今度は小袖を剝いで背中を見る。右の肩から背中にかけて、たしかに古傷があった。亡君の二太刀目に間違いない。

「こいつ、死んでんのか」

不破が尋ねた。

「もう息をしておりませぬ」

唯七が答えると、不破は無造作に、吉良の右膝に槍を刺した。何も反応はない。左膝に刺しても同じだった。

「簡単に死んでんじゃねえぞ――」

腿も刺したが、結果は同じである。

「不破、もうよせ」

堀部が止めると、不破は舌打ちして引き下がった。同志の何人かがすすり泣きを始める。

「一番槍はどちらだ」

「十次郎です」

堀部の問いに、唯七が答えた。

「十次郎、首を取れ」

「いや、討ち取ったのは唯七殿です。唯七殿にこそ」

「一人の手柄にあらずだ。大石殿がいつも仰せであろう。誰もそなたが手柄を独り占めしたなどとは思わぬ。遠慮は無用」

堀部らしく理屈っぽい説得であった。

十次郎も今度は断れず、吉良の首を打ち落とした。

唯七は合図の笛を吹いた。次々に同志たちの笛が呼応する。吉良を討ち取ったという合図である。

吉良の小袖をはいで首を包み、表門の大石の元へ持参する。念には念を入れて、捕まえておいた吉良邸の門番にも首実検をさせた。やはり、上野介で間違いなかった。

同志たちは吉良邸の火の用心をし、隣家へ引き揚げの挨拶をした。裏門に移動し、点呼を取る。

「上野介の首を取ったぞ！」

「腕に覚えのある者は出逢え！」

静まったままの長屋に向かって、何人かの同志が挑発する。興奮が冷めないのであろう。

同志たちに数人の負傷者はいたものの、死者は一人も出なかった。吉良方を何人殺したのかは、同志の誰も正確に数えていない。後の検分によれば、吉良方の死傷者は四十人を超えたとされる。

同志たちが屋敷を引き揚げたのは、討ち入り開始からおよそ一刻（約二時間）後。おびただしい血と死体と負傷者を残し、吉良邸はふたたび闇と静寂の中に沈んだ。

八

さあ、もう一戦。吉良邸襲撃の報を受け、上杉勢が駆けつけてくるはずである。

同志たちは当然のようにその覚悟であった。休憩のため回向院《えこういん》に向かうと、入寺を断られた。血に汚れた男たちの姿が忌避されたようである。これも想定内で、同志たちは両国橋に向かった。橋のたもとの広場で、一旦休憩を取る。橋を挟んでの戦なら、相手がいかに大軍でも囲まれる心配はない。

「上杉勢は早う来ぬかな。腕が鳴るのう」

同志は吉良邸での「勝ち戦」にはやっている。誰が相手でも勝てそうな気がしているのだ。初めて人を斬った興奮を持て余しているようでもある。

少し落ち着いたほうがよいのではないか。唯七は危惧したが、これから皆で討ち死にするのであれば、陶酔の中にいたままのほうが幸せかもしれない。

見物人が増えてきた。「あれは浅野の……」と気付いた者たちが、興奮して口から口へと噂を伝えていく。朝も暗いうちだというのに、物見高い人々の提灯が同志を囲みはじめていた。

「泉岳寺《せんがくじ》へ向かう」

物見の報告を聞いた大石が指示を出した。上杉勢が来る気配は、今のところないらしい。今日は大名の登城日なので、かち合わぬよう表通りを避け、江戸湾沿いの裏通りを行くことにする。

同志たちは両国橋を渡らず、隅田川沿いを下っていった。彼らの歩みよりも速く人々の噂は疾走《はし》り、先々の沿道で見物人が出迎えた。

隅田川河口の永代橋に差しかかると、思いがけないことがあった。大高源五の俳諧仲間の味噌屋があり、そこの主人が同志たちに甘酒を振る舞ったのである。

大石ら幹部と大高が店の中で接待され、他の同志は店先に急遽用意された縁台に腰掛けた。厳寒の中で、温かい甘酒は何よりの御馳走《ごちそう》であった。

「あたたまるのう……」

唯七は店先の縁台で気の抜けた声を発した。空が少し白んできたようだ。

「腫れてきたな」

堀部が甘酒を飲みつつ、唯七の顔を眺めた。小鉢が当たったところが腫れているのは、自分でもわかる。

「これで冷やしとけ」

不破が雪をすくって手拭いに包み、唯七の額に押し付けた。

「冷たいっ」

「当たり前だ」

笑い声が弾けた。いつの間にか、唯七の周囲に元中小姓組の面々も集まっている。倉橋伝助、杉野十平次、勝田新左衛門、前原伊助。不破も入れて、いつか浅草の茶屋で乾杯した六人は、最後まで一人も欠けなかった。

間十次郎がおそるおそるといった様子で近づいてきた。

「唯七殿、大石殿からの言伝《ことづて》なのですが――」

十次郎は目上の堀部と不破に遠慮しつつ述べた。

「泉岳寺に着いたら、我々が初めに殿の墓前にて焼香せよとのことです」

堀部も不破も今さら気を悪くはしなかった。元中小姓組の面々も納得の顔である。

「一番槍と二番太刀だ。誰も文句はなかろう」

「かたじけのうございます」

十次郎はしきりに恐縮している。

「ただ、ひとつ困ったことが……」

「どうした?」

「唯七殿と私、どちらが先にするかは話し合って決めろと」

唯七は大きなため息をついた。

「なぜそのように面倒なことを。決めてくれればよいのに」

不破が愉快そうに笑った。

「御家老殿、本懐を遂げたら昼行灯《ひるあんどん》に戻っちまったらしいな」

「違いないのう」

堀部がめずらしく不破に同意して笑う。

不破数右衛門は討ち入りにおいて最も目覚ましい働きをした者として、堀部安兵衛は生涯に二度の仇討ちをおこなった者として、それぞれ名を残すことになる。

「いかがいたしましょうか、唯七殿」

「かまわぬ、おぬしが先にせよ」

「よろしいのですか」

十次郎は恐縮しつつも、嬉しさを隠しきれていない。

「一人の手柄にあらずだ。おぬしも、あまり浮かれるでないぞ」

「心得ておりますとも」

本当に大丈夫かと思っていると、堀部と不破に肩を叩かれた。

「器が大きいのう」

「欲がねえなあ」

元中小姓組の仲間も、からかい半分に「天晴、天晴」とたたえた。

唯七ははにかんだ笑みを浮かべながら、思っていた。この仲間たちとなら、地獄への旅路も、死出の山路も、不安はない。大高源五が詠んだように、梅見でもしながら愉快に往けるだろう。茶屋があるかどうかは知らないが。

唯七は明るさを増した空を仰ぎ、兄から贈られた詩を心に吟じた。

——三十年来、一夢の中《うち》。

三十余年の長き夢が、もうすぐ終わる。

良き夢を見た。覚めるのが惜しいほどの、いとしき夢を。

仕合《しあわ》せや死出の山路は花ざかり

武林唯七隆重《たかしげ》、享年三十二

終章

元禄十六年、春三月。

渡辺半右衛門《わたなべはんえもん》は浅野内匠頭《あさのたくみのかみ》の三回忌法要のため、何名かの旧浅野家中の者たちとともに江戸にやって来た。彼にとっては初めての江戸である。

法要が終わると、半右衛門は一人、弟の面影を訪ね歩いた。内匠頭に仕えた旧浅野家上屋敷、浪人になってから住んだという芝《しば》の薩摩河岸《さつまがし》、同志と隠れ住んだ本所徳右衛門町《ほんじょとくえもんちょう》、そして、仇敵を討ち取った吉良邸。

城仕えの長かった唯七だが、浪人になってからの長屋住まいにも意外に馴染んでいたようだ。同じ長屋に住んでいた人々は、唯七のことをよく覚えていた。彼の思い出を語るとき、皆、泣き笑いの顔になる。愛されていたであろうことが窺えた。「あの人が吉良を討ち取ったなんて信じられない」と皆が口を揃えて言うのも、いかにも唯七らしかった。

吉良邸に討ち入った者たちは、泉岳寺までなんの妨害もなく歩き、主君の墓前に仇敵の首を捧げた。彼らは上杉勢との戦を想定し、実際に上杉家では戦支度をしていたが、実現しなかった。騒擾を恐れた幕府が上杉を止めたのである。

討ち入りから二ヶ月後の元禄十六年二月四日、四十六人の旧浅野家中は御公儀の裁定により切腹を命じられた。一人足りないのは、寺坂吉右衛門という足軽身分の者が行方不明になったためである。

皆、死んだ。

半右衛門は天を仰いだ。

内匠頭様も、吉良様も、四十六人の男たちも。皆、死んでしまった。

吉良家当主の左兵衛は、重傷を負いつつも生き残った。だが、父親をむざと討たせたことを御公儀に咎められ、改易となった。奇しくも、浅野家中の切腹と同日に処分が下った。半右衛門ですらいささか理不尽な沙汰と思ったが、巷の噂では、内匠頭の刃傷事件の沙汰が片落ちだったので、今度は吉良方に片落ちの沙汰を下し、公平に「両落ち」としたとのことである。真実のところはわからない。

信州高島にお預けとなった吉良左兵衛義周《よしちか》は、もともと病弱でもあったためか、三年後に数え二十一歳の短い生涯を閉じることになる。

半右衛門が最後に訪ねたのは麻布、毛利甲斐守の上屋敷である。門番に用を告げ、取り次いでもらった。さすがに緊張する。

「毛利家中、鵜飼惣右衛門《うかいそうえもん》と申します」

折り目正しい中年の侍が応対に出た。

「どうぞ、ご案内いたします」

半右衛門は庭に案内された。慣れている様子からすると、旧浅野家中の縁者がこれまでにも何度か訪ねてきたのであろう。

ここは唯七が最後の二ヶ月を過ごした場所であった。泉岳寺で主君の墓前に吉良の首を捧げた四十六人は、御公儀の沙汰が出るまで、四つの大名家に預けられた。この毛利家屋敷もそのひとつである。

小さな家屋が二棟。毛利家に預けられた十人を、五人ずつ分けてここに収容したという。唯七が入ったのは南側のほうであった。

「皆様、仲がとてもよろしかったようです」

毛利家には唯七の友である元中小姓組の五人全員が預けられた。これは偶然ではなく、浪人たちの預け先はもともとの家格や地位によって振り分けられたのである。馬廻り百石取り同士だった堀部安兵衛と不破数右衛門も、共に松平家に預けられて最期を迎えた。

ただ、親族同士は別にされたので、たとえば大石内蔵助・主税父子などは別々の屋敷に預けられている。内蔵助は細川家、主税は堀部や不破と同じ松平家であった。

弟が最後の日々を暮らした部屋を見た後、半右衛門は庭の一隅に案内された。

「こちらです」

鵜飼惣右衛門が示したところには、何もなかった。広大な庭の他の場所と同様、玉砂利が敷かれているだけである。

「どちらを向いていましたか」

「あちらを」

半右衛門は砂利の上に座ってみた。

「これが弟の最後に見た景色なのですな」

唯七を含む十人が切腹した場所であった。半右衛門の目には、毛利家の庭と御殿、そして雲の浮かぶ青空が映っている。

「その日は、幕であちらこちらを仕切っておりました。皆様、立派なご最期でございました」

半右衛門は立ち上がって尋ねた。

「弟の最期について、いささか妙な噂を聞き申した」

江戸中が浅野家中の仇討ちの噂で持ちきりである。虚実入り交じるさまざまな逸話が語られているが、その中には武林唯七の最期にまつわるものもあった。

唯七は介錯を一度失敗されたというのである。

彼らの切腹は、実際に腹を切らせたわけではない。小刀を手に取った瞬間に首を落とす方法が取られた。切腹が儀式化したこの頃にはよく行われたものである。

唯七も同様の方法で介錯されたはずであった。だが、一太刀目では首を落とせず、唯七は血を流しながら、うろたえる介錯人を「お静かに」とたしなめたという。介錯人はその声に落ち着きを取り戻し、二太刀目でようやく成功させた。世間の人々は、吉良を討った男の剛毅さを示すこのような噂を、口々に伝えている。

「噂はまことにございましょうか、鵜飼殿」

唯七を介錯したのは、この鵜飼惣右衛門であった。

「真実をお聞きになりたいのですか」

「ぜひ」

「それでは、偽りなきところを申し上げましょう。介錯を失敗するなど、ありえませぬ。武林唯七殿は、ただ一刀にてお仕舞いなされました」

鵜飼は続けて補足した。

「そのような噂は耳にしておりましたが、故人にとっては名誉なことと思い、黙っておりました。私にとっては不名誉でございますが」

毛利家で起きた不測の事態といえば、間十次郎の弟の新六が本当に腹を切り、介錯人をあわてさせたことぐらいだという。

「武林殿については、家中の者から聞いた、もっと確かな話がございます」

「それは、どのような?」

唯七の切腹の順番は、毛利家に預けられた十人中、三番目。元中小姓組の五人の中では最も早かった。呼び出されたとき、唯七は仲間たちを振り返った。

「先に参る」

仲間たちは涙ぐみ、あるいは神妙な表情で唯七の挨拶を聞いていた。

「皆もどうか達者で――あっ」

仲間たちは一瞬きょとんとしてから、弾けたように笑い声をあげた。

「この期に及んで達者はなかろうが!」

「おぬしという男は!」

涙が出るほど笑っていたのは、倉橋伝助と前原伊助であったという。

「唯七殿もどうかお達者で!」

「また向こうでお会いしましょうぞ!」

朗らかに応じたのは、杉野十平次と勝田新左衛門であったという。

他の仲間たちも膝を叩いて笑っていた。

唯七は「静かにせよ」とたしなめたが、仲間たちの笑いはおさまらない。結局、唯七もつられて笑ってしまった。

その笑い声は庭にいた鵜飼たちにも聞こえたという。切腹を待つ者たちがあのように声をあげて笑うとは——と、毛利家中で語り草になっているそうである。

「にわかには信じがたいことやもしれませぬが……」

鵜飼の言葉に、半右衛門は激しく頭を振った。

「まさしく、まさしく、弟はそのような男でございました。弟が最期まで弟らしくいられたと知り、安堵いたしました」

半右衛門は頭を下げた。

「鵜飼殿のお心遣いも知らず、あらぬ疑いをかけてしまいました。お詫びいたします。また、弟を苦しませずに送っていただいたことに礼を申さねばなりますまい」

涙の粒が落ちた。顔を上げた半右衛門は、もはや泣き顔を隠さなかった。

「私も偽りなきところを申しましょう。もし、もし、鵜飼殿が弟に無用な苦痛を与えたのであれば、今この場で貴殿を斬るつもりでおりました。そうして自分も腹を切ろうと……」

鵜飼はさほど驚かなかった。殺気が伝わっていたのかもしれない。

「茶でも……」

鵜飼に誘われたが、半右衛門は辞退した。

「狭量な男とお笑いくだされ。お役目とわかってはいても、やはり、弟の命を断った御方を憎む気持ちがどこかにあるのです。これも偽りなきところにて」

鵜飼は怒らず、黙って頷いた。

半右衛門は毛利家を辞した。

明日には江戸を発たねばならない。

最後にもう一度、泉岳寺を訪ねた。ここには亡君と、まだ真新しい浪人たちの墓がある。

「皆、石になってしもうた」

大石内蔵助、大石主税、堀部安兵衛、不破数右衛門、大高源五、そして、幼なじみの間十次郎。

雪を血に染めた男たちの墓は、風に舞う花びらの中にあった。

半右衛門は弟の墓をなでた。元中小姓組の仲間たちと肩を並べるように、唯七の墓はある。

墓石は春の陽を浴びて意外にあたたかく、人肌のようなぬくもりがあった。

「赤穂では皆、おぬしのことをほめておるぞ。孟姓においては亜聖孟子以来の誉れであるとな。ちと大袈裟よのう」

江戸では討ち入り事件を題材とした芝居が早くも上演され、そのたびに御公儀の取り締まりを受けているという。誇らしくもあり、不快でもある。複雑な心持ちであった。なお、『忠臣蔵』の物語が海を渡り、彼ら兄弟の父祖の地である大陸に伝えられるのは、およそ百年後のことである。

「いかほど褒め称えられても、あの世からではようわからぬであろう。私が存分におぬしの誉れを味おうて、いつか聞かせてやろうぞ」

浪人たちの遺児十九人には遠島刑が申し渡されたが、五代将軍綱吉の死と六代将軍の就任にともなう恩赦により、皆が許された。誉れ高き赤穂四十七士の子弟は、各地の大名から引く手あまたとなる。渡辺半右衛門も後に広島の浅野本家に召し抱えられ、武林勘助《かんすけ》を名乗った。

墓石に背を向けようとして、半右衛門は大事なことを思い出した。

「そうだ、大野九郎兵衛《おおのくろべえ》様が京におられるそうでな、帰りに訪ねようと思うておる。おなつを養子にもらえるよう、頼んでみるつもりだ。おぬしもそれを望んでいたのであろう」

おなつはまだ、唯七がいつか帰ってくるものと思っている。あの子にわかる日が来たら、夢枕にでも立って慰めてやってほしい。最後に、半右衛門は弟にそう頼んだ。

半右衛門は泉岳寺の境内を出た。

江戸の往来は人の海である。春の名残りの桜が散り、人々の頭上に薄紅色の雨を降らせていた。

弟と似た背格好の者を見かけると、半右衛門はつい目で追ってしまう。弟の足跡を辿り、最期の地に立ち、墓参りまでしたというのに、まだあの笑顔がどこからか現れそうな気がする。

「兄上」

あの懐かしい声で呼びかけてきそうな気がする。

「私は初めての江戸なのだぞ。おぬしが道に迷うてどうする」

「いかがでしたか、初めての江戸は」

「おぬしを探し歩いて、それどころではなかったわ。この粗忽者め」

半右衛門は微笑み、弟の面影とともに江戸の往来を歩んでいった。

初出
「小説推理」二〇二三年四月号～十一月号
書籍化にあたり、加筆・修正をしました。

装幀　高柳雅人
装画　agoera

滝沢志郎●たきざわ　しろう

1977年島根県生まれ。東洋大学文学部史学科を卒業後、テクニカルライターを経て2017年『明治乙女物語』で第24回松本清張賞を受賞し小説家デビュー。近著に『明治銀座異変』（文藝春秋）『エクアドール』（双葉社）がある。

雪血風《せつけつふう》花《か》

2024年2月24日　第1刷発行

著　者―― 滝沢《たきざわ》志郎《しろう》

発行者―― 箕浦克史

発行所―― 株式会社双葉社
東京都新宿区東五軒町3-28　郵便番号162-8540
電話03(5261)4818〔営業部〕
03(5261)4831〔編集部〕
http://www.futabasha.co.jp/
（双葉社の書籍・コミック・ムックが買えます）

DTP製版―株式会社ビーワークス

印刷所―― 大日本印刷株式会社

製本所―― 株式会社若林製本工場

カバー印刷―― 株式会社大熊整美堂

ISBN978-4-575-24720-6 C0093

ない。


「頼むぞ、二人とも」

左兵衛はまだ若く、自分が留まることで二人の運命を断ってしまったことには気付いていない。

左兵衛は薙刀を携えて寝所から居間に移動した。

居間では行灯の明かりの中、半白髪の侍が槍を素振りしていた。家老の小林平八郎《こばやしへいはちろう》である。

「殿、なぜお逃げにならなかったのですか」

「そなたと同じく、ここを死に場所と定めた。頼もしいぞ、平八」

平八郎は複雑な顔をしたが、すぐに諦めの笑みを浮かべた。

「主君と共に死ねる私は果報者です。浅野の浪人どもは羨むでしょうな」

敵の位置を知るため、二人は御殿の長廊下に出てみた。玄関までほぼ一直線に見渡せる。

長廊下の奥、玄関のあたりに薄明かりが見える。人影が蠢《うごめ》き、怒号と斬り合いの音がする。近習の二人もそこで戦っているはずであった。

何人かの断末魔が聞こえ、戦いの音が止んだ。

長廊下の奥に光が現れる。大きな蛍が舞うような光。龕灯《がんどう》であった。釣鐘形の枠の中に蠟燭を立てた、携帯用の照明である。数匹の蛍が左右に舞い、不気味な黒装束の男たちの姿が闇に浮かび上がる。

左兵衛の全身が総毛立った。これは武者震いだと言い聞かせる。

突然、雨戸が太鼓のように鳴った。隠居の間のほうだ。外から掛矢のようなもので打ち叩いているらしい。敵は正面からだけではなかったようだ。

上野介が逃げのびてくれることを祈りつつ、左兵衛と平八郎は南側の庭に面した雨戸を開けた。庭を仕切る塀を乗り越えれば、家来衆が駆けつけて来られるはずである。

凍てついた空気が流れ込んできた。庭の雪が月光を照り返し、部屋の中もうっすらと明るくなる。平八郎が行灯の火を消した。乱闘で蹴り倒しでもすれば、火事になるおそれがある。

左兵衛は一人、身を震わせながら縁側に出た。十四日の月に照らされた残雪の庭は、荘厳なほどの美しさだ。最期にこれを見せてくれたことを、天に感謝する。

突然、目の前に黒い影が躍り出た。

敵。庭にも侵入していたのか。

左兵衛が反射的に薙刀で斬りつけると、手応えがあった。だが、金属を削った感触である。鎖帷子を着込んでいるようだ。

「危ねえ」

黒い影は切られた袖を押さえながら、縁側の下に退いた。

「何者だ」

「元浅野家中、不破数右衛門。居ても立ってもいられず、持ち場を捨てて推参つかまつった」

一人か。物言いは飄々としているが、おそろしく肝が据わっている。

「そっちは名乗らねえのか」

「控えよ、無礼者め」

そう答えたのは小林平八郎である。槍を構え、左兵衛をかばうように立ちはだかる。

「お前……」

不破と名乗った男は、平八郎を凝視している。

「私の顔がどうかしたか」

「首をもらうぞ」

不破は左兵衛と平八郎の足元を槍で払った。二人が飛び退いた隙に縁側に上がる。

平八郎が仕込みの手裏剣を投げると、不破は横跳びにかわした。不破が体勢を整える前に、平八郎が槍を繰り出す。すでに半白髪ではあっても、吉良家では達人と呼ばれる腕前である。

だが、不破は平八郎の刺突を力強く払いのけた。できる。不破という男の身のこなしも達人のそれであることが、左兵衛にはわかった。

長廊下から、ついに黒装束の男たちが現れた。

左兵衛は覚悟を決めた。

「その男は任せたぞ」

「殿！」

左兵衛は薙刀を振り回し、黒装束の群れに躍りかかった。黒装束の男たちがひるむ。差し込む月明かりに見える敵は、三人である。

やや年長と思われる男が、龕灯で左兵衛の顔を照らした。

「そのお若さ、絹の寝間着……左兵衛様か」

「無礼者め。この首が所望ならば、みごと取ってみよ」

三人は槍を構えつつ名乗りを上げた。

「浅野家中、片岡源五右衛門」

「同じく、武林唯七」

「同じく、勝田新左衛門」

一対一で戦うつもりはないらしい。雑兵が大将首を狙うのに、一騎打ちなど無用ということか。

左兵衛は薙刀を水平に払った。男たちが一歩退く。逆回転に薙ぎ払ったとき、武林と名乗